シティ・ライツ　ノート

目次

カバーデザイン　赤松陽構造
装幀　松本孝一

シティ・ライツ　ノート

1章

わたしが出会った『人間屋の話』続編

われらの時代の「雑文豪」草森紳一

恣意と悦楽の猟人

一九六〇年代末のころ、私は雑誌『話の特集』の編集者として草森紳一の原稿取りを担当していた。創刊当初の同誌には、寺山修司・野坂昭如・五木寛之・小松左京・植草甚一・永六輔といった六〇年代に気鋭作家としてデビューをし、若い世代に人気を博すようになるライターが集っていたが、草森紳一もその一人で、執筆陣のなかではまだ二〇代半ばの最年少だったけれど、すでに連載記事をもっていて、私はいわば「草森番」として原稿取りをしていたのだった。

そのころ草森紳一は、芝の赤羽橋に住んでいた。三角形のファサードのちょっと変わったアパートメントだったように、私は記憶していたのだけれど、草森さんの近著『本が崩れる』（文春新書）を読むと、じつは小規模なオフィスビルだったという。つまり草森さんは事務所ビルの一室を仕事部屋兼住居としていたわけであるけれど、事務所ビルにどうして住居として入居できたのか？　という点についてはうっかりして聞き漏らした。

もっとも赤羽橋の草森宅は一般的な範疇でみなすと、とても家とは言えなかった。と言うのも玄関に入るなり、いきなり古本屋に紛れ込んでしまったかのような本だらけの家だったからで、どんな間取りの部屋なのか判明不能なほど部屋中に書架が林立していて、その書架にも収納しきれない本や雑誌や資料が玄関フロアや台所の床にまで積み重ねられていたからだった。

草森紳一が、その家を住居にしていた僅かの痕跡は、書架の谷間の僅かな空間に万年布団が敷かれていたことに認められたのだったが、その場所さえ「俺はこの万年床に腹ばいになって原稿を書いているのだ！」と草森さんはあたかも宣言するように語っていた。そのとき、私はふっとヘミングウェイが立ったままでタイプライターを叩き原稿を書いていたという伝説を思い浮かべ、それと対照的な草森紳一の執筆スタイルもなかなかいいじゃないか！と密かに喝采したのだったが、草森紳一のライフスタイルはその後さらにエッジの効いた進化を遂げる。

十数年後、草森紳一は、赤羽橋から隅田川沿い永代橋たもとのマンションに引っ越す際、そんなものが赤羽橋時代の家に在ったのかどうか、少なくとも私の目には津波のように迫る本の洪水しか映らなかったのだが、「文明機具（冷蔵庫・テレビ・ステレオ、みんななくても生きていられる趣味の機具）は、すべて棄てた。タンスはもちろん、机・椅子まで棄てた。趣味の読書人には、文房の道具は大切なものだが、《物書き》には、必要ない。まあ机代わり（腹ばい執筆をしないときに使う）になるかと、コタツを兼ねたマージャン卓を残した。」といった徹底した取捨選択を断行した。そしてその理由について「スペース確保、わが家の大居候である『本』殿たちを優遇するための処断だった」と前掲書に記している。新居を探す際の必要条件は、できるだけ沢山の本を収納する本棚を確保するため「壁面スペース」の多い点に重点が置かれた。そのため窓の少ない部屋が求められた。一般家庭が願望する採光の良さや隅田川沿いの眺望などもあえて考慮しなかったという。

しかし、その優遇がいけなかった。移転した永代橋の仕事部屋兼住居は、以前にも増してねずみ算式に増殖を続けた大居候の『本』にたちまち占領され、当のご主人様は前記した状況の家のなかを蟹の横這い歩きをしなければならなくなったからだ。けれども、主人としては、食客に出て行けとは言えない。本は、《物書き》の草森さんにとって必要不可欠の商売道具であり、最愛の伴侶でもあったからである。

草森紳一は、これまでに六〇冊を超える著書を出している。未刊の著作も多数あると聞く。《物書き》と自称し、後述するように雑文体の名手として知られる彼の著書は、専門分野の学者や評論家たちの著書とは一線を画す独特の読み物なのだが、資料収集はその道の専門家に決して引けをとるものではない。いやむしろ凌駕するものかもしれない。というのも、草森さんの場合、専門領域の基礎資料・重要資料の収集はしても、必ずしもこれを用いることなく、関連資料の収集に関心を注いでいるからである。その理由については次のように述べている。「基礎資料を安易に役立てたのでは、その仕事がお粗末な結果になると、経験で知っているからだ。自分の世界にテーマを引き込むためには、それらは切捨て資料にする必要がある。」

というわけで、勢い関連資料の収集に力が注がれるということなのだが、『本が崩れる』には、その一例がこう記されている。

「ナチスの宣伝の本*を自分の著作としてまとめあげるには、ナチス・ドイツにかかわるもの、ピンからキリまで、すべてが資料となってくる。ナチス下の女性の化粧、ナチス下の競馬は、どうなっていたのか。切りの無い無間地獄へとおちこむ。日独伊三国協定を結んだ日本の影響は、いかん。そして宣伝と人間の本質的な関係にも、触手は及んでいく。」そしてその顛末をこう締めくくる。「終ってみると、やはり数千冊になっていた。切りがないのであきらめたから、これでとどまったともいえる。」

＊草森紳一著『ナチス・プロパガンダ　絶対の宣伝』全四巻　番町書房　一九七一年

資料収集は狩猟、あるいは宝探しみたいなものなのかもしれない。草森さんの資料収集に対する意欲を望見すると、恣意と悦楽の猟人といったイメージを抱く。げんにご本人もこう記している。

資料調べは、それ自体が、書くこと以上に楽しい。が、しばしば役に立つかどうかわからぬ資料の入手のため、たえず破産寸前に追いこまれる。ひとたび「歴史」という虚構の大海に棹(さお)をいれると（三十前後から、そうなった）、収入の七割がたは、本代に消える。異常に過ぎる。いっこうに古本屋の借金は、減らない。「資料もの」をやりだした罰である。」（『本が崩れる』）

「物書き」の真骨頂

インタビュアーは、たとえその相手方に「不躾な奴」と嫌われようと、時に下世話な質問もしなければならない。で、「古本屋の借金はどのくらいあるのですか?」と、単刀直入に訊ねた。すると草森さんはさして嫌な顔もせずに煙草の煙を喫茶店の天井に吹き上げながら、「常時二百万位あるかなぁ……」と答えた。「異常過ぎる」と記しているけれど、サラ金業者から責め立られ首をくくらなければならないと慌てふためいている様子でもない。「毎月大量に購入していて、支払いも相応にしているので、まあ古本屋にとっては飲み屋の付けみたいに思ってくれてるのかなぁ……」そんな説明もしていた。だから草森さんのところには、毎月全国の古本屋から書籍目録が何通も送られてくる。草森さんは、古本屋のお得意さんなのである。

草森さんは、隅田川沿いを散歩するとき、遊歩道のベンチで一休みして、書籍目録に目を通しチェックするのが愉しみで、「真剣勝負の好読み物」と絶賛している。つまり書籍目録は、草森さんにとっての「競馬新聞」のような存在なのだろう。

ともあれ、こんな主人公だから、居候の「本」がねずみ算式に増殖するのを防ぐ手立てなど全くないといっていい。「数えたことはないが、七万冊はあるのではないか」と草森さんはいう。永代橋のマンションに移転したとき、2LDKの部屋にはすでに収納不可能な蔵書数になっていたので、北海道帯広の生家の庭の隅に書庫を建て、二万五千冊位をそちらに移送して、しばらくは多少の余裕ができたのだが、それも時間の問題でたちまち蟹の横這い歩きをしなければならない事態に陥った。だが、あくまでも本に心優しい主人公は、「なにも《本たち》がわるいわけではない。きっちりと書棚の一角に彼等の寝場所をあたえてやれない主人（の財力不足）こそが悪いのである。」（前掲書）と恐縮しているのだから、本たちにとってはまさに良いご主人というべきだろう。

しかしながら、遂に事件が起きた。ある日、一仕事終え、ひさしぶりに風呂でも入ろうと浴室のドアを開け半身を入れた途端、浴室に隣接する洗面所にも天井近くまで山積みされていた本がドドッと音をたてて崩れ、浴室のドアをふさいでしまい、草森さんは浴室に監禁されてしまったのである。脱出するためには崩れてしまった本の山を取り除かなければならないのだが、家には誰もいなかったので、その作業はできない。風呂場の小さな窓を開け、大声で助けを求める手立てはあったけれど、声の届くのはせいぜい左右の隣家ぐらいだし、もし両家の隣人が留守であれば、万事休すという事態になってしまったのだ。草森さんは、その監禁状態から果してどのような手段で脱出できたのだろうか？　それはこの本を読んでのお楽しみとしておこう。でも、このような窮地に陥ったときなのに、草森さんは次のようなユニークな思考をめぐらせているので紹介しておこう。

「このマンションは、一応、防音装置が施してある。それでも壁ごしに隣りで掃除機をかけている音がきこえてきたりする。老婦人のオシッコの音もこれまで壁を隔てて、何度か聴いた。なかなかに鋭い角度をもった激しい音である。まだまだ元気な証拠だが、こちらの脱衣室と壁一枚隔てた反対側は、ちょうど老婦人宅のトイレに当たる。ということは、壁越しの会話などできないが、こちらから壁を叩いて、彼女にＳＯＳの信号を送れる可能性もあるなと思いついた。」

これぞ「物書き」の真骨頂の一端というものだろう。

ジャンル病への反発

では、わが草森紳一は、どんな「物書き」なのだろうか？

彼は、小説家ではないし、作家とか評論家という肩書きも、自らは好んでいないようで、たんに「物書き」と称している。だが、どんな「物書き」なのか。その説明は非常に難しい。なぜかといえば、草森紳一は既存のどんな専門領域（ジャンル）にも与さない、つまり世間的なレッテルの安易に貼れない、自在の書き手だからである。

青年時代の草森さんには、こんなエピソードがある。大学卒業の年、彼は東映の入社試験を受けた。草森青年は、映画監督を志望だったのだ。学科試験はパスして、次に面接試験の時のことである。「君は入ったら、なにをやりたいのかね？」と、当時大映の永田社長と並び映画界のドンで知られた大川社長から直々に訊ねられた。で、草森青年は「演出・脚本・プロデュースの三つを志望します」と答えた。映画監督を目指すなら、脚本も書け、プロデュースもできなければならない。そう大真面目に思っていたからだという。

面接試験などの際、こういう質問を受けた場合、「監督を志望します」「脚本家です」と答える方が、心証は良いにちがいないという分別はもちろん持っていた。けれども、演出も脚本もプロデュースも全てやってみたいという欲張った気持ちは本心だったから、その気持ちを押し殺してしまうことはできなかった。するとあんのじょう大川社長は「そんなにひとりでたくさんの事はできないだろう」と不愉快そうに述べたため、以後の応答は互いに反撥し合う最悪の面接試験になってしまった。もちろん、不合格である。

草森青年は、この苦い体験から、「この国では、専門一筋でないと生き難いようだ」という教訓を得ているのだが、専門一筋の人間に宗旨替えしたわけではなかった。むしろ、「自分のやりたいことは、臆面もなく何でもやろう」「それが、自分の生まれついての性（さが）であるように思えるから」と肚（はら）をくくっている。

青年時代の草森紳一は、「物書き」になろうなんて考えてはいなかった。仕事として割が悪そうだし、物を書いて金を稼ごうなんて考えるのはおかしいと思っていたからだという。ただ、大学で中国文学を専攻して唐の詩人李賀を読み、この鬼才の誉れ高い二十七歳で夭折した詩人に傾倒していたので、いつか李賀については書きたいと思っていた。そしてもう一人、書きたい人物がいた。フランスの画家アンリ・ルッソーである。草森さんはルッソーとの出会いについて、著書『素朴の大砲　画志アンリ・ルッソー』（大和書房一九七九年）のあとがきで次のように記している。

予備校に通っている浪人時代だった。神田の古本屋を歩いていた時、ふと小さな店の暗い本棚の片隅にウイリヘルム・ウーデの『アンリ・ルッソー』の原本が消え入るような姿で隠れこんでいるのが目にとまった。めくっているうちに、むしょうにほしくなった。私を長い間待っていたような風情でもあり、少々浪人の身には高かったが、思い切ってその場で買った。一九二〇年代の刊行のもので、背表紙などは、ボロボロになっていた。ルッソーの最初の評論集であり、評伝であるこの本は、ドイツ語で書かれていたので、さっぱり内容は読めなかったが、本文には、それまで私が見たことのない画が、随所に別刷りで張りこまれていた。純粋な画集とは言えないが、世界最初のアンリ・ルッソー画集である。

この草森紳一とアンリ・ルッソーとの出会いは、小林秀雄がはじめてアルチュール・ランボーに出くわしたのが、神田の古本屋でメルキュル版の『地獄の季節』のみすぼらしい豆本だったという有名な伝説によく似ている。もちろん、草森さんは、その伝説を知っていたはずだから、自分も伝説の主人公を目ざすつもりだったのかもしれない。十八歳の青

若き日の草森紳一

年なのだから、そのくらいの客気があったとしても不思議はない。だが、草森さんの本に対する思いは、じつはピュアで根源的なものだった。それは前記のあとがきの続きを読むとよくわかる。

どうして、あの時、ウーデのこの本を買う気になったのだろうか。たしかに、あの本は、私に買え買えとそそのかしたのだった。本が声をだすものだということは、子供のころから経験があったが、この時も声をかけてきた。

ご注目頂きたいのは、草森紳一が、「本が声を出すものだということ」を、子供のころから経験していると述べている点であろう。これは本に対する高感度な感性を子供のころから備えていたことを示すものであり、この資質がなければ、「これは君にとって必要な本だよ」という《本からの声》を聴くことはできないからである。それにしても、割の悪い「物書き」などになる気はなかったけれど、李賀とルッソーについてはいずれ書いてみたいと思っていたという若き日の草森さんの態度は敬服に値する。これぞ本物の「物書き」の態度であり、その萌芽といえるからである。

大の本好きで文才にも恵まれていたはずの草森紳一が、青年時代に、「物書き」になんてなる気がなかったというのは、たんに割の悪い仕事だったから、というだけの理由からであったとは思えない。では、どんな理由が他に考えられるだろうか。そのことについて彼は明確な理由は述べていないのだが、筆者の恣意的な見解では次のような理由が考えられると思う。すなわち草森さんは、文筆の世界にも当時は牢固として存在した専門主義の枠組に与さなければ生存が難しいという状況におさまりたくなかったからではないかという考察ができるからだ。具体的にいうと、例えば文学の分野でいえば、純文学とか大衆文学とか文藝評論家などといった色分けがされていて、そのいずれかの孤塁に帰属し一定の評価を得ていなければ文筆家としての生存の場を確保しにくいといったハードルがあったからで、草森さんは、これを「ジャンル病」として敬遠していたからである。そして実際に草森紳一は一九七〇年代に入るとノン・ジャンルのフィールドを破竹の勢いで開拓し多くの著書を上梓してきた。その頃の一冊、『狼藉集』（ゴルゴオン社　一九七三年）のあとがきで、彼はこう高らかに宣言している。

　私はなにも文章に、小説の専門家、評論の専門家、詩の専門家、ルポの専門家、戯曲の専門家とわける必要はないと思っている。いても構わないが、その専門家であることを尊しとする風潮は、あまりにも偏狭ではあるまいか。評論の専門でも、美術、文芸、写真、政治という風にさらに分類化したがる。なによりも、私は文章しか書いていないのであり、なにを書こうとすべては「私」に収斂(しゅうれん)されているのであり、不器用といえば、これほど不器用はないのであり、専門の専門にしがみついている人間のほうが、よっぽど器用に見える。どこまでラッキョの顔を剥けば気がすむのだろう。

全人的な生きかたを示す中国文学の中をくぐってきたせいもあるが、専門に生きることは、むしろ人間たることに背反しており、処世的にすぎる。専門尊重は、単に処世的であるばかりでなく、二〇世紀機械文明とおそらくかかわっているのだろうが、だとすれば、私は時代遅れの人間ということになるであろう。しかし遅れまいと遅れようと私の知ったことではない。

時代を迎え撃つ雑文体

草森紳一は、盛んに自分の不器用を強調しているけれど、根のところでは、自分は「私」に収斂した文章を書いているのだ、と、ちょっと居直ったような宣言をしている。こういう草森さんの論法は「坊ちゃん」が赤シャツや校長をやっつけるときの啖呵みたいではなはだ気持ちがいい。まあ、こんな勢いと志があったからこそ、専門主義の垣根などあっさり飛び越え、小説家とか評論家といった肩書きなどなしでも、多くの著書を書き続ける

「物書き」と成り得たのであろう。

しかし戦略も見逃せない。「物書き」草森紳一は、自分の文章を「雑文」と称して憚（はばか）らなかったのだが、これは当時にあっては極めてゲリラ的な言動だった。なぜなら、草森さんが文筆家として世に出る以前までは、「物書き」とか「雑文」といったもの言いは、専門分野の確立したそれぞれのジャンルでレギュラーポジションを獲得できていない文筆者に対する蔑称であり、卑称であったからである。だが草森さんは、それを逆手にとって反撃に出た。

中国文学に精通している草森紳一によると、「中国では、古来、雑文の位は高く、『阿Q正伝』や『狂人日記』などの名作で知られる魯迅の多くの文章も雑文なのだ」と述べていて、魯迅が雑文を多産した理由について次のように解説している。


　魯迅にとって、ジャンルに縛られない雑文のスタイルこそが、もっとも時代を迎え撃つことのできるものであったにちがいない。時代の足音の暗い轟きをまともに感じ、まともに浴びて四方八方抗争的に生きた魯迅の「感応の神経」を容れる器は、雑文体であったのである。（『底のない舟』昭文社出版部　一九七二年）

この魯迅の文業を援用した「雑文」宣言は、ノン・ジャンルの自由な「物書き」を目指した草森さんの戦略だったのである。

けれどもジャンルを取っ払うという挑戦は簡単なことではなかった。なぜなら、世の中は無数のジャンルという名の檻で形成されていて、人間は自分たちの作った檻に閉じ込められているからだ。それゆえ不敵にもジャンルを敵に回してきた草森さんにしても七転八倒を免れなかった。だから、こんな述懐もしている。

私は、ジャンルの虜だったことがある。一つのジャンルに絞ろう絞ろうと、悪戦苦闘したことがある。そしてどうしても一つのジャンルにおさまりきらない自分を見て、これじゃこの世を生きていけないぞと思ったことがある。なぜなら、日本の風土は、一つの道にまっしぐらというのを美徳としたたし、それが生きやすいことを知っていたからである。私は、物書き一本しかやっていないのに、その対象が問われて、一つの道とは考えてくれないのである。ジャンルにおさまりきらないのは、性格もあったかもしれないが、だいたい自分の性格などというものは、わかるものではないから、七転八倒した。ジャンルにおさまりきれないのなら、おさめないで生きればよいと覚悟するまでには、時間がかかった。私の気持ちは、それによってずいぶんと自由になったが、生きかたとしては、不便になった。ジャンルは、この世の王道だったからである。

（『印象』冬樹社　一九七八年）

読書の悦楽への誘い

草森紳一の文章と著書は、どれも無類に面白いし、すでに古典の味わいさえ感じるのだが、それでいて現代の読書子にも共感を抱かせる魅力を失っていないのは、彼が本物の「物書き」であった事を証明するものであろう。最後に鬼才が世に迎えられるまでの歩みを簡単に辿っておこう。

草森さんは、映画会社の面接試験でふられると、婦人画報社に入り、雑誌『メンズクラブ』の編集者になっている。編集者としてのすぐれた資質も持ち合わせていたようで、後に映画監督として脚光を浴びる伊丹十三の、抜群の才気とセンスに注目しライターとして起用している。編集者の仕事は好きだったが三年ほど勤めて退社した。その後、母校慶応大学の中国文学研究室の恩師からの依頼で研究作業に従事しているが、これは短期間で辞め、週刊誌のフリーランス・ライターの仕事に転じた。この仕事はかなりの収入があったらしいのだが、「好きな本も読めない多忙の日々で身も心もボロボロになり」一年務めただけで撤退した。「いくらお金が稼げても、一週間もしないうちに忘れ去られてしまう記事を書く仕事に堪えられなくなって」というのが理由だったようだ。

　フリーランサー時代の草森さんは、週刊誌のライター稼業の間隙を縫って、『美術手帖』という雑誌にマンガについてのコラム評やエッセイを匿名で書いていた。マンガ・ブーム到来の時代で、大学生がマンガ本を読んでいることが話題となり、マンガが批評の対象となるようになった時代だった。草森さんは、無名ではあったけれど、その先駆けの書き手であり、これが彼の称する「雑文書き」の事始めだった。たぶんそれらの仕事が編集者の目にとまったのだろう。一九六四年に『美術手帖』が企画したアンリ・ルッソー特集号では、執筆陣のメンバーに抜擢され、「幼童の怪奇」と題した初めての署名入り原稿を書いている。ときに、草森紳一は二十六歳。翌六五年には『現代詩手帖』で「李長吉伝」の連載も始めている。初志が着実に実現されつつあったことがわかる。

　草森紳一は、一九七一年に『ナンセンスの練習』（晶文社）と題した著書を出していて、清新なデビュー作として注目されている。草森さんは、同書のあとがきに「我ながら呆れるほど、恥じるべきほど、この八年間に雑文をあれこれ書いてきたが、その中から十八篇を選び出し、一冊とした。」と照れ気味に所感を記しているけれど、ビートルズ、アンリ・ルッソー、ロバート・キャパ、中国の詩や哲学などをテーマに綴られたエッセイは、いず

筆者の本箱に蒐集された草森紳一の著書。
かれの全著作の三分の一位か……。

れも暗闇に妖光を放つような珠玉の文章で魅了されるものだった。

今では珍しくもなくなりつつあるけれど、文筆家を目指す新人が、小説や評論というジャンルの「作品」ではなく、「雑文集」で、文壇や論壇の登竜門を突破するという例は、当時はちょっとした事件であったように記憶する。草森紳一の、ゲリラのような戦術、アクロバットのような戦略が、見事に功を奏した背景には、この時代がサブ・カルチャーの勃興期であった点も見逃せない。思い起こせば、同時代に若者たちに人気を博した寺山修司、植草甚一、伊丹十三なども、草森紳一が志向した「雑文書き」の名手たちだった。草森紳一は、サブ・カルチャー時代の旗手の一人だったのである。

しかし草森紳一は、古い時代の文化潮流に風穴を開けたはずのサブ・カルチャーも、じきに商業主義の大海原に没していく運命を予測していた。そして今や本も商品であり、消費物資の一品に過ぎない時代に突入していることも感得していた。それゆえ、「雑文書き」と称しながら、「俺は未だ魯迅のように腰が入っていないぞ」という自戒を常に心がけていた。その危機感と感応の示し方にも、「われらの時代の《雑文豪》草森紳一」と誇りに思うスピリットが読みとれるだろう。

草森紳一（くさもり・しんいち）

一九三八―二〇〇八　北海道帯広出身。文筆家。『素朴の大砲――画志アンリ・ルッソー』『江戸のデザイン』『ナンセンスの練習』『荷風の永代橋』『李賀　垂翅』『絶対の宣伝ナチス・プロパガンダ』（全四巻）など多数。没後も二十冊余の著書が刊行されている。

草森紳一著『本が崩れる』（文庫版）
（中公文庫　二〇一八年）

この文庫本の前に、『随筆本が崩れる』（文春新書　二〇〇五年）が刊行されています。

在野の哲学者・内山節

内山節の父方の祖父は曹洞宗の僧侶で、父親は映画のプロデューサーだった。二人ともひと昔まえの日本人としては珍しい自由な精神の持主だったようで、青年期の節にたいし「三十歳ぐらいまで遊んでいればいいじゃないか」という考え方で接してくれていた。このような家庭環境に生まれ育ったゆえか、幼少時の彼は「幼稚園は三日で中退」しているし、「振り返ってみると、いつも公教育の外で勉強していたという気がする」という少年であり、青年だった。

内山は小学生時代を東京・世田谷区で過ごした。周知のとおり、世田谷区は都内有数の住宅街の形成されてきた地区だが、彼が小学生だった一九五〇年代ころまでは、東京郊外の田舎といった風景がまだ点在していたのだった。近著『里の在処』には、次のように記されている。

《小さい頃の私は、東京の世田谷区に残る武蔵野の残像のなかで遊んでいた。そこには、わずかではあったが、まだ小川があり、雑木林があり、農家や江戸時代からつづく土地の人々の暮らしがあった。

しかし、そこには何かが無かった。後に私は、その何かとは、私にとっての《里》であると気づくようになる。》

内山少年は、そんな武蔵野の残像のなかで、小川での魚釣りや雑木林でカブトムシを捕まえたりする遊びに興じていた。小学校の帰りにはいつも畑仕事をしているお百姓さんの所に立ち寄り、熱心に作業を見学していた。あるとき畑を鍬でサクッサクッと耕しているお百姓さんの姿に見惚れていたら、「坊や。どうだいやってみるか?」と言われ、早速やってみたのだったが、うまくいかず、それで益々お百姓さんを尊敬するようになったという。

小学校の五年生のころになると、顕微鏡や天体望遠鏡や化学実験道具などを一通り揃え、実験や観察を楽しむようになった。ラジオの製作にも凝っていて、秋葉原の電気街にはよく出かけていた。中学生のころ一番熱心に取り組んでいたのは、ペンシル・ロケットを製作し、飛ばす事だったが、あまり成功率はよくなかったらしい。

内山少年は、どちらかといえば、理科系の人間だった。高校生になると、文学書や哲学書に親しむようになるが、「物理学者になろう!」と真剣に考えていたという。その志が挫折する理由を、内山節は次のように述懐している。

《五〇年代頃までの日本の物理学は推論が主流で、日本人として初のノーベル賞を受賞した湯川秀樹の中間子論も、そういう研究の成果だった。つまり物理学は哲学と兄弟のような思考の学問だったわけです。

ところが六〇年代に入ると、実験室に優れた実験装置やコンピューターが導入されるようになり、それまで推論で究明されてきたデータが簡単に出る時代になってきた。いわば金で勝負が決まる世界に急速に変貌しているのですね。それでなんだか物理学をやろうという夢が失せてしまったのです。》

ふりかえってみると、六〇年代は、日本が戦後の復興からようやく立ち上がり、高度経済成長時代へと突入した時代だった。近代化と都市化が全国各地を大型台風のように席捲した。家庭には各種の電化製品が買い整えられ、街にはビルが林立しマイカーが急増した。大量生産大量消費時代の到来で、都市に暮らす人々の生活は一挙に豊かになった。その反面、水俣病に代表されるような公害が各地で発生し、川や海や大気の汚染がクローズアップされるようになり、農村の疲弊や過疎が大きな社会問題となってきた。

内山節が生まれ育った東京・世田谷地区も、むろん変貌した。六〇年代には、最早《武蔵野の残像》も消え失せていた。そのような状況の中で青年期を迎えた内山節は、次のように自覚するのだった。

《私はたまたま世田谷の住宅街に生まれたのだ。農民の子でもない。家業があるわけでもない。どの土地にも根をもたない人間として、ふらふらと未来を歩いていくことを義務づけられているのだ。》（前掲書）

おそらく哲学者・内山節の原点は、青年時代にこのような自覚を抱かざるを得なかったところに遡ることができるのではないか。言い換えるなら、内山節は、《ふらふらと未来を歩いていくことを義務づけられているのだ》という自分の存在を知った時、哲学する人間として生きるしかない自分のアイデンティティを発見したのである。

けれども、内山節は、既存の「哲学者」を志向したわけではなかった。現実世界で「哲学者」になるということは、大学院でカントとかヘーゲルなどといった古今東西の著名な哲学者が考究した哲学を研究し、博士論文が認められ、どこかの大学の哲学教授におさまることなのだが、内山はそのような「哲学者」の道を歩もうとしたわけではない。彼は自分の生き方を懸命に模索していたのであり、哲学する人間として生きる道を探し求めていたのである。

幸いなことに内山節は「三十歳ぐらいまで遊んでいればいいじゃないか」という精神的

に恵まれた家庭に育った。精神的に、とあえて強調したのは他でもない。彼の父親は戦後すぐに起きた東宝争議ののち退社し、独立プロダクションの映画プロデューサーに転じたという身の上の人だったので、必ずしも経済的に恵まれた家庭ではなかったからだ。そうではあったのだけれど、内山節は就職もしようとせずに、山里歩きや魚釣を楽しんでいた。

近年、内山節は、群馬県の山里・上野村で暮らす哲学者として知られてきた。その上野村に通うようになったのは二十歳のころだったというから、彼は青春時代のモラトリアムの時間をフルに生きるなかで、哲学する人間としての自分を確立してきたといえるだろう。

もちろん、そんなモラトリアムの時間を生きていた内山節にたいして、友人・知人は心配していた。「あいつは将来どうする気なのか?」「なんとかしないと大変だぞ」「彼にできる仕事って何だろう」「ともかく、ものでも書かせるか」そんな経緯で内山節は、知人に紹介され、『エコノミスト』誌にある本の書評を書いた。アルバイトのつもりだったが、これがジャーナリズムに初めて書いた原稿だった。ところが、その記事を読んで興味をもったという別の雑誌社から二本目の執筆依頼を受けた。その記事が発表されると、今度は別の出版社から「単行本を書かないか?」と声がかかった。こうして内山節は二十一〜二歳の時に、とんとん拍子で物書きとしてデビューすることになったのだった。

ところで、物書きとして認められるようになると、執筆を依頼されるたびにジャーナリズムから「内山さんの専門はなんですか?」「肩書きはどうしましょう?」と訊ねられ煩わしかった。で、仕方なく「ぼくの専門ですか? 哲学かなあ」と答えていたらしい。すると、自分からそう名乗ったつもりはなかったのだけれど、「哲学者」という肩書きが付けられていた。そんなわけで、内山節は、けっしてアカデミズムの世界から新進哲学者として世に出るという出自ではないのだが、今や現代の日本を代表する優れた哲学者として脚光を浴びているのである。

さて、それでは内山哲学の特徴とは何なのだろうか? 不勉強でまだ読んでいないのだが、プロフィールを拝見すると、初期の著作には『労働過程論ノート』『労働の哲学』という本が書かれている。その後の多くの著作においても労働論はつねに軸に据えられ考究されている。では、なぜ労働論に焦点が当てられてきたのだろうか。インタビューのなかで内山さんは次のように述べている。

《僕が哲学に関心をもつようになったそもそもは、存在論というテーマなのです。つまり人間が存在するということはどういうことなのか。時間とはなにか。時間が存在するということはどういうことなのか。そのような命題だった。そうすると労働の問題が不可欠な命題としてでてきた。労働論というと、一般的には賃金とか労働条件等、主として労働者の権利問題が対象とされてきたが、僕のばあいは、労働というものが現代社会のなかでどのようなものとして存在しているのかという根源的なテーマを考えることだった。》

そして内山節は自らの主張する哲学を「経済哲学」と位置付けてきた。

では、近代社会とは、どういう社会なのだろうか。

事例を挙げるまでもないのだが、それは現在先進国と称される諸国が形成してきた高度に発達した経済社会がモデルとして挙げられるだろう。内山節の著書『自由論』では次のように考察されている。

《近代的な経済社会は、生産と流通と欲望の相互依存的な拡大の社会としてつくられていた、ということであろう。生産の拡大が流通を拡大し、逆に流通の拡大がまた生産を拡大していく。今日の経済社会とは、こんな社会である。

この社会は、経済を発展させていくうえでは、きわめて便利な役割をはたした。そしてここには、次のような前提があったように感じられる。それは、人間の欲望は無限に拡大していくものであり、経済もまた無限に拡大していくという前提である。

その結果、近代以降における経済と人間の自由の関係は、無限に拡大しつづける欲望経済を前提にした社会での、経済活動の自由でありつづけた。つまり拡大系の経済社会を基盤にした経済的自由だったのである。

ところがこのような経済社会観は、今日になると、環境の面からほころびをみせはじめる。なぜなら経済が無限に拡大できるのなら、資源もまた無限でなければならないにもかかわらず、自然は有限なものであることがはっきりしてきたからである。もうひとつ、経済活動によって生まれる公害なども、一定量をこえると自然が負担しきれないことも明らかになってきた。

自然と人間の活動との調和を考えるなら、経済と欲望の無限の拡大を前提にした社会も、その社会を前提にした人間の自由も、間違いなく壁につきあたっているのである。》

内山節が「拡大系の社会」と定義する現代の経済社会は、周知のとおり資源枯渇の危機、自然破壊、公害などの諸問題をもたらし、いまだに決定的な解決策を見いだせないまま、自由経済発展神話は水をさされ、くさびを打ち込まれた状態を呈している。そして問題はそれだけではなかった。拡大系の社会、その利益至上主義の市場経済の下で働く人々に深刻な労働疎外をもたらしているというのだ。内山の前掲書からその状況を要約しておこう。

《労働の疎外とは、労働すればするほど、何かをつくりだしているという感覚も、労働に対する人間的な能力も次第に失われていって、労働の現実感が消えていく、ということをあらわした言葉である。》

では、なぜ労働の疎外が生じるのだろうか。

《一九六〇年代も後半になると、多くの人々は、安定した教育を受け、就職して、戦後的な経済社会のなかに身をおいたほうが、安定した一生を送ることができる》と考えるようになり、市場経済のメッカである都市に集まるようになった。だが現実はどうであったか。

市場経済は、《利益至上主義的な社会》であり、《経済活動に従事することだけが人間の使命》といった価値観が支配する社会である。したがって《ただただ自分や企業の利益だけを追求する態度》が要求されてきた。働く人々は、《地域とも、社会とも、ときには家族とさえ関係のない》いわば「仕事人間」と化さざるを得なかった。一方、各企業は熾烈な競争に勝ち抜いていくためにつねに技術革新を図り、《職人的な労働に依存しない、より効率的で科学的な生産の確立》を目指してきた。働く人々は《かけがえのない一人の人間として仕事をしているつもりなのに、経済活動のなかでは、代替可能な一個の労働力に過ぎない》。人々はもはや《経済活動が社会に貢献するものかどうか》疑問を抱いているし、《労働が次第に非人間的なものになっている》事実に気づいている。しかし、そのような労働を捨て去る勇気をもてない。なぜなら、多くの人々にとってそれは唯一の《生活の手段》であったからである。もう少し正確にいえば、そのような労働に従事することこそが安定した一生をおくることができるのだというシステムと価値観を刷り込まれてきたからであろう。

だが、その安定神話さえがいまや根底から覆りつつある。過去のような経済成長をとげることが難しくなった先進国では、どの国でも大量の失業者が出現しているからだ。交換可能な部品である存在を嘆いている事態どころではないのだ。多くの部品そのものが、いまや不用品として切り捨てられる状況に直面しているからである。

このような近代経済社会の分析や労働疎外の問題は、じつは一九六〇年代から多くの社会学者や経済学者によって指摘されてきたことで、内山節の独自の考察というわけではない。内山哲学の今日的な意義は、例えば《私たちは、新しい循環系の社会をつくりだす試みを開始しなければならないだろう。すなわち、生産と流通と消費とが大きな循環系のなかで実現し、自然と人間とが循環的に支え合う社会の創造である。》という主張が、単に机上の空論ではなく、彼自身の生き方を通して提唱されている点だろう。すでに紙数がないが、最後にそのことについて駆け足でみておこう。

内山節は、七〇年代初頭の二十歳のころから、群馬県西上州の山村・上野村で《半村民》として暮らしてきた。当初は渓流釣りをしていて偶然知った山奥の鉱泉宿が気に入り、客としてよくでかけていたのだが、やがて下宿人兼番頭さんのようなかたちで長逗留するようになり、休耕地の畑を借りて農業も始めた。上野村での暮らしは一年のうち約百日くらいということなのだが、数年前には念願だった古い農家（築九十五年の古民家）を手に入れることもでき、《半村民》の暮らしが定着してきた。内山節の哲学とその著作は、この上野村を拠点とした暮らしの中から紡がれているといっても過言ではない。初期の著作『山里の釣りから』には、例えばこんな思索がみられる。要約して紹介しておこう。

上野村は神流川（かんながわ）源流の山村である。下れば利根川に注いでおり、利根川の源流の一本でもある。この神流川の上流域には六〇年代頃までは山女（ヤマメ）や岩魚（イワナ）が群れをなして棲息していた。しかし今はめっきり少なくなった。山女や岩魚や鮎は、鮭と同種の陸封型（りくふうがた）（川で産卵する海の幼魚が、何かの原因でそのまま淡水にとどまって棲みつくようになる現象）の魚でかなりの流域を移動する。だが一部はなぜか海に出向き、成長して川の上流域まで戻って来るという習性をもつ。ところが近年、この神流川の中程にダムがつくられたため、海に行った魚が戻れなくなった。また、道路工事に伴う山の堀削りによる泥や工事中に流されるセメントで上流域に棲息するこれらの魚群を滅ぼしてしまったからである。

けれども、釣りブームのゆえか、毎年解禁日を迎えると、ここ上野村の上流域にも釣り人が都会からやって来る。同じような状況の各地の渓流釣りの河川では、養殖の鮎などを放流して対応しているとのことだが、上野村では放流はしていない。すると、釣り人のなかには「放流はしていないない？　ちきしょう。それがわかっていれば早くきりあげるんだった」とぷりぷり怒って帰って行く者があるという。放流魚でもなんでも沢山釣れればいいんだという態度が丸見えなのだ。神流川の上流域に天然魚の棲息を許さないダムや人工湖は、首都圏の水道や電力に用いられる目的でつくられたもので、そこには都市の農山村や自然に対する収奪の構造が透けて見えてくる。山里の上野村から眺めると、東京は大きなガン細胞のように見えるし、一部の釣り人の態度に都会の人間の精神的な貧しさや退廃がうかがえるという。

このように大都市から遠く離れた山村にも拡大系の経済社会の汚染は浸食しているのだが、村人たちは伝承文化を守り、生活の工夫を凝らし、しぶとく現代を生き抜いている。これは一例だが、村人たちは、自家消費分の野菜しかつくっていない。山襞を開墾した狭い畑では市場に卸す商品まではつくれないからであろうが、生活の再生産のために不可欠な仕事のひとつだという要素も見逃せないし、そこには買った野菜より自分でつくった野菜の方が美味しいし安全だからという側面もある。村人がそんな思いでつくった作物が、時に鳥や猪に荒らされ、養蜂の蜂蜜が熊に盗まれる。それでも村人は本気で怒ったりはしない。それは山に住むかぎり一種の必要経費であり、村人自身も自然の一員であるという感覚があるからだろう。内山節は、そんな思索もしている。

内山節さんのインタビュー取材を終え、上野村から帰京すると、テロ事件を報ずるテレビ・ニュースでアメリカの大統領が「これは文明社会に対する挑戦だ！」と叫ぶ姿が繰り返し流れていた。そうなのだろうか？　私には、内山節の《私たちの社会は、根源的なところで敗北していたのではなかったか。」（『里の在処』）という言葉の方が心に響く。

内山節（うちやま・たかし）

一九五〇年東京生まれ。群馬県の山里上野村に拠点をもうけた在野の哲学者で、人間の根源を深く考察したエッセイが近年注目されてきた。著書に『労働過程論ノート』『山里の釣りから』『森にかよう道——知床から屋久島まで——』『やませみの鳴く谷』などがある。

群馬県上野村のセカンドハウス。

内山節著『里の在処（ありか）』（新潮社　二〇〇一年）

函館の街を蘇らせた作家 佐藤泰志復活ムーブメント

この数年来、「作家・佐藤泰志ブーム」という静かな文化蜂起現象が起きている。いや、「ブーム」などといった表層的な物言いは、この場合じつは不似合な感じで、「復活」を志向したアンダーグラウンド・ムーブメントと呼ぶほうがふさわしいと思えるのが、一九九〇年一〇月一〇日に四十一歳の若さで自死した作家・佐藤泰志の再評価とも言っていい現象だろう。今なぜ佐藤泰志なのだろうか？　奇跡的と言われる復活ムーブメントをふりかえってみよう。

佐藤泰志は一九八二年から八五年にかけて芥川賞候補作家として五度も名を連ねたがいずれも受賞を逃した。有望な新進作家として高い評価を受けていた佐藤泰志が生前に刊行できた単行本は『きみの鳥はうたえる』（八二年）、『そこのみにて光輝く』（八九年）、『黄金の服』(八九年)の僅か三冊に過ぎない。『そこのみにて光輝く』は三島由紀夫賞候補作に挙げられたが、これも落選。その翌年秋、佐藤泰志は自ら命を絶ってしまったのだった。死後の翌九一年に『移動動物園』、『大きなハードルと小さなハードル』、『海炭市叙景』の三冊が立て続けに刊行されているが、追悼出版で終わってしまったのか、それきりで以後長い間再販されることもなく、その他の作品も書店の書棚からも消え、作家佐藤泰志の名は忘れられてきた。

復活の狼煙となったのは、二〇〇七年一〇月、東京・吉祥寺の出版社クレイン(代表・文弘樹)が手がけた『佐藤泰志作品集』の刊行だった。「忘れられ、埋もれてしまった優れた作家に光を当てることが小出版社の使命」というポリシーを持つ発行編集者の文さんは、佐藤泰志の単行本が一五年余絶版状態であることに着目して出版を決意し、二年間かけて佐藤泰志の主要作品、詩、エッセイを収録した六九〇ページの大部な作品集を制作し刊行した。

地下の渇望が呼んだ復活

この出版作業の過程で文さんは、〝幻の作家〟と言われるようになっていた佐藤泰志の小説を愛読し支持する人びとの地下水脈が存在していることを知り、改めて出版に確信を持てたという。また、この本が刊行された翌年、文さんは函館在住の佐藤泰志の高校時代の友人や文学仲間が参加したイベント「佐藤泰志とその世界」（はこだてルネサンスの会主催）に招かれ講演をした。そしてこの時に集った地元函館のメンバーたちにより「佐藤泰志作品を映画化しよう」という夢のような話が浮上したのである。

映画化は夢なんかではなかった。二〇〇八年に市民の協力を得て函館市民映画館「シネマアイリス」を運営する菅原和博さんがプロデューサーとなって『海炭市叙景』（監督・熊切和嘉／主演・加瀬亮）インディペンデント映画製作ムーブメントが発足し、二〇一〇年に完成して劇場公開された同映画は国内外で高い評価を受け、独立系映画のヒット作品として話題を呼んだ。この映画が呼び水となって、一〇数年間書店から姿を消していた佐藤泰志の作品が次々に文庫本として刊行されるという奇跡的な出版現象を巻き起こしたのだった。

これは単なる流行現象ではなかった。「佐藤泰志復活ムーブメント」はさらに続く。二〇一三年には作家佐藤泰志の足跡を描いた『書くことの重さ　作家佐藤泰志』（稲塚秀孝監督）というドキュメンタリー映画も作られ公開されている。そして今年四月には映画『海炭市叙景』のプロデューサーを務めた菅原さんらが、佐藤泰志原作映画の第二弾として企画・製作した、『そこのみにて光輝く』（監督・呉美保／主演・綾野剛）が封切られた。人間の根源的な性、愛、家族、友情、暴力等が織り成すドラマを活写した佐藤泰志の唯一の長編小説を映画化したもので、気鋭の女性監督を起用して鮮烈な映画作品が実現している。

穿った見方をすれば、「佐藤泰志復活」のムーブメントは、映画によって作家・佐藤泰志の存在がクローズ・アップされ再評価される状況が作られてきたとも言えそうだけれど、佐藤泰大の映画好きだったという佐藤泰志の心情を忖度するなら、これは不名誉なことどころか大変喜ばしい情勢だったのではないかと思えないでもない。

〝今日〟の光と闇を紡いだ作家

それにしても、今なぜ佐藤泰志なのだろうか?

ここでは原作の小説『海炭市叙景』の一端を紹介することで作家・佐藤泰志復活の背景を考察しておきたい。表題の海炭市というのは作者の生まれ育った函館市をモデルにした架空の都市。函館は北国の情緒溢れる港町で夜景が絶景の観光都市として知られているが、小説の舞台となっている海炭市は閉山した炭鉱と斜陽化した造船所がかつては経済的シンボルだったという街で、今は疲弊し寂れた地方都市として設定されている。『海炭市叙景』はこの街で生きる今様に言うなら九九%に属す庶民や若者たちの暮らしを物語にした一八篇の短編小説で編まれている。二話ほど、そのあらすじを見ておこう。

冒頭の「まだ若い廃墟」と題した小説は炭鉱が閉山して失業中の兄が妹と海峡に突き出た山へ初日の出を見に出かけるのだが、二人分のロープウエイの往復切符が買えなかったため、兄は妹だけ先に帰し、自分は徒歩で下山しようとして転落死してしまう（事故なのか自殺なのか不明）という哀感あふるる兄妹の物語だ。

「週末」と題した小説の主人公は、冴えないロード・ムービーのような定年間近の路面電車の運転手。その日、彼は常日頃に増して慎重な運転をしている。娘の出産予定日を迎えていたからだ。娘の結婚に妻は強く反対した。婿の若者がスラムの廃品回収業を営む家の出自で、学歴は中学卒、職業がとび職だったからだ。しかし彼はすぐに娘の結婚を容認した。その時の主人公の心境を作者は「もし彼が幾らかでも進歩的な人間だとすれば、彼に一片でも中産階級だという意識があれば、今日のこの日はなかっただろう」と解読し記している。

佐藤泰志は、同年生まれで同時期に文壇デビューした村上春樹と並び称されてきた。ジャズや映画好きといった感性もよく似ている。だが、佐藤泰志は村上春樹とは対照的に現実の等身大の若者や庶民たちの生活感を感じさせる物語を紡いできた。その視座には、最終便の連絡船で海峡の向こうの街へ渡り、闇米などを仕入れ、早朝トンボ帰りして朝市で商いしていた、そんな両親の像がしっかり焼き付いていたことがうかがえるだろう。

新進作家として嘱望されながら佐藤泰志はなぜ不遇の作家で終わってしまったのか。考えられる理由の一つには、小説家としてデビューした一九八〇年代の日本がバブル景気で浮かれ大方の日本人が中産階級意識を抱くといったノーテンキな時代だったという点が挙げられるだろう。佐藤泰志は貧乏譚や苦労話を綴る私小説作家ではなかったけれど、彼の小説は同類項とみなされ、反時代的な作家として弾かれたとしか思えない。

だが、『海炭市叙景』の一篇には、生協の販売員勤めの若者が仮病で会社をさぼり若い妻とマイカーで郊外に大麻を探しに出かけるといった掌編（「この日曜日」）もある。主人公は党員になって出世するより大麻のほうが魅力的だ！　とうそぶく若者で、ボニーとクライド的な生き方をエンジョイしている。そんな放埓な若者の心模様を描いた短編小説。

佐藤泰志の小説には、時代から取り残された人びとの物語が数多くあるが、そのなかにはアウトロー的な生き方を平然と貫く主人公の物語があって、これらにはハードボイルド小説の痛快さを堪能できる。

佐藤泰志はバブル時代の盛りの時に、力尽きたように自死してしまったが、書き残された珠玉の作品には、「パンドラの匣」の底に残されているという神話的な希望など望むべくもないけれど、人が生きていくうえで矜持したい精神や息吹きの火種が認められ、それが修羅の時代に生きる者たちの共感を呼ぶのだろう。

佐藤泰志（さとう・やすし）

一九四九年、北海道函館市生まれ。一九七七年に発表した『移動動物園』が新潮新人賞候補作品となりデビュー。清冽でハードボイルドな作品が注目され、芥川賞候補に五度、第二回三島賞候補などにもなったが、一九九〇年一〇月九日に自死。享年四十一歳。著書に『きみの鳥はうたえる』『そこのみにて光輝く』『海炭市叙景』など。没後、二作品が映画化され、作者の足跡を描いたドキュメンタリー映画も作られ話題を呼んだ。

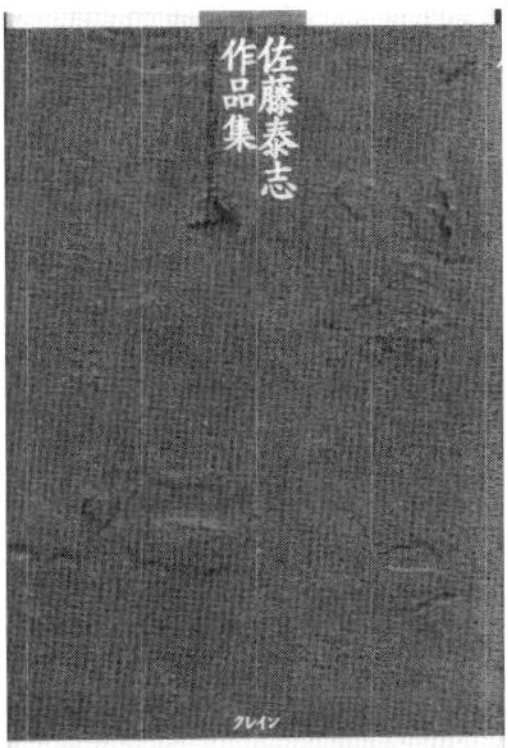

『佐藤泰志作品集』（クレイン　二〇〇七年）

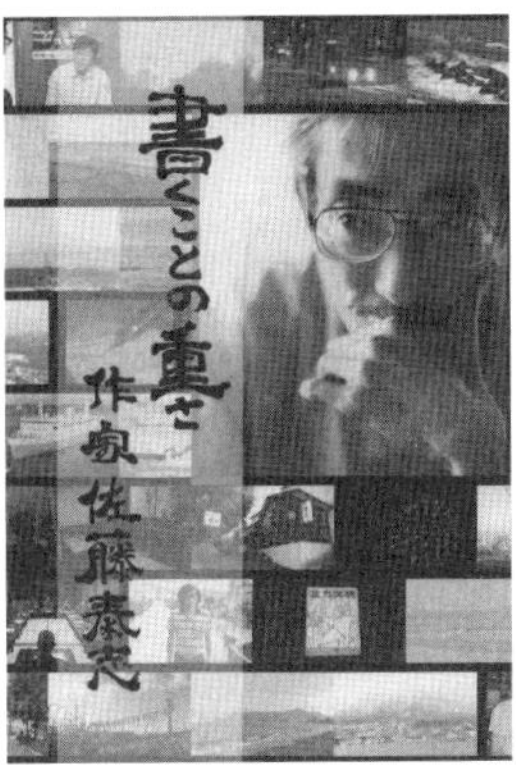

ドキュメンタリー映画『書くことの重さ——作家佐藤泰志』パンフレット

マイナーポエット・高木護の詩の魅力

奇をてらった物言いをすると、私は、高木護という孤高の詩人に、フォーク歌手・高田渡の贋作詩問題を介して出会った。それはこんな経緯だった。

私は二〇〇九年一二月、『高田渡と父・豊の「生活の柄」』（社会評論社）という本を書いて出版しているのだが、この本が出会いの発端だったのである。

高田渡は、二〇〇五年四月一六日、ライブ・ツアー途上の北海道釧路市白糠町で倒れ、五六歳の生涯を閉じた。彼は岡林信康や高石友也らと共に日本のフォーク・ムーブメント草創期の旗手の一人で、〝フォークの吟遊詩人〟と称されてきた。彼は生前から伝説的なフォーク・シンガーとして知られてきたが、それは人の心を射抜く詩人魂を宿した、反時代的ともいえるような反骨の精神を貫いた人物だったからだろう。その独特な存在感や彼の紡いできた「生活の柄」は、一体どのように形成されたのか。その源流を辿ってみよう。

そんな動機から私はこの本を書いたのだった。
高木護という素晴しいマイナー・ポエットを知るきっかけとなったのは、この本の最終章で、高田渡が持ち歌の一つである『漣』と題した歌詞を紹介したのが、そもそもの始まりだった。まず、その歌詞を紹介しておこう。

漣

漣とぼくはいる
二人でいる
野原に座っている
空を見上げている
見えるものはみんな人のものだよ
うんと漣はいう
親のぼくも頭が弱いが
どうやら息子の漣も似ているらしい

見えないものは　ぼくらのものだよ
うん
腹へったか
腹へった

「漣」というのは、高田渡の一人息子の名前で、この歌は高田渡が幼児期の愛児と過ごしたある日の情景を描いた自作詩を歌ったものと思われてきた。事実、この歌はCDアルバムの『フィッシング・オン・サンデー』に入っているが、曲紹介のところには「作詞：高田渡　作曲：中川イサト」と明示されている。また、死後に出版された『高田渡読本』（音楽出版社）には「高田渡の詩」というページが設けられていて、人気曲としてよく歌われてきた『自衛隊に入ろう』『鉱夫の祈り』『自転車に乗って』などと共に、この『漣』の詞が紹介されている。また、この歌は高田渡のレパートリーのなかでは珍しくファミリーな詞で、しかも高田渡は詩を朗読するように歌っている。こうした状況もあってのことだろう。高田渡ファンは、この歌を高田渡の作詞した歌として愛好してきたのである。

私が前掲書の中で、この『漣』の歌詞をエピグラムとして紹介しようと意図したのは、

左から本間健彦、高木護、黒田オサム　某日高木さんの書斎で。

この詩が高田渡の人間観を愛児に託して歌いあげている点に着目したからで、高田渡と父・豊の父子物語をしめくくるうえでまさにうってつけのエンディング・ソングだと思ったからであった。私もこの時点では、この歌は、ファンと同様に高田渡が自作詩を歌ったものと信じきっていたのだ。

ところが、この本を上梓する際、高田渡の盟友だった人で、フォーク・シンガーであり翻訳家としても活躍している中川五郎にライナー・ノーツを依頼し、ゲラを読んでもらったところ、「あの歌は、渡さんの作詞ではなく、高木護さんという詩人の詩なので、そう明記しておいたほうがいいですよ」という忠告を受けて、私は愕然とした。この歌詞が贋作とか盗作だとしたら、私が自著の最終章でこの歌をエピグラムとして、あるいはエンディング・ソングとして歌い上げても嘘っぽいものになってしまう……と思ったからだった。それでカットすることも考えたのだが、出版締切りの時間切れで手直しもできなかった。で、紹介した歌詞のあとに、「この歌詞は詩人・高木護の詩をアレンジしたものだという。」そんな註のような一文を付して下版した。そのような曖昧な説明文しか書けなかったのは、その時にはまだ原作者・高木護の存在も問題の原詩についても確認ができなかったからだった。

私は、この本を出版後、高木護の存在がものすごく気になり始めた。図書館で高木護の著書を探して読み始め、高潔な詩人の作品に対して月並みな評価で恥ずかしいけれども目からウロコが落ちた。高木護の詩やエッセイが、どれも本物の詩精神によって書かれたものだったからだ。それから私は、詩壇ではマイナーな存在らしいこの詩人の詩の素晴らしさに逸早く気づき、その詩を歌っている高田渡の感性と慧眼にも改めて感心したのだった。けれども、高田渡の贋作問題は、それで帳消しされるものではなかった。一体なぜ彼はそんなことをしたのだろうか。そして高田渡を〝花泥棒〟に駆り立てた高木護とは一体どんな詩人なのか。そんな思いが募り、私も駆り立てられた。

高木護は八十代の高齢者だと聞いていたから、もしかしたらすでに物故者なのかな……

と杞憂していたので、ようやく所在をつきとめお会い出来たときは感激だった。初対面の日、私は約束の時間だった午前十時に仕事場を訪ねたのだが、ちゃぶ台代わりの電気炬燵の台には一升瓶の焼酎と湯呑茶碗と湯を入れた大きなヤカンがでんと置かれていて、挨拶もそこそこに「うちはお茶がないので、さあ、お好きなだけ手酌でやってください」とすすめられ面喰った。〝酒仙〟という伝説は聞き知っていたから、それが健在であったことには安心した。私の高木護〝詣で〟はこの日から始まり、今も続いているのだが、本稿で語りたいと思っているのは、冒頭に記した「高田渡の贋作詩を介して出会った高木護」についてということなので本筋に戻ろう。

この時に私は初めて当事者の一方、高木護から問題の経緯をうかがい、原詩を見せていただいた。当該の原詩は「秋」と題す、次のような詩だった。

子供とぼくはいる
ふたりでいる
草の上に坐っている
空を見上げている
――見えるものは、みんな他人のものだよ

──うん
親のぼくの頭も弱いが
どうやら
子供の頭もよわいようである
──見えないものがきっとぼくらのものだよ
──うん
──はらが減ったか
──うん、へった

この高木護の詩「秋」と、高田渡の「漣」という歌詞を並べてみれば一目瞭然なのだけれど、軍配は文句なしに高木護に上げなければならない。私は前掲の本に「この歌詞は詩人・高木護の詩をアレンジしたものだという」などと記しているが、これはアレンジなんてものではない。これはもう完全に盗作だろう。私がこの一件について言及する際に〝盗作〟という用語を使わずに、〝贋作〟、あるいは〝勇み足〟という用語を使っているのは、高田渡について著書を現した者として彼の良いところも沢山見聞しているので、彼の名誉を損ないたくないという配慮からでもあった。

それともうひとつは、もしかしたら高田渡には、他者の詩や曲を借用して、自分好みにアレンジし、自分の歌として歌うことに、盗作意識など無かったのではないかということも考えられるからだ。というのもアメリカ生まれのフォークソングは元々名もない民衆の生活や労働の中から歌われてきた歌であって、作詞・作曲作者の不明な曲や、替え歌で歌い継がれてきたという歌が少なくないからだった。高田渡についていえば、彼のデビュー曲『自衛隊に入ろう』という歌は、詞は彼が書いているが、曲はアメリカの女性フォーク・シンガー、マルビナ・レイノルズの作詞・作曲したフォークソングから借用したものだったことはよく知られてきた。借用といっても、承諾を取って活用したわけではなかったはずだから、これだって盗作ということになる。この種の歌作りは、草創期の日本のフォークソングの世界では高田渡だけでなく、ごく一般的に行われていたので、盗作意識など希薄だったということも言えるし、フォークソングがマイナーな若者音楽だった時代はそれでも通ったのだろう。

これは高田渡の本を書くための取材をしていたときに、京都在住の詩人有馬敲から聞いた話なのだが、こんなことがあったという。六〇年代末、有馬は東京から京都へ拠点を移していた中山容（翻訳家）や高田渡らとミニコミ誌を発行したり、喫茶店や寺などでフォークのミニ・コンサートを開催するムーブメントを起こしていた。そしてこの頃高田渡は

〝銀行員詩人〟としても知られた有馬敲の詩を好んで歌っていた。『転身』『会議』『年輪』『値上げ』などが、有馬の詩を歌ったものだ。「僕の詩を高田渡に歌ってもらえるのは、若い人たちに僕の詩が知ってもらえる機会が増えることなので嬉しかった。」「だけど……」ということがやがて起きた。やがて高田渡は〝関西フォーク〟ムーブメントの発信地となったURC（アンダーグラウンド・レコード・クラブ）からアルバム・デビューを果すのだが、発売されたアルバムを手にして有馬は愕然とした。曲の作詞・作曲表記欄に有馬敲の名はなく、作詞・高田渡となっていたからだった。

無論、有馬は高田渡にも理由を質し、URCに対しても抗議した。双方の釈明は要領を得なかったが、有馬の推測によれば、フォーク・ブームの起きた当初は、フォークソングには自分で作詞・作曲した歌を歌うというシンガーソング・ライターといったイメージが強くあったので、新人のレコードを出すにあたっては著名な詩人の詩ならいいけれども、無名詩人の詩を原詩とするのはイメージ的にも販売的にも得策ではない、そんな判断だったのではないかということであった。この一件は増刷の際に改めるということで落着したのだが、フォークソングのようなマイナー音楽であっても、レコードとなって商品化されれば、それがたとえマイナー・レコード会社から発売されたものであったとしても、この種の問題が発生するということが早くも起きていたのである。

高田渡は、国内外の詩人の詩を数多く歌っているが、一番多く歌っているのは沖縄出身の詩人山之口貘の詩だった。彼の代表曲『生活の柄』も貘の詩だけれど、一九九二年には、貘の詩ばかり計一八篇を歌った、その名も『貘』というタイトルを付けたCDまで出している。また、自伝にも「僕はほかにもたくさんの詩人の方の詩を拝借しているが、これほど共感を覚え、影響を受け、また多くの詩に曲をつけさせてもらった詩人は、山之口貘以外にいない」（『バーボン・ストリート・ブルース』）と書いている。

山之口貘は、故郷沖縄のことや、家族のことや、若き日の放浪、ルンペン生活などを気取らない平明な詩句で綴った詩人だった。浅い読み方をしてしまうと、冴えない貧乏臭い私生活を綴った詩に思えてしまいそうだけれど、じつは哲学的で宇宙感覚的な広がりを感じさせ、大らかで明るくユーモアに溢れた心に届く詩をたくさん書いている。高田渡の詩人山之口貘への共感は、少し違うところに視点があったようで、次のような山之口貘観を書いている。

山之口貘の詩は、机の上の原稿用紙に向かって頭をひねりながらつくり出したという類の詩ではない。感じられるのは、実体験に根差した人々の生活、もっと泥臭いもの、もっと生々しい世界だ。それは僕が子供のころを過ごした深川時代の体験と相通

じる世界であり、絶対的に共感できる部分でもある。（前掲書）

「深川時代の体験」というのは、父親の豊が妻を亡くした後、故郷の岐阜北方から三人の息子たちを連れて上京し、零落して深川の生活困窮者施設に収容され、ニコヨンとして働いていたころのことで、高田渡が小学生高学年から中学生になるころまでの一家でどん底生活をしていた時代のことなのだ。その深川時代を潜り抜け、夜間高校に通う高校生のとき、担任の先生に「この詩集を読んでみろよ」とすすめられたのが山之口貘の詩集で、併行してフォークソングにも親しむようになっている。高田渡が山之口貘に共感するのには、そんなルーツがあったのだけれども、じつは彼自身もたぶん気づいていなかった、もうひとつの地下水脈で繋がるようなルーツがあった。それは青年時代に詩人を志していた高田豊が、作家・詩人の佐藤春夫の門弟だったころ、豊と同世代の山之口貘も門弟だったという事実なのだ。もうひとりダダイスト詩人の高橋新吉もやはり門弟で、彼の詩集に推薦文を寄稿している佐藤春夫は「そのころ、気違いのような男が二人、浮浪人のような人間が三人、相前後してゴタゴタと僕のところへ出入りしだした。高橋新吉はその気違いのようなふたりのうちの一人で兼ねて浮浪人のような三人の一人でもあった」と書いている。その三人の中に豊と貘も入っているのだ。豊が佐藤春夫の門弟だったことは、当時の読売新聞の文芸欄で佐藤春夫が豊の詩をかなりのスペースを割いて紹介している記事が残っていることでも証明できるだろう。因みに豊と新吉は親しい交友があったようで、高田家には高橋新吉の書簡が何通か残っているが、山之内貘との交友記録や資料は残念ながら今のところ見つかっていない。高田渡は、このルーツは知らなかったようだけれど、彼の山之内貘に寄せる共感には、父親の像がダブっているように思えてならない。

高田渡は、高木護の詩も五篇歌っている。これは高田が詩人の詩を活用した歌の中では、二番目に多い詩人ということになる。その五曲とは、『夜の灯』（アルバム『石』所収、一九七三年）、『雨の日』『漣』（アルバム『フィッシング・オン・サンデー』所収、一九七六年）『相子』（アルバム『渡』所収、一九九三年）である。

七〇年代初頭、高木護は、「高木さんの詩を歌わせてほしい」と高田渡から依頼を受けた。それで別にたいして打ち合わせをすることもなかったのだけれど、新宿や吉祥寺で落ち合った。二人は無類の酒呑みだったから、会えば酒を呑んだ。渡のホーム・グランドだった吉祥寺の「いせや」でも何度か一緒に呑んだ。ある日、打ち合わせの場所に、高田渡は赤ん坊を抱いてやってきた。その子が息子の漣くんだった。

高木護にもひとり息子がいた。『秋』という詩は、高木護が幼い息子と散歩したときに浮かんだイメージを詠ったものだ、と私は聴いた。高田渡が、この詩を歌ってみたいと要望したときにも、たぶん高木護は同じような説明をしたはずだ。

私の好きな高木護の短い詩を紹介しておこう。詩集『天に近い一本の木』所収の「どぶ川」と題した詩だ。

家の前を
どぶ川が流れている
親子四人
一汁一菜
志をひくくして
ゆめもなく
一日を生きながらえ
灯を消して
眠りにつく
どぶ川は
夜明け方までせせらぎになる

高田渡は、山之内貘に共感したように、高木護の詩の世界にも絶対的な共感をしていたのである。そして興味深いのは、じつは高木護とも父・豊を介して縁があったということだった。それは戦前、豊が京都の出版社弘文堂の編集者だったとき、後に東京に出て筑摩書房の創立に参加している竹之内静馬や、未来社の創業社長になる西谷能雄と同僚だったという経歴だった。やはり同僚だった後に作家になる富士正晴とは呑み仲間だったらしいが、竹之内や西谷との関係は定かでない。縁は奇なものと言うけれども、このルーツが何と高木護に繋がるのだ。それはこういうことだった。高木護は物書きを目指して上京し、処女作『放浪の唄』（大和書房）をヒットさせているが、その後に出版されている『人夫考』など初期の十冊近い著作は全て未来社から刊行されているのだ。これは西谷社長の「高木さんの本は全て出しなさい」という方針によるものだった。極めつきは、その頃、未来社の編集長を務めていた松本昌次（影書房社長）が、高田渡の贋作問題の解決を図るために高木護の代理で働いてくれたということだろう。それと高田渡の自伝『バーボン・ストリート・ブルース』の文庫本が筑摩書房から出ているのも何か縁を感じないでもない。

高田渡には、高木護の詩を歌う道筋があったのである。彼は高木護の詩が大好きだったに違いない。彼は高木護の詩を五篇、歌っているわけだが、『漣』を除く他の四篇については当然のことだけれど「作詞・高木護」とちゃんと記名している。

では、なぜ『漣』の曲に限って作者名を明記せずに、自作の詞としてしまったのか？すでに故人となってしまった高田渡本人に、その理由を質すすべはない。

だから、これは高田渡の本を書いた者の弁護人的な解釈なのだけれど、私の見解を述べておこう。高田渡は、高木護の『秋』という詩が、あまりにも自分の心情にぴったりだったために、自分の書いた詩のように思い込んでしまい、自分の詩として歌いたくなってしまったのではないか。そうとでも解釈しなければ、この不作為を理解することができないからである。言い換えるならば、高田渡の新骨頂は、自分が歌ってみたいと思う優れた詩を選び抜き、その詩を「高田渡の歌」として見事に結晶させ、数々の名曲を歌ってきたことであり、そこに〃フォークソングの吟遊詩人〃と称されてきた由縁があったからだ。

しかし、そのように高田渡の心情を忖度するとしても、やはりこの不作為は明らかにレッドカードものであり、表現者の倫理としても許されることではない。高田渡は、天界で高木護に再会したら、この〃勇み足〃を率直に詫びるべきだろう。

高木護（たかぎ・まもる）

一九二七年、熊本県山鹿町生まれ。十四歳から家を出て、人夫など百余の職業に従事するかたわら、「おどんの浮浪は、人間になるための革命だぞ！」と放浪の旅を長年続け、詩やエッセイを書き続けてきた。著書に『放浪の唄』『人夫考』『木賃宿に雨が降る』『高木護詩集』などがある。

本間健彦著『高田渡と父・豊の「生活の柄」』（社会評論社　二〇一六年）

DJを生業としてきた詩人
清水哲男の軽快なフットワーク

詩人の清水哲男に会うのはほぼ三〇年ぶりだった。待ち合わせたのは吉祥寺南口駅前にあるパチンコ店二階の喫茶店。午後四時一五分、約束の時間に数分遅れて駆けつけると、清水哲男は窓際の席で煙草をくゆらせ、ビールを飲んでいた。彼は土日を除くウィークデー正午から四時まで地元のFM放送のパーソナリティを務めているということだった。この日もその終了後に「会おう」ということだったから、一服というところだったのだろう。

数日前、私は衛星放送で『イル・ポスティーノ』という映画を観た。イタリアのナポリ沖の小島へ亡命した詩人と村の郵便配達の青年との友情物語で、ヨーロッパではこんな片田舎の村人にも、詩人が尊敬されているのだなあ……という感懐を得たのだったが、ひとつだけ気になることがあった。それは主人公の詩人が肥って好色そうな初老の男だったという点だった。好色であることや、すでに初老であることは、人間、とりわけ男にとって致し方のないことなので許せたのだが、「肥った詩人」というのはなんともミスキャストのようにおもえたからである。「詩人は痩躯でなければならない！」などという安直なイメージを抱くのは、日本人、いや私自身の無知な偏見に過ぎないことは承知しているのだけれど、三〇年ぶりに再会した清水哲男の痩躯、そして顔や首筋に刻まれた年輪に接し、私はなぜか安堵したのだった。その風貌に詩人として生き抜いてきた刻印を感得したからである。

けれども、「詩人とは、いかなる存在か？」という問いは、難問である。たしかに、バブルが弾けて基盤は相当に怪しくなってきているとはいえ、いぜんとして経済至上主義のこの世知辛い世の中にも、少数ではあるけれど「詩人」と称される人は存在している。詩人のステータスはけっして低くはなく、むしろ高い方に属するのではないか。だが、詩人は職業の一分野にはおそらく分類されていないだろう。したがって当然の話だろうけれど、高額所得者番付にランクされているような詩人などはたぶんいないはずである。

詩人という職業は存在しないはずなのに、詩人は少数だが現在も生存している。けれど、詩人は仙人ではないから霞を食べて生きているわけではない。みんなそれぞれ何かの生業についている。たとえば、学校の教師、編集者、団体職員などという職に従事している。詩人のなかには小説家を職業としている者もいるけれど、流行作家になってしまうと詩を書かなくなってしまうので、詩人といえるのかどうかわからない。詩人志望の若者には、居酒屋の従業員や工事現場の労働者をやっている者も少なくない。いずれにせよ、この社会のなかで詩人として生き抜いていくことはサーカスの綱渡りみたいなものではないか、と傍目(はため)には想像されるのである。

では、清水哲男の場合はどうであったのだろうか。

清水哲男は、京都大学在学中の一九六三年に第一詩集『喝采』を上梓している。むろん多くの無名詩人がそうしてきたように、清水哲男の第一詩集も自費出版だったのだが、仲間内では「嫉妬を呼ぶほどの事件」と呼ばれるような反響を呼んだ。しかしこれで詩人としてデビューできたわけではない。京大生が詩集を出したからといって就職試験に合格するように詩人になれるわけではないということだろう。けれども彼はこの時点で既に詩友仲間を震撼させる革新的な詩を書いていたわけである。一体どんな詩だったのか？　参考までに『喝采』の冒頭にある「唄・一九六一」と題した詩の一連と五連の詩片を引くので鑑賞していただきたい。

唄・一九六一

見つめていると
ぼくの胸に
昏い空がひろがっていく
裂目からたれさがるぬれているもの
たとえば
花　唾液のような
指　魚のような

魚はしる
魚ながれる
火刑地へ急ぐように
昏い空目指して
ぬれているものを

指でひっかきまわしたように
血を頒けた記憶は
絶望に身をこする
知っているのだ
美しい夜明けは
遠ざかるばかり

「唄・一九六一」という表題でも知れるように、清水哲男は一九六〇年代に学生時代を過ごした、いわゆる「六〇年安保世代」である。この詩には、その時代に青年期を送った者の心象が鮮烈に刻印されている。次に紹介する「喝采」と題した詩も、清水哲男の「六〇年代自画像」として書かれたものだろう。

喝采

だが

あなたの思い出はない
私のなかには
花もない
学校もない
あなたの網膜のあわいには
吐息につつまれた町と
敵の後姿が
やさしく光っている
未来に関する
希望に関する
残酷な哲学のなかで
あなたは眠ることさえできるのだ
けだものの目蓋を透かして
私が所有する
あなた
その肺胞

その涙
空の思想
はりつめているだけの痛み
むしろ私は
しんみりと眠ってみたい
あなたの髪につつまれた
暗闇の片隅に
皿のように光る鏡をおいて

そんなことができるもんか
あなたは
コオヒイの湯気のむこうがわにいて
胸のかたちを整え
少し血のにじんだ頬を
朝の光にたたかせて
ああ

じっと喝采に聞き行っている

ここに紹介した二つの詩には、確かに六〇年安保闘争の時代を大学生として過ごした清水哲男の心情が間違いなくみとめられるだろう。しかし単にあの時代の状況と相対した青年の挫折感や絶望をうたっているわけではない。青年には回想などしている時間はない。清水哲男が、この第一詩集で目指した事は、自らの青年期に遭遇した状況をテコにして自らが目指す詩を創出するという挑戦だったからである。

京都大学を卒業すると、清水哲男は上京して出版社に就職している。彼は優れたジャーナリストとしてのセンスも有していたようで有能な編集者だったらしいが、入社後二年足らずで会社が倒産。別の出版社に再就職したのだが、その会社も数年して倒産し、再び放り出された。それで仕方なく清水哲男はフリーランサーの編集者兼ライターとなった。フリーランサーという呼び名は「自由契約者」と訳されているので一見恰好よく映るのかもしれないが、実情は「非正規雇用」と同様の身分だから不安定な仕事であり、所詮は請負業なので自由な仕事であるわけがない。だが、フリーランサー・清水哲男はじつに颯爽としていてカッコよかったな！　という印象が私にはある。

私が清水哲男に出会ったのは、六〇年代末から七〇年代初頭のころで、当時私は新宿でタウン誌の編集者だったから、同誌の原稿依頼をしたのがきっかけだったとおもう。初対面のときだったか、彼は「連日、馬に飼い葉を与えるように大量の原稿を書いてますよ」と自嘲気味の口ぶりで自己紹介をしていたけれど、フリーランサー・清水哲男の佇まいには凛々しさが感じられたからだった。そのころ清水哲男はまだ「詩人」の肩書きを有していなかったのだけれど、内在的には「詩人」を宿していたからなのだろう。

六〇年代は世界的にカウンターカルチャーが台頭し、蜂起した時代だったが、日本ではその拠点となったのが東京・新宿で、そのころの新宿の街には梁山泊といった趣があった。この時代の象徴的な詩人・寺山修司の著書に『書を捨てよ、町へ出よう』という評論集が若者たちに人気があったけれど、そんなアジテーションの一番似合う街だった。

この寺山修司の「書を捨てよ、町へ出よう」というその時代の流行語にもなったアジテーションに対し「書を読み、街に出るな！」とアンチの烽火を挙げる人物が登場した。新進気鋭の詩人・清水昶である。清水昶は、私たちが創っていた新宿のタウン誌のコラム記事で、寺山修司のアジテーションに対する痛烈な異議申し立てをしたのだった。つぎにそのさわりの箇所を引用しておこう。

新宿といわず、あらゆる日本の街々は、見えない他人の手によって、でっちあげられた他人の街であり、若者たちは街にとって恰好の餌食になっている。そんなことを知ってか知らずか、若者たちは相も変わらず、なけなしの銭をはたいて街で呑んだくれたり、女（観念とは無関係の有機的商品の尊称）を買ったりして逆に街に買われている。そんなことをするよりも、安アパートにひきこもり、沈潜に沈潜をかさねて観念のちからを鍛えぬくべきなのだ。

（『新宿プレイマップ』一九七一年一二月号）

この清水昶の一文は、新宿のタウン誌に掲載するのは不適切な思想をこめた爆弾発言だったのであるが、編集長の私は、寺山修司の思想と感性にも大いに共鳴していたのだけれど、清水昶の時流に迎合する事を良しとしない反時代的精神にも大いに共感し、この記事を掲載したのだった。

じつはこの清水昶は、今回のゲスト・清水哲男と兄弟（哲夫は兄、昶は弟）だった。私が清水哲男と知り合うきっかけとなる、つぎに紹介する清水哲男の記事が『新宿プレイマップ』に掲載されるのは一九七〇年一二月号だから、弟の昶の前記の記事を書いた一年前ということになるのだが、その時点では二人が兄弟であったということを私は知らなかった。

清水昶は、一九六六年に「第七回現代詩手帖賞」を受賞して詩人としてデビューしているが、兄の哲夫は一九七五年に「第二五回H氏賞」を受賞するまで前記のように編集者務めやフリーランサーの仕事をしていたので、二人が《詩人兄弟》として知られるようになるのは七五年以降なのである。

　さて、フリーランサー時代の清水哲男が、『新宿プレイマップ』に寄稿している記事は「嗚呼、堂々の巨人軍!」と題した巨人軍讃歌エッセイだったのだが、この一文も清水昶のコラムの一文とは論調は真逆といっていいものなのだけれど、掲載誌の読者にはきわめて挑発的な論考だった。というのも、『新宿プレイマップ』の読者層は、カウンターカルチャー志向や反体制指向の若者たちが主流を占めていたので、アンチ巨人軍という者が多く、世間では圧倒的な主流派である《巨人・大鵬・卵焼き》大好き派の代表である巨人軍を堂々と賛美するなどということは体制派の俗物と揶揄されかねない空気が支配的だったからだ。しかし清水哲男は、そうした空気など読むことなく、というよりむしろ挑戦的な構えで、「誰が言いだした言葉か知らないが（知りたくもないが）、これだけ巨人軍について無知で、大鵬について無知で、卵焼きについても無知な言い草も聞いたことがない」と斬り捨てたうえで、つぎのように巨人軍賛美の理由を述べている。

　巨人ファンとはいったいなにものなのか。弱きを助け、強きをくじく。これが男気というものならば、強い者に味方するとはナニゴトであるか、という議論を吹っかけられことは二度や三度の話ではない。私は勝負に拘泥しない、といったら嘘になるが、それよりも野球の面白さをゲームの局面展開に求める立場がそうさせるのである。野球はいわば予測のゲームであって、次の瞬間に、投手が、打者が、走者が、野手が、どのような動きをみせるかを、あらかじめ推理して見るのと見ないのとでは、興味の度合いは大分違ってくる。守備側の九人と一人の打者とのカケヒキは、まことに微妙なもので、よく練れたチームの守備となると、まるで選手同士が一本の見えない糸でつながれているように見えてくるから不思議だ。けれども、プロとはいえ、どのチームもが予測し、推理するファンの心を満足させてくれるとはいえない。これまでにずい分多くの試合を見たが、巨人軍のみがこの欲望を常に満足させてくれたのだった。

（『新宿プレイマップ』一九七〇年一〇月号）

ちょっと解説をすると、清水哲男は大方の巨人ファンのように「伝統や人気があるから巨人軍が大好き」というファンではない。言い換えれば、寄らば大樹の陰的な巨人軍ファンではなくて、巨人軍がプロ野球の醍醐味を満足させてくれるチームであったからなのだ。これは端的にいえば、当時のプロ野球の他球団の技術水準が巨人軍以外は劣っていてつまらなかったからということなのだろう。その根本の問題点をわきまえずに単に反体制びいきの心情でアンチ巨人とうそぶく人びとに対して清水哲男はそういう論法で一矢を報いたのである。

それにしても詩人という存在は、寺山修司にしても、清水昶にしても、そして清水哲男にしても、まことに一筋縄ではいかない思想や感性の持主だなあ！ という感懐を抱かれても仕方ないのかも知れない。

そんな外野席の批評とか批判などお構いなく詩人は我が道を行く。今回のこのインタビューにおいても、一筋縄では推し量れない心変わりに接した。

「じつは数年前、僕は半世紀に及んだ熱烈な巨人軍ファンを辞めたんですよ。その理由は近刊の『さらば、東京巨人軍』という本に書きましたのでぜひ読んでみてください。」

と清水哲男はいったのだ。私はこのインタビューで理由の概要を聴くことができたのだが、その本が発行される前にその概要を紹介することは営業妨害になるので遠慮することにした。あれから三〇年後のいま、清水哲男と巨人軍と東京にいったい何が起きているのか？ 興味津々であり、本書の刊行が待たれる。

このインタビューでは、「僕にとってあれは出世作だったんですよ！」という清水哲男から嬉しい回想も聴くことができた。「あれ」というのは、前記した彼が『新宿プレイマップ』に寄稿した「嗚呼、堂々の巨人軍！」という記事のことだった。三〇年ぶりに再会した元担当編集者に対する御世辞なのかなとおもったら、それがそうではなかった。

「じつはね」と清水哲男は悪戯がバレた少年のような表情でこんな話をした。

「あの記事を読んだ、報知新聞の編集者から原稿執筆の依頼がきたんですよ。それがなんと後楽園球場で開催される巨人戦の観戦記事を書いてくれというの。むろん喜んで依頼を受けましたよ。それで巨人戦があると、社旗をたてた新聞社の車が迎えに来てくれて、球場へ行き、ネット裏の記者席で観戦記事を書くようになってね。あの仕事は楽しかったなあ！」と清水哲男は喜色満面の表情で語ってくれたのだ。私はスポーツ新聞の愛読者ではないので、その話は初耳だったが、清水哲男にとっては確かに愉しい仕事だったに違いない。


けれどもそんな得意絶頂の時にも清水哲男はこつこつと詩作を続けていたのである。そして自らの目指す地下水脈を探索し遂に水源を見つけ出すような開花の日が訪れる。

清水哲男は、一九七四年に出した詩集『水瓶座の水』で、詩の世界の芥川賞といわれる「第二五回H氏賞」を受賞するのである。

そのころ新宿を追われ、フリーランサーという肩書きのシンドイ雑文書きをやっていた私は、そのニュースに接し、「とうとう哲ちゃんもやったなあ!」と羨望の念を抱くとともにその栄誉を仰いだものだった。

しかし、確固とした詩人の肩書きを手に入れたとしても、冒頭でふれたように詩人は職業ではないから、それで生計を立てていくことはできない。詩人たちは詩人として生きていくためになんらかの生業を持たなければならない。そういう事情は基本的には変わらないのだ。

清水哲男が東京FMのモーニング番組のDJをやっているらしいという風のたよりを聴いたのは七〇年代末のころだった。私は彼の担当するDJ番組を聴いたことはないのだが、共通の友人から「最近、哲ちゃんは早朝番組のDJをやっているとかで、一緒に飲んでも九時くらいになると、明日早いのでお先に失礼とかいって帰っちゃう。付き合いが悪くなったよ」といった話しでその情報をキャッチしたのだった。ところが、わが『街から』編集室の女性編集長と副編集長のお二人は、その時代のDJ・清水哲男の大ファンだったようで、インタビュー企画の人選をするときなど「清水哲男さんをやってください」と彼女たちは候補に彼の名を挙げ続けてきた。好奇心から「どういうところが良かったの?」と訊ねると、「知性的な声と話ですよ! 朝、家事をしながら清水さんのDJを聴くのが、あのころの愉しみのひとつだった」と声を弾ませて答えるので、ちょっと妬ましい気分になったものだった。

清水哲男は、その東京FMのDJを一九七九年から一二年間務めたという。「局の担当ディレクターからは当初、実験的に二〜三ケ月やってみませんか？　といわれて始めた番組で、僕もそのつもりだったのですけどね。これって素人のパーソナリティが担当するDJ番組としては最長記録らしいといわれましたけど……」。そしてその後も九五年からは吉祥寺を拠点とするコミュニティ放送局「むさしのFM」のパーソナリティを務めるようになって現在にいたっているので、こちらもすでに六年になるという。

――その仕事って毎日なんですか？

清水　土日を除いて毎日です。放送時間は、正午一二時から午後四時まで。FM東京のときは朝番組で七時から九時までだったから、毎朝四時起きして六時までにスタジオに入る仕事でしたから、それに比べると今は楽かな。

――アメリカの地域放送局のDJなどはロックなんかをガンガンかけて、合間にラフなおしゃべりをしているような光景を映画などでよく観かけるけれど、清水さんはどんなDJを？

清水　武蔵野市が中心になって立ち上げた第三セクターの放送局ですからね。放送の内容も自治体エリア内のお知らせとか催事案内、交通情報や天気予報などを、静かに淡々とアナウンスしているだけですよ（笑）。

――じゃあ、詩人・清水哲男のキャラクターを打ちだした話などはしないわけ？

清水 全然してない。だって僕の役割はパーソナリティだもの。だからクールにお知らせなどを伝えるだけ。案外それが受けてるみたいなんだ。ワァーワァーしゃべったりしないので、うるさくないのがいいのかなぁ……（笑）。

――ラジオってメディアは好きなのかな？

清水 僕らの子どものころって、まだテレビなんかなくて、どこの家でもラジオが神棚の隣りとか箪笥の上にでんと置かれていたじゃない。今は携帯ラジオなどが主流だから、台所の隅に置かれていたり、ベッドわきのサイドテーブルにあったりするよね。だから放送する者もロー・アングルな感じでしゃべれる。つまりラジオってパーソナルコミュニティ的な媒体になってきているのがいいですね。

私は清水哲男のラジオ放送を聴いたことがないのだが、インタビューでの話を聞いていて、彼が有能なＤＪであり、パーソナリティであることが、よく理解できたのだった。そして同時に現代の詩人は、内面の詩人としての自己とは別個に、市民としてきちんと生き抜いていなければ、詩人として存在することが困難なのだなあ！　という感慨を改めて新たにしたのだった。

私はふだん詩の専門誌なんて愛読はしていないのだが、暮に『ユリイカ』一二月号を本屋で見つけ購入した。じつはこのところ在日朝鮮人作家・梁石日（ヤン・ソンギル）の小説にはまっていて、詩の専門誌である同誌のその号がなぜか梁石日特集だったこと、そして梁石日が詩人でもあったことを私は知らなかったことなどが、購入する動機だったのだろう。その特集のなかで詩人の金時鐘（キム・シジョン）が詩人と詩について正鵠を射た評を記しているのでそのさわりを引用させてもらおう。

俗世を生きて俗世にまみれず、絶対少数者の側に立ちつくす意地の人を私は詩人という。したがって詩はあるがままでありたくないと思う心が発露する、非日常の創出であり、それへのゆるぎない意志でもあるものである。

この金時鐘の評は、かつて詩を書いていたという梁石日の詩精神が、その後小説家に転じた梁石日のなかにも受け継がれていることを看破し評価している梁石日評なのだけれど、このことは性根を据えた全ての詩人にもいえることだろう。

現代詩は難解なものが少なくない。どうしてこんなに難しく書くのか？　という疑問も抱かないでもない。けれども前掲の評を読んでいささか納得がいった。なぜなら、繰り返しの引用になるが、「詩はあるがままでありたくないと思う心が発露する、非日常の創出であり、それへのゆるぎない意志」として書かれるものだからである。言い換えれば、詩は日常の闇に発しられる暗号のようなものと考えることができる。だからと言って読者は何も頑張ってその暗号を解読することもないのではないか。少しでも何か感じるものがあればそれでいいのだ。詩がちんぷんかんぷんであることなど気にすることもない。憂え、恐れなければならないのは、この世から詩人が存在できなくなることだろう。なぜなら、詩人は、炭鉱が爆発の危機にひんしているとき炭鉱夫たちがかざしたというカナリヤの役を果たしてくれているからである。

清水哲男（しみず・てつお）

一九三八―二〇二二　東京生まれ。詩人。『水甕座の水』（一九七五年）で第25回H氏賞受賞。『夕陽に赤い帆』（九四年）で第2回萩原朔太郎賞（九四年）、『黄燐と投げ縄』（二〇〇六年）で三好達治賞、『換気扇の下の小さな椅子で』（二〇一九年）で第二六回丸山薫賞を受賞。詩人の清水昶（一九四〇―二〇一一）は弟だった。

映画タイトルデザインを《映画》に飛翔させた赤松陽構造の活動屋スピリット

赤松陽構造（あかまつ・ひこぞう）さんは、日本映画のタイトルデザイン制作者の第一人者として知られている。とはいえ、一般に広く知られてきた職業ではない。映画タイトルというと、「ああ、映画の題字ね」と早合点される方が多いとおもうのだが、それは映画タイトルデザインの主要な一部に過ぎない。本や雑誌のタイトルを連想される方もたぶん多いとおもうが、映画のタイトルは紙の上に印刷されたものではなく、動画のなかにわずか何十秒か映し出されるもので、同じ題字ではあっても見る者の印象も、その機能も、かなり異なったものといってよい。

また、映画タイトルデザインの作業分野を見ると、映画の本篇が始まる前のタイトルロール、プロローグ、トップタイトル、そして本篇が終わった後のエンドロールまでが含まれていて、単にトップタイトルだけを制作しているわけではない。
赤松陽構造さんの作品の一つ、北野武監督作品『ＨＡＮＡ-ＢＩ』（一九九七年、オフィス北野制作、第五十四回ベネチア国際映画祭金獅子賞受賞）のタイトルデザインについて精緻な論考をされている石原みどりさんの評論*の一節を引用させてもらい、映画タイトルデザインとはどういうものかという実際の作られ方を見ていただこう。

『ＨＡＮＡ-ＢＩ』の場合、タイトルロールが三〇秒、プロローグが約八〇秒あり、トップタイトルへ至る。タイトルロールでは、天使やカラフルな一面の花畑、親子三人で花火を観ているほのぼのとした光景の絵を背景にして、プロデューサー、メイン・キャスト、音楽監督、監督、脚本、編集のクレジットが流れる。それに続くプロローグで雰囲気が一変し、主人公の刑事、西（ビートたけし）とチンピラ風の若い清掃員との終始無言のやり取りがされる。（中略）その後、久石譲の音楽が流れる中、東京湾の風景を左から右へと流すショットが入る。少しくすんだ空の下、レインボーブリッジが映し出され、高層ビル群がかなたに見える。（中略）そこにトップタイトルがフェイド・イン、約一四秒間続いてフェイド・アウトする。

＊石原みどり「書としての《ＨＡＮＡ－ＢＩ》」甲南大学人間科学研究所刊『心の危機と臨床の知』（二〇〇四年）所収）

このようなイントロダクションで映画『ＨＡＮＡ－ＢＩ』は始まるのである。つまりタイトルロールとプロローグは、音楽の序奏、物語の導入部に当たるもので、これから始まる映画の世界に観客をスムーズに誘う役割を担っている。そしてトップタイトルが映し出されるのだ。一方、エンドロールでは、映画制作に従事したスタッフ名や協力企業名などがずらずら列挙されているけれど、単にスペシャルサンクスを謳いあげる場ではなく、作品の余韻を観客に印象づけるエンディングデザインも欠かせない。

だが、石原さんは、先の引用文のなかで『ＨＡＮＡ－ＢＩ』の場合、そのトップタイトルが画面に映し出される時間は僅か一四秒程度で、「劇場において大多数の人は、この一四秒間を経験するのは一回であり」、よほど注意深い鑑賞者でも明確に記憶にとどめることは難しいのではないかと指摘している。おそらくはそういう事情とも無関係ではないのであろうが、タイトルロールもエンドロールも映画の本篇を盛り上げる重要な役割を担っているのだけれど、従来、表舞台で脚光を浴びる機会はほとんどなかった。映画の世界におけるタイトルデザインの評価は、本稿主人公・赤松陽構造さんの目覚ましいタイトルデザイン制作者としての活動が注目されるようになった近年以前はすくなくともそういう状況だったのである。

赤松陽構造さんは、一九四八年東京都中野区生まれの団塊世代である。一九六九年に日大芸術学部映画学科を在学一年余で退学している。大学闘争真っ盛りの時代で、日芸もバリケードで封鎖され、彼もノンセクト・ラジカル（「ラジカル」だったのかどうかわかりませんけどね……と赤松さんは東京人らしいシャイな答えをしていたが）の一員として学園闘争に参戦していた。

もちろん映画学科を専攻したくらいだから、映画青年であり、将来は映画界で仕事をしたいと考えていた。「やっぱり映画監督志望だったのですか?」と訊ねたら、「いや、僕は監督には向いていないと思っていたし、写真撮るのが好きでしたので、映画カメラマンを目指していました。」「で、学生運動の合間を縫ってピンク映画のカメラマン助手のアルバイトに励んでいました。興味本位なんかではありませんよ（笑）。現場で映画づくりの実際を学びたかったからです。」と赤松さんは真面目な表情で語っている。

大学中退にはさしたる理由はなかった。《大学解体!》というスローガンが掲げられていた時代で、流行感冒のように大学厭世病が蔓延していたから、赤松さんもそんな時代の青春グラフティとしてドロップアウトの道を選択したのだろう。ところが、その直後赤松さんは人生の重大な岐路に遭遇する。それは父親（万寿雄氏）の突然の病死だった。

現在、赤松さんが代表を務めている㈱日映美術は、じつは父親の万寿雄氏が創業した映画タイトルを手がけていた従業員数人の小さなプロダクションだった。つまり赤松さんは二代目として父親の会社を継ぎ、代表者兼映画タイトルデザイン制作者であった父の職業をも継承したのである。それは映画カメラマンを目指していた若き日の赤松さんにとっては想定外のことだった。彼は一人息子だったので、父親の死は二十一歳の赤松さんに母親の扶養者という役割をもたらした。予期せぬ選択だったが、一九七一年に父親の会社を継ぐことになった。

父親の仕事を継ぐようになってから、赤松さんは、それまでは関心を抱くこともなかった父親の足跡を知った。万寿雄氏は東京芸大洋画科を中退して桜映画社という映画制作会社に務めた。その会社はニュース映画やドキュメンタリー映画を制作していた小さな映画会社で、万寿雄氏はタイトルや線画（ニュース映画に挿入される地図や説明図の作成）の制作に従事していた。やがて太平洋戦争に突入すると、企業統合により桜映画社は数社の映画会社と合併して日本映画社が設立され、万寿雄氏も同社へ移籍した。

日本映画社では、戦争鼓舞のニュース映画が盛んに制作された。当局の検閲をパスしなければ上映御法度の時代である。青年時代におそらくは画家を志し、左翼思想の洗礼も受けていたと伝えられてきた万寿雄氏にとっては耐え難い時代であったろう。

戦後、日本映画社は日本映画新社として発足し、ニュース映画及び短編映画の制作会社として発展した。テレビが登場する以前の「映画黄金時代」と言われた時代の映画館では、本篇の劇映画などの上映前に、ニュース映画が上映されるのが定番となっていて、独特な語り口のアナウンスで報道されるニュース映画はかなり人気があった。それゆえ日本映画新社の業績も伸びた。

万寿雄氏は一九五七年（昭和三十二）に日映美術を創立した。創業時の同社は信濃町の都電通り沿いの木造家屋に事務所兼作業室を構えていたので、電車が通過するたびに震動のためタイトルの撮影を中断しなければならなかったという。スタッフは数人の小世帯だったけれど、映画制作会社のスタッフとの打ち合わせが終わると、万寿雄氏は一同を連れて飲み屋にくり込んでいた。陽構造少年の瞳には、《活動屋》と呼ばれていた時代の父親とその仲間たちが眩しい存在に映ったという。

しかし、休日などに独り自宅で過ごしている時の父親は、ほとんど物も食べずに黙然と焼酎を呑んでいる姿しか思い出せず、「父とは物心ついて以降、ちゃんと話をしたことがないので、父の事についてはこの程度しかわからないなぁ……。」と赤松さんは述懐する。

でもそれは例外の事ではない。六〇年代ぐらいまでの日本の家庭では、そのような父と息子の関係が別に珍しくなく存在していたのである。

赤松さんが父親の会社を継いで、当初大変困ったのは、自分がデザインの勉強もしていなくて、書き文字の技術も身につけていないことだった。小さな映画タイトル制作プロダクションの社長はプレーイング・マネージャーでなければやっていかれなかったからだという。赤松さんがこの世界に入ったころ、日本の映画界は斜陽化に向っていて、かつて全盛を誇っていた五社体制（「五社協定」*という協定を結んでいた）が揺らぎつつあった。五社時代の撮影所には、タイトル室が設置されていて、そこには画家・書道家・グラフィックデザイナーといった分野から参入した人たちが専属で雇用されていて映画タイトルの制作にあたっていた。当時は「タイトルデザイナー」といった職名はなく、「タイトル屋」などと蔑称気味に呼ばれていたけれど、当人たちはみな腕に自信を持ち、活動屋の一員として仕事に従事していたという。万寿雄氏は五社の専属ではなく、独立プロダクションのタイトルデザイン制作者だったわけだけれど、五社の同業者たちには負けないぞという気概の持主だったという。

＊五社協定（ごしゃきょうてい）は、日本の大手映画会社五社（松竹、東宝、大映、新東宝、東映）が一九五三年九月一〇日に調印した専属監督・俳優らに関する協定。後に日活が加わり、新東宝が倒産するまでの三年間は六社協定となっていた。一九七一年をもって五社協定は自然消滅した。（出典：フリー百科事典『ウィキペディア（Wikipedia）』）

「タイトル屋」といわれていた時代のタイトルデザインは、タイトルと出演者・スタッフの名を手書きで制作することがメインであったから、文字を書くことに有能な者がこの作業を手がけていた。端的にいえば、上手に書かれているタイトル文字であればそれでよかったのだ。映画のエンディングも《終》と記されているだけで、現在のエンドロール様式はまだ作られていなかった。要するにタイトルロールの部分は必ずしも本篇と一体化したものとは位置づけられていなかったのである。

赤松さんが当初困ったのは、書き文字に自信がなかったからだった。そのため彼の仕上げたタイトル文字はNGの連続で、効率の悪い作業を繰り返して徹夜することもしばしばで、月に一～二度ぐらいしか家に帰れないこともたびたびだったという。しかし、赤松さんはそんな苦難の期間を抜け出し見事な脱皮を図った。

赤松陽構造は、映画タイトルデザインの在り方を抜本的に変革している。それは端的にいえば、映画タイトルというものを単に題字や出演者名などを文字として表現するだけの役割ではなく、これから始まる物語の序奏として位置付けデザインしているということだろう。つまり映画タイトルは「刺身のツマではなく、イントロダクションなのだ！」という映画タイトルデザインを定着させたのである。

赤松さんは、そのポリシーを具現化させるため、映画タイトル制作の依頼をうけると、クランクイン前に台本を読み、監督やプロデューサーから映画化の方針や作品のイメージなどについて話を聞き、クランクイン後には必ず編集ラッシュを見せてもらい、そのうえでデザイン案を作成しているという。

近年はタイトルデザイン制作の分野にもデジタル化が普及してきて、コンピューターやＶＴＲ（ビデオテープレコーダー）で作成することが一般化してきた。したがって題字の制作もかつてのように書き文字ではなく、デジタル制作で行われている。赤松さんも、コンピューターは使って制作しているけれど、メイン・タイトルだけはかつて苦労した手書き文字で、あえて作成することが多いという。そして赤松さんの独創的で斬新な手書きのタイトルは、それ自体が作品として近年注目を浴びてきた。二〇〇二年八月、第二七回湯布院映画祭で「赤松陽構造　映画タイトルデザイン展」が開催され、話題を呼んだけれど、これは映画のタイトルデザインという仕事が表舞台に上がり脚光を浴びた記念すべき出来

映画『東京裁判』1983年　監督：小林正樹

映画『ゆきゆきて神軍』1987年　監督：原一男

映画『HANA-BI』1997年　監督：北野武

映画『それでもボクはやってない』2007年
監督：周防正行

映画『まほろ駅前狂騒曲』2014年
監督：大森立嗣

映画『おらおらでひとりいぐも』2020年
監督：沖田修一

映画『ロスト・ケア』2023年
監督：前田哲

映画『月とキャベツ』1996年
監督：篠原哲雄

映画『うなぎ』1997年
監督：今村昌平

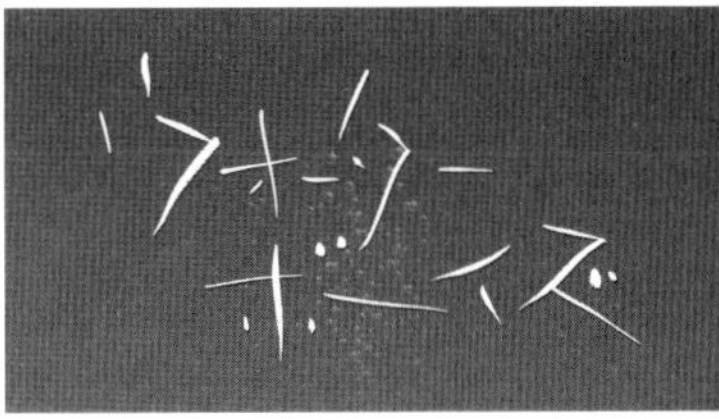

映画『ウォーターボーイズ』2001年
監督：矢口史靖

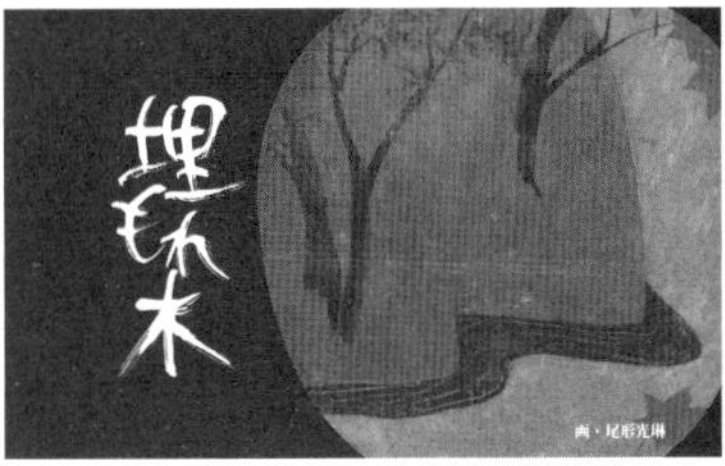

映画『埋もれ木』2005年
監督：小栗康平

事だった。

赤松陽構造の映画タイトルデザインの評価の高いことは、七〇年代以降の日本映画の多くの作品に彼のタイトルデザインが用いられていることで証明されるだろう。それはフィルモグラフィーをご覧いただければ一目瞭然で、現代日本映画の第一線で活躍している諸監督の作品のタイトルデザインに起用されていることがわかる。

けれども赤松さんは、その三〇年余の輝かしいキャリアを飄々とした表情で、こんなふうに語っている。

「僕はもともと能力もないし、ぼんくらなわけじゃないですか（笑）。学校でデザインの勉強をしたわけでもない。ですから最初のころは手探りでやっていたので、ライバルの仕事に負けちゃうなあ……、俺はダメだなあ……と反省ばかりしてましたよ。

でも、映画の世界という処は、がんばっていればなんとかなるみたいなところがあるんですね。才能があるとか、人より秀でているとか、そういう一般社会の評価はあんまりない。がんばっていればなんとかなる。仕事ができる。仲間たちのなかで一生懸命がんばってやっていること。それが仲間に認められること。そういうことがすごく大事なんですよ。」

シャイな発言箇所は間引きする必要があるけれど、その言わんとすることは、いかにも赤松さんらしい仕事観だなぁ！　と感心したのだった。これは日本映画の黄金時代に育まれた活動屋スピリットでもあったのだろう。

赤松さんは、今年四月に逝去した黒木和雄監督作品のタイトルデザインを数多く手がけているが、その黒木監督の赤松陽構造評がじつにいいので、ご紹介させてもらい、この小稿の結びとしよう。

《赤松さんとの出会い、その阿吽（あうん）の呼吸のやりとりは私にとって心地よかった。そして得難い百年の知己（ちき）をえたような歓びでもあった。》

赤松陽構造（あかまつ・ひこぞう）

一九四八年、東京都中野区生まれ。一九六九年に急逝した父の跡を継いで映画タイトルデザイナーとなり、現在までに四〇〇本を超える作品を手がけてきた。この世界のレジエンドだが、近年はＮＨＫ大河ドラマ『八重の桜』のタイトル文字でも注目を集めた。第66回毎日映画コンクール特別賞受賞、平成24年度文化庁映画功労賞などを受賞している。

赤松陽構造フィルモグラフィー

「青春の殺人者」（長谷川和彦　１９７６）
「十九歳の地図」（柳町光男　１９７９）
「ツィゴイネルワイゼン」（鈴木清順　１９８０）
「ガキ帝国」（井筒和幸　１９８１）
「東京裁判」（小林正樹　１９８３）
「山谷やられたらやりかえせ」
（佐藤満夫・山岡強一　１９８５）
「ゆきゆきて神軍」（原一男　１９８７）
「その男、凶暴につき」（北野武　１９８９）
「Shall we ダンス」（周防正行　１９９５）
「眠る男」（小栗康平　１９９６）
「うなぎ」（今村昌平　１９９６）
「スリ」（黒木和雄　２０００）
「顔」（阪本順治　２０００）
「ウォーターボーイズ」（矢口史靖　２００１）
「美しい夏キリシマ」（黒木和雄　２００２）
「ＨＡＮＡ‐ＢＩ」（北野武　１９９７）
「父と暮らせば」（黒木和雄　２００３）
「深呼吸の必要」（篠原哲雄　２００４）
「ゲルマニウムの夜」（大森立嗣　２００５）
「悲しき天使」（大森一樹　２００６）
「それでもボクはやってない」（周防正行　２００６）
「紙屋悦子の青春」（黒木和雄　２００６）
「新・あつい壁」（中山節夫　２００７）
「人間失格」（荒戸源次郎　２００９）
「わが母の記」（原田眞人　２０１１）
「横道世之介」（沖田修一　２０１２）
「64ロクヨン　前篇・後編」（瀬々敬久　２０１５）
「菊とギロチン」（瀬々敬久　２０１７）
「止められるか、俺たちを」（白石和彌　２０１８）
「日日是好日」（大森立嗣　２０２０）
「三島由紀夫vs全共闘」（豊島圭介　２０２０）
「護られなかった者たちへ」（瀬々敬久　２０２１）

（括弧内は監督名と封切年度）

抗日遊撃戦を闘った斎藤龍鳳という男の足跡

原点となった予科練・特攻隊体験

ボクの少年時代は忠と孝がモラルの基本でした。ボクはたえず、忠孝を念頭におき、秩序を守るべく努めました。

結果はどうだったか？　直接的にボクは半封建的天皇制社会を支える一員だったのです。

これは、いま考えるだにシャクの種です。

斎藤龍鳳は、夕刊紙『内外タイムス』文化部映画担当記者時代に、原竜次というペンネームで刊行した『監獄』（三一書房、一九六三年）という著作の序文のなかで、まず、著者自身の立ち位置を、そう記している。元号を用いるのはシャクの種だけれど、一九二八年〈昭和三年〉生まれの斎藤龍鳳について語る場合、〈昭和〉というくくりで展望した方が理解しやすいのではないかと忖度し使ってしまう。ちなみに、斎藤龍鳳が唯一物した小説『人間洗濯』(『映画芸術』誌に一九六七年十月号〜一九六八年十二月号まで連載されたが、未完)の主人公は「昭三」と名づけられている。便利なので踏襲すると、昭和一桁生まれの龍鳳世代は〝皇国少年〟世代であり、親に孝行し、国体(天皇)に忠誠という精神を幼少時から家庭や教育現場で叩きこまれてきた世代とくくれるだろう。したがって、そのような時代の空気や同調圧力によって上記のような意識が形成されていたとしても何の不思議もない。しかし、斎藤龍鳳は、果して本当に、「たえず、忠孝を念頭におき、秩序を守るべく努めた」という少年だったのだろうか?

そのことを斎藤龍鳳の人生の原点と考えられる予科練・特攻隊体験を通して検証してみたい。かれは、一九四三年(昭和十八年)十月、長野県の須坂中学(旧制)三年在学中の十五歳のとき、海軍飛行予科練習生(予科練)を志願して合格し入隊している。第二次世界大戦終盤のこの年から、兵力不足を補うため、高等教育機関(旧制大学・旧制高等学校・旧制専門学校)に在籍する二十歳以上(翌四十四年十月以降は十九歳)の学生を徴兵する「学徒出陣」が始まっているが、「予科練」というのは、未だ徴兵年齢に達していない若者たち

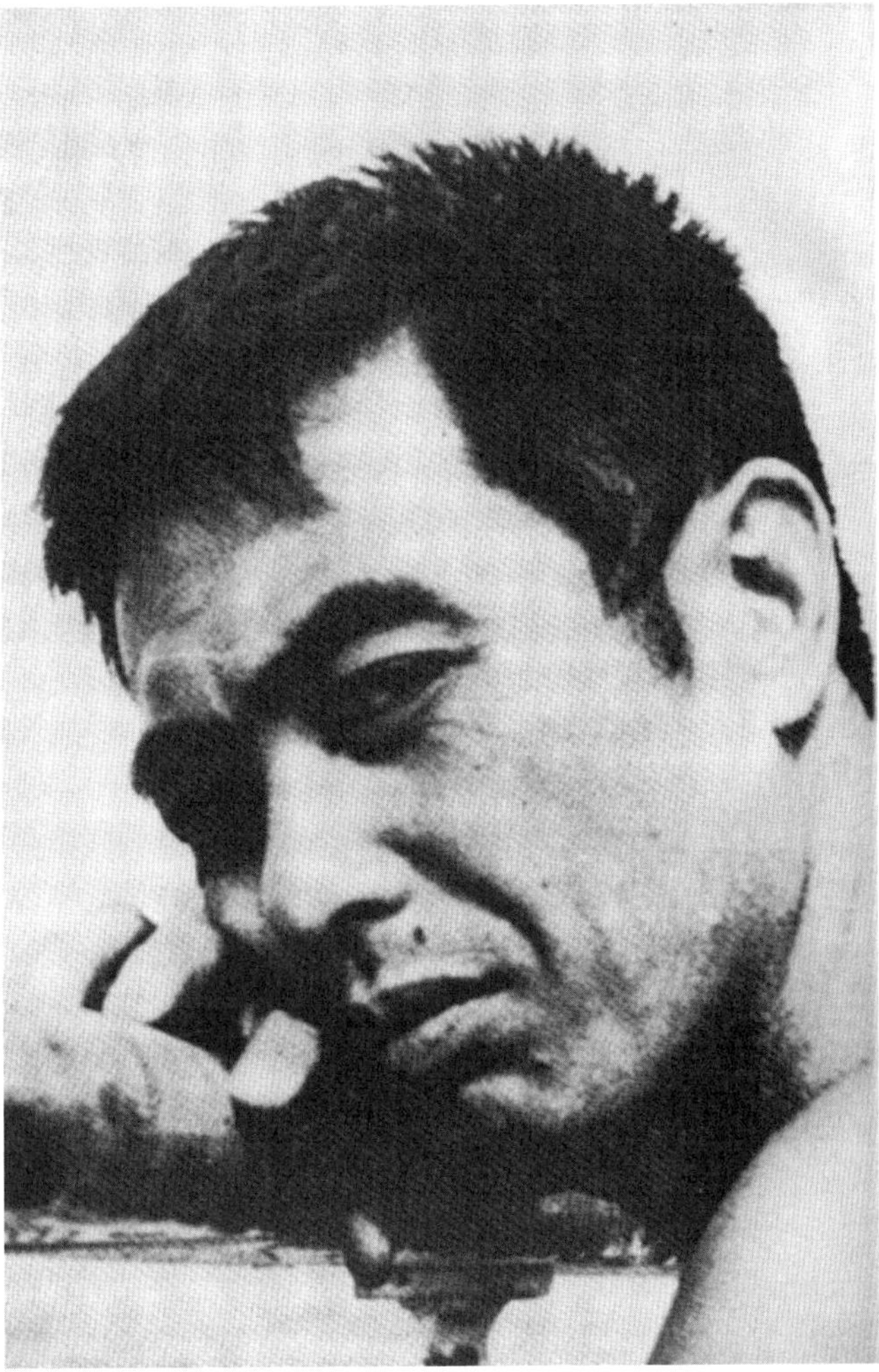

「一九六八年の夏、私は自転車で西にむかって走っていた。行く先々で泳ぎ、日が沈むとまた走った。」そんなエッセイも書いていた頃の斎藤龍鳳。

を対象にした海軍航空兵養成機関で、海軍航空少年兵とも呼ばれていて、皇国史観に洗脳された十代の若者たちの憧れの的だったという。では、斎藤龍鳳の場合はどうだったのだろうか。

そのことを検証するためには、生い立ちを少し遡ってみる必要がある。自伝的小説と銘打たれた『人間洗濯』の冒頭を見てみよう。

南天の実を大野久子の膣口に押し込もうとする幼い巧みは、計画に長日月を費やしたものの遂行はおぼつかなく、とっかかりで失敗した。

屋上西隅にある体操用具室の中で、久子は拮抗し大きく泣き叫んだ。

その叫び声の大きさは、女ならではの適切きわまる緊急防衛の処置であり、たちまち、人だかりを作り、紀夫と昭三を途惑わせた。

当面した急変事態に、紀夫も昭三も躊躇の時間を多く持ち過ぎ、久子に逃げ出された。汗くさく、ほの暗い用具室から出る時、昭三は、妙に失敗を恥じた

抜けるような東京市の中空には「臣道実践」と大書した翼賛会のアドバルーンが幾条も、のどかにたゆたっていたが、昭三の眼には、うるさいものと映った。右斜め、至近にのぞむ議事堂の落ちつきも目ざわりだった。

この自伝的小説『人間洗濯』の主人公・昭三と級友の紀夫が通っている小学校は、東京の千代田区に現存する番町小学校をモデルにしているのだが、斎藤龍鳳は、一九三五年（昭和十年）に同校に入学している。番町小学校は、現在も卒業生の多くが麹町中学―日比谷高校―東大というコースを目指すエリート小学校だけれど、斎藤龍鳳が同校の生徒だった時代も、「二中、一高、帝大」を目指す秀才の集う進学校で、越境入学者が多く、当時淀橋区（現新宿区）柏木に住んでいた龍鳳もその一人だった。しかしかれは入学早々から「俺は、一中（現在の日比谷高校の前身）に入れるわけがない。」と負け組宣言をしている。小説の冒頭シーンのような悪戯は寓意として描いたフイクションなのかも知れないが、番町小時代の龍鳳がエリート小学校の生徒に相応しくない悪童であり、落ちこぼれだったことは推察できる。

昭和初期、映画や芝居の世界で〝股旅もの〟剣劇が流行っていて、龍鳳の父勇鳳も好きだったため、親子で、その手の映画をよく観に行っていたようだし、かれはチャンバラ遊びが大好きだった。その頃、龍鳳が、初めてみずからの意志で「このレコードを買ってくれ」と選定した曲目は、東海林太郎のうたった『赤城の子守歌』で、「縞の合羽と三度笠、手甲脚絆に一本差しという旅支度が、幼な心を妙に刺激していたというのだが、『旅笠道中』をレコードにあわせてうたう当時の私を、父や母は眉をしかめて見ていたものであ

る。」と書いている。（「私の精神史と艶歌の世界」『遊撃の思想』所収）

「落ちこぼれ」という格差

父勇鳳は、長野県出身。安曇野の農家の次男だったが、子供の頃から頭が良く勤勉だったため長野県のナンバースクール松本中学（旧制、現在の松本深志高校の前身）に入り、卒業している。ただし、家の事情からだったのか、一高・帝大へは進学できなかった。そのため故郷の小学校の代用教員を二年つとめた。その後に上京し、公務員養成所で学び、東京市庁に入省している。明治生まれの男たちの本懐は立身出世を志し生き抜くことだった。思い通りに成就したかどうかは措くとして、勇鳳も、その例外ではなかった。だから長男で一人息子の龍鳳には、父勇鳳も母幸子も当然ながら期待し、番町小学校に越境入学させたのだろう。しかし龍鳳少年は、両親のその期待に応えられなかった。一中へ進学できなかった龍鳳は、父の薦めにより勇鳳の出身校の松本中学へ内申書を出したが、それも合格ラインの点数に達していないということで不調に終わり、落ち着いたのが長野県県北の須坂町に所在する須坂中学だった。父勇鳳は、息子の進学先を見届けると、東京市庁を退職し、当時日本が植民地にしていた傀儡国家・満州国ハルビンの市公署に転職した。勇鳳はその頃、財務局主計課予算係主事になっていたのだが、月給が二倍になるというスカウト条件に飛び乗り、あと四十日で恩給がつくというのに、満州へ雄飛したのだった。もちろん、母と妹も後を追った。龍鳳は、家族に見棄てられ、自分だけが〝都落ち〟させられた感を拭えなかった。

親元を離れ寄宿するようになると、寄宿舎の上級生に連れられて町のミルク・ホールやビリヤードへ出入りするようになり不良化が加速。三年生の時、商業学校と合同の勤労奉仕の作業後、龍鳳は一人の商業中生と喧嘩し殴打した。このことに端を発し、両校の生徒の対立が激化し地元警察が介入する事態を招くと、かれは停学処分を受けている。問題を起こすたびに、龍鳳は、柔道教師である舎監から顔が変形するほど鉄拳を浴びた。それは教育とか指導と言える代物ではなく、過剰な暴力だった。かれはそれをずっと耐えてきた。だがこのとき、初めて攻撃に出た。「腹いせにボクは、四年生、五年生が演習に出かけたスキを狙い、寄宿舎の倉庫に宝物のごとくねむっていた給食用砂糖を、あとかたもなくカッパらい、二年生を集めると国定忠治気取りで分配した。戦時中、砂糖は貴重品だったから、それを生徒が盗み出し、下級生に分配したなどという行為は学校としては想定外の大事件だった。それゆえ教頭は「〝腹カッサバイテ陛下に申しわけする〟と寄宿舎の生徒全員の前で、声涙ともに下る大説教をした」（「わが海軍時代と『出撃』」『遊撃の思想』所収）。だが、舎監からの制裁はなぜかなかった。「あんまりデカイ仕事をしてくれるなよ」とおもねるような訓戒をし、「どうだ、いっそのこと海軍に志願したら……とさも妙案を思いついたとばかり、ボクの前に膝をすりよせてきた。」（前掲書）というのだ。学校（役所なども同様だろうが）というところは不祥事が起きると、その発覚を怖れ隠蔽に走る。それは、校長や教師たちが管理責任を問われ、出世の妨げになるからだろう。龍鳳の反撃は、そこを狙ったものだった。

明治時代から敗戦に至るまでのエリート志向の日本人男性が追い求めた立身出世の代表格は、高級官僚と軍人だった。士官学校が帝大に比肩するエリート校として全国から秀才を集めたのは高級士官を志望する青年が多かったからだ。斎藤龍鳳は、そのいずれにも資格の点で見放されていたし、自ら背を向けてもいたのだから、立身出世などどうでもよかったのだろうが、十九歳になったら徴兵されるという現実に対しては人並みに不安を感じていた。

だが、その時、斎藤少年は、舎監の明らかに自分を厄介払いしようとする言葉に閃くものを感じた。当時、中学校では海軍や陸軍の下士官らが戦況報告という名目で生徒達を鼓舞し戦地へ送り込もうという意図の講演会が盛んに行われていたのだが、そのような際の、講師の士官に対する校長や教頭らのウヤウヤしい平身低頭ぶりが脳裡にクローズアップしたのだった。そしてつぎのように直観し行動するのである。「そうだ、この野郎（筆者注：

校長や舎監を指している）をペコペコさせるには海軍に行くしかテはない」ボクはそう思い込んだ。「翌朝、ためらうことなく、ボクは起き抜けに町役場へ行き、甲種飛行予科練習生の志願書を提出した。」（前掲書）。同様の決断は、二年後の一九四五年（昭和二十年）三月下旬、特攻を志願している点にも見ることができる。かれはつぎのように書いている。「飛行長がボクらを格納庫の前に集めた。熱望する者二重丸。希望する者一重丸。「特攻を希望しない者は何も書くな。と訓示した。（中略）ボクは死にたくはなかったが、その場の主観主義的激情にトップリとつかり、「エイッ」と二重丸を書いて提出、十分後にはひどく後悔していた」。いずれのケースも、学徒動員により戦地に駆り出され死んでいった青年達が『きけ　わだつみのこえ』に書き残した苦悶、思索、絶望を綴った精神性に比すと、龍鳳の選択と行動はなんとも軽佻浮薄、直情径行のそしりは免れないだろう。しかし斎藤龍鳳にも「わだつみ」の若者達と同様の思いがなかったとは考えられない。だが、かれは敗戦によって辛くも特攻死を免れたのだ。一九六〇年代に映画評論家として活動することになる斎藤龍鳳は、自分の原点を振り返ってみようと思い立ったとき、そのようなファイティング・ポーズをとるしかないと考えたのではないか。戦後日本の大きな曲がり角となった六〇年代――その時代の光と影に隠されていた危機的情況を撃つ心構えとして！

ところで、斎藤龍鳳が特攻志願の二重丸を描き提出していた頃、父勇鳳は、満州国財団法人官吏消費組合経理課長に栄転し奉天市に転任している。だが数カ月後の六月十五日、戦争末期には兵力不足から中・高年層の徴兵も始まっていたので、その網にかかり二等兵として現地召集されている。そして八月十六日、ソ連国境沿いの羅子溝という曠野で、前日に天皇により敗戦の詔勅があったことも知らずに戦闘に駆りだされ戦死している。享年四十三。その死亡年齢は、後年、息子龍鳳の死亡年齢と奇しくも同年だった。

斎藤龍鳳とその父勇鳳の生き方は真逆ではあったけれど、思えば二人とも草莽の民だったのだなあ！　などと考えていて、ふと連想したのは三島由紀夫とその父平岡梓のことだった。

平岡梓は、三島の死後に刊行した『倅・三島由紀夫』（文藝春秋社刊）という本のなかで、三島の徴兵検査を受けたときの様子をつぎのように記している。「倅が大学一年のとき、昭和二十年二月ついに赤紙が飛び込んできました。（中略）僕は倅を連れて当時当家の本籍地であった兵庫に向いました。」まず注目したいのは、徴兵検査に父親が付き添って行っていることだ。検査の前日、知人宅に一泊した際、三島は急に高熱を出し医者を呼ぶ事態になったという。「翌日無理を押して受検にでかけましたが、結果は不合格で、「即日帰郷」となりました。軍医の診断では「ラッセルがひどく、まあ結核の三期と思う」とのことでした。これは帰京後名医の診断によると、風邪の時の高熱が誤認されたもので、肺には何の異常もなし、と判り、ホッといたしました。」これって忖度では？　と思わず筆者は読んでしまった。なぜなら、平岡梓は、当時農林省水産局長という地位にあった高官だったからである。また、息子の徴兵検査不合格をつぎのように手放しで喜んでいる点にも違和感を覚えた。「門を一歩踏み出るや倅の手を取るようにして一目散に駈け出しました。早いこと早いこと、実によく駈けました。しかもその間絶えず振り向きながらです。これはいつ後から兵隊さんが追い駆けて来て、（中略）「さつきのは間違いだった。取消しだ、立派な合格お目出度う」とどなってくるかもしれないので、それが恐くて恐くて仕方がなかったからです。」まさか戦争中には平岡梓のような高官の身でこんな本音は洩らせなかったはずで、最愛の息子を亡くした喪失感からあえて諧謔的に広言した思い出なのだろう。その点は同情したものの、同書の著者紹介欄に「一高以来の同期に岸信介がいた」と記されているのを見たら、「貴方達が、先の戦争を引き起こし学徒動員や特攻志願の少年を送り出してきたのではないか！」という怒りがこみあげてきたのだった。このくだりはさらにこんな話でくくられている。「この話を先日家内と話合いましたら、家内の言うのには、倅は、「合格して出征し、特攻隊に入りたかった」とか真面目に申していたそうです」。もし、これが本当の話なら三島由紀夫にとってこの一件がトラウマとなったのではないか？　と興味津々ではあるけれど、その考察は本稿のテーマではないので先に進もう。注視しておきたいのは、三島由紀夫は、一九七〇年（昭和四十五年）十一月二十五日、防衛庁本部で割腹自殺し（享年四十五歳）、斎藤龍鳳は、一九七一年三月二十五日、東京中野区のアパートで無惨な事故死（享年四十三歳）を遂げているということである。二人の生き方や思想は、両極北といった差異があったけれど、二人の死には同義性が感じられてならないからだ。

少年ファシストからコムニストへ

一九四五年八月二十一日――天皇の敗戦詔勅をラジオで聴いた日から一週間後のこの日、斎藤龍鳳は、親しくしていた戦友二人を誘い、鮭缶数ヶ、米、飛行靴一足、光（注：煙草）十数ヶを盗み、部隊の自転車三台で脱出をした。まだ除隊命令が正式にでていなかったので、隊門には着剣した衛兵はいたのだが、すでに隊内は混乱状態だったからか、怪しまれることもなくフリーパスで脱走できた。「〃もう俺は誰にも殴られないのだ〃生まれてこの方、〃自由〃を享受したことのない私はそんな認識のしかたで、鈴鹿航空隊が視野からきれたとき、戦後に入っていた。数え年の十八歳であった。」（「復員ちゃん時代」『遊撃の思想』所収）と龍鳳は記している。だが斎藤龍鳳には、そのとき、帰る家はなかった。その時点では満州へ行った母と妹にも連絡がとれていないし、父勇鳳が戦死したことも知らなかった。かれは須坂中学に復学した。ただし寄宿舎に入らず、田舎町のメイン・ストリートにある旅館に長期滞在した。「当時としては帝大出の課長クラスぐらいの月給分掛ける十ほどの現金をもっていた」（前掲書）ので宿泊費が出せたという。予科練時代は、あまり遊興費を使う暇がなかったのでかなり貯金があったのだろう。

戦後の一時期、〝予科練くずれ〟と呼ばれていた若者達が盛り場の闇市などで暴れ回る事件が多発したようだが、斎藤龍鳳も学校内で〝予科練くずれ〟ぶりを大いに発揮したと語っている。しかしそれは短期間の出来事だった。かれはあるとき、友人に誘われ地元の共産党員の市議M氏の演説を聴く機会があり、それがかれにとっては初めて出会った共産主義者だったということなのだが、その演説は「私の正義感をいやが上にもかきたてるものがあった」（前掲書）と述べている。また、共産党員のT氏が長野県一区の衆議院議員候補者として須坂町に遊説に来て、かれの滞在していた旅館に宿泊した際、T氏の部屋へお茶を出す仕事を買って出て、この世にマルキシズムという思想があることを聞き、そのとき、『共産党宣言』『空想から科学』『賃労働と資本』、この三冊を読むようにすすめられたという。戦後の一時期、日本共産党は〝人民政党〟として脚光を浴び、入党者が増え、党勢を拡大して国会議員を増やした。では、斎藤龍鳳の場合はどういうことだったのだろうか。かれは、少年ファシストが一転〈革命〉にうつつを抜かすようになった動機についてつぎのように述べている。「腹いっぱい食い、スカッとした女と寝て、往生ぎわのいい死に方をしたい、もう一つ、何千万人かの先頭に立ち、日本革命の華と散る、そのころ、私は〝英雄〟と聞いたら、たちどころにこの相反する二コースしか頭に浮かび得なかった。それはダンスホールで死ぬか、拠点工場で死ぬかの違いであり、少年斎藤龍鳳にとっては最大関心事であった。」（「地獄から天国へのターン＝黒沢明という男」『遊撃の思想』所収）。これは、斎藤龍鳳がフリーランスの映画評論家としてデビューした頃、雑誌に発表したエッセイの一文なのだが、ずいぶん粋がったもの言いをしているな、とは思う。けれど、敗戦後に、予期していなかった青春を取り戻した青年の真情を吐露した詩文として読めば共感の気持ちも湧いてくる。アルベール・カミュは、「反抗的人間」について「反抗者とは、語源通りに、向きを変える者だ。彼は主人の鞭に打たれて、歩いてきた。それがくるりと向きを変える。望ましいものと、望ましくないものと、対抗させる。すべての反抗的行動は、暗黙裡に、ある価値を求めている」（『反抗的人間』佐藤朔・白井浩司訳）と定義しているが、斎藤龍鳳も「反抗的人間」の一員と見做せるからである。

年譜によると、かれは旧制中学を卒業後、長野共産党事務所につとめている。おそらくその頃、入党しているのだろう。当時の共産党は、火炎瓶闘争や山村工作隊を発足させるなど武装闘争路線を勇ましく打ち出していた。龍鳳は、その路線に惹かれて共産党員になったのかも知れないが、党員としてどんな任務をしていたのか、についてはつぎのようなコメントしか書き残していない。「次に勤めたのは半民半官機関みたいな医薬品の卸協同組合。武力闘争時代、機関の資金面で私の労働力は重宝がられ吸い上げられた」（「遊撃戦士へのすすめ」『東北大新聞』六五年三月二十日付）。

この時代の印象的なエピソードのひとつを拾っておこう。斎藤龍鳳は、二十三歳のとき、町のダンスホールで知り合ったＨ子と彼女の実家で母親にお赤飯をたいてもらい、ささやかな結婚式を挙げたという。彼女は、髪の毛が長く肉感的でロングスカートの似合う女性だったようで、ブコウスキーの小説のタイトルを借りて形容するなら「町でいちばんの美女」だった。そしてなによりなエピソードは、「二人のジルバを踊る姿は、周りの踊り手たちが思わず足をとめ、周りを取り巻いて見守るほど格好がよかった」というのだ。

もうひとつ、この時代の斎藤龍鳳の足跡で記しておきたいのは、長野県の木曾谷で小学校の代用教員をやっていたときの、ある出来事。それは斎藤龍鳳が、尾道市因島で教師をしている友人の依頼で同校の学校新聞に寄稿した記事に書かれている。要約すると、つぎのような話だった。かれは小学校二年生の生徒を受け持っていたのだが、山里の貧しい家の子どもたちには弁当を持って来られない者が三割ちかくもいた。なのに、この小学校には当時は未だ給食もなかった。極寒の冬に迎えても燃料が不足していて教室のストーブを暖かく燃やすことができない。山里の小学校だったから周囲は深い森林で占められていた。

この地の森林は、徳川時代は尾張領の木で勝手に伐り出したりしたら「檜一本に首一つ」と言われた。現在は国有林だが、勝手に伐り出したら重罪に処されることは今も変わらない。しかし龍鳳は「森の木を伐り、薪にしようじゃないか！」と十一人の先生達全員に提唱する。その結果、八対三で賛同を得、吹雪の某夜伐採を決行。「全校が、この日から暖かくなり、子供達の表情が明るくなりました。足袋もはかずにヒビ割れ、ちぢかんだ子供の足が、みるみる伸びやかになるような気がしたものです」と記している。（「田熊中学新聞」一九六四年二月十日付）。

この義賊まがいの盗伐行為が事件として発覚し、厳罰に処されるということはなかったのだが、ほどなくして斎藤龍鳳はレッドパージで学校を追われた。そのときの心情を龍鳳は「停車場の別れ」と題した詩に書いているので、一部を抜粋して紹介しておこう。

一九五〇年正月／信吉の首がふっ飛んだ。／雪と氷にうずもれた／それもたった百人に満たない／貧しい村の貧しい学校／それさえも敵は見逃しはしなかった。／信吉が共産主義者だという——／たったそれだけのことで／信吉は学校を、谷底の村を／追われねばならなかった（中略）峠の頂上まで登り切ったとき／二年間暮らした村をつま先の下に／もう一度見下ろした。／それから子供達に／口ぐせのように語った言葉を／もう一度くり返した。／「世の中をよくするにゃ／どうしたらいいんだっけな」／子供達の目がいそいで輝いた。／「貧乏をなくしゃいい」／「貧乏がなけりゃええ」いくつもの教えた通りの幼い声が／斜面の雪にころげ、吸われて行った。（後略）（同人誌『新人像』一九五五年七月刊）

国有林の盗伐行動とこの詩には、若き日の斎藤龍鳳が、なぜ革命家を志し、なぜ共産主義者を目指したのか――という素朴な心根が透けて見えてくる。そして龍鳳は、このようにも述懐している。「予科練は私に〈少年こそ日本を救えると思いこました〉唯一のものであり、次に日共が〈青年こそ未来をになう〉と思いこませた。両者は双極の幻影であった。二つの幻のなかで私は育ち、私なりの成長をした。もっとしなくてはいけない」（「ゲリラ戦士のメッセージ」『武闘派宣言』所収）。

優雅な生活への訣別

レッドパージにより山村の小学校を追われた斎藤龍鳳は、上京して薬品卸協同組合の営業マン勤めや雑誌『丸』（現在の戦記読み物専門誌ではなく、前身の週刊誌的な誌面づくりをしていた時代の同誌で丸山邦夫がキャップをつとめていた。）の編集記者を経て、一九五六年に夕刊紙『内外タイムス』の文化部映画担当記者になっている。ちなみに日本共産党は一九五五年七月に開催した「第六回全国協議会」（略称「六全協」）においてそれまでの武装闘争方針の放棄を決議するといった大回天をしている。そして龍鳳は「六全協のすこし前、私はマル共さんに杯を返し失業保険をもらう身になる。」（「遊撃戦士へのすすめ」前掲『東北大新聞』）などと述べているので、その頃離党しているのだろう。斎藤龍鳳は、〈一匹狼〉になったのだ。

『内外タイムス』の映画記者時代の龍鳳は、「陽が高くなってからの出社、一時からの試写」といったルーティンを、それまでの仕事の現場では経験してこなかったからか、「優雅な生活」と称し自足していた。だが、安息して、闘いを忘れてしまったわけではなかった。「商業的娯楽夕刊紙という制約の中で、曲がりなりにも私は政治的発言をつづけた。その政治主義的偏向を指摘されればされるほど、私はムキになって内と外で発言した。なぜなら「今なら言える！」「言えるとき言っておけ」「美学上の発言は後回しだ。この新聞の読者は都市プロレタリアートだ」私は変革にとって有効であるかないかだけをメドに、深く掘った自分の塹壕から撃ちまくった」（『日本読書新聞』六五年二月一日付、『遊撃の思想』所収）

大島渚は、斎藤龍鳳の映画批評について「龍鳳はすぐれた映画批評を書いた人である。殊に、内外タイムスの新聞映画批評として書かれたものは、日本の映画批評の歴史にのこるものである」と高く評価していた。だが、斎藤龍鳳という男は、そのような評価に満足し、そのような立ち位置にとどまることはなかった。

斎藤龍鳳は、一九六五年に内外タイムス社を退社し、フリーランスの映画評論家の道を歩み始めた。同年に刊行された『遊撃の思想』の「あとがき」には「新聞労働者から映画評論家へ――。恥多い商売ですけど、もうしばらくは続けるつもりです。それほど学問がなくても営業可能な、それは数少ない職業なので……。」と臆面もなく吐露している。けれど、同書に収められている「優雅な生活への訣別」と題したエッセイには「私はもう一度だけ、その日常性を破壊し、己れに鍛錬の機会を課することに決めた。」とも記している。こちらの方が、いかにも龍鳳らしい凛々しい訣別の動機であり、覚悟のように思える。

しかしその後、六〇年代後半の斎藤龍鳳は新左翼の運動に肩入れしてのめり込む度合が深まり、一九六九年には『武闘派宣言』という物騒な書名を付けた著書を出している。目次を見ると、「走れ紅衛兵」「白色テロへの血の債務」「私の共産主義者への道」「ゲリラに出てゆく朝」「暴動と戦術」といった表題の主要記事が並んでいる。同書も映画評論家という肩書きで上梓した著書なのだが、映画批評を対象とした記事は数本しかない。「あとがき」を読むと、「〃映画評論家〃といういわば虚業から、営業不可能な存在に、私を転換させなくてはならないと考えています。」と表明している。

これは尋常でない表明であった。なぜなら、営業不可能な存在に自分を追い込んでしまうということは、退路を断つということに他ならなかったからである。実際に七〇年代に入ってからの斎藤龍鳳は、特攻志願時代に覚えたヒロポンの後遺症――それが手に入らなくなってからは精神安定剤や睡眠薬の長年にわたる服薬――による中毒症状の激化により精神病院への入退院を繰り返していて身体はボロボロだった。最晩年に連れ添った若いパートナーの女性との間にはかれにとっては初子の女児が誕生していたけれど、その幼児のミルク代のカンパを若い仲間に求めたり、新妻を銀座のキャバレーで働かせるといった惨憺たる情況だった。その果てのガス中毒による心臓ショック死だった。夫婦喧嘩をして妻と子供が家をあけていた留守中の孤独死で、枕元には睡眠薬の空瓶が散乱していて、「コーラが飲みたい。今日はよく勉強した。SUB（注：「サブ」若い妻の愛称だった）帰ってこない、寂しい。」と記した走り書きがのこされていたという。『武闘派宣言』などといった恐持ての著書を世に問うた男にはあまり似合わしくない死に際の独白のようだけれど、じつは、そのような走り書きを記す感性こそが、斎藤龍鳳という男の日頃はめったに見せなかった素顔だったのではないか。

六〇年代のメイン・ストリームを撃て

では、斎藤龍鳳は、なぜ生き急ぐかのような前のめりの変革を自身に課してきたのだろうか。その大きな要因のひとつには、かれが表現者として登場する六〇年代という時代を生きた反映ということが考えられる。

すでに多くの識者が指摘してきたことだが、一九六〇年代のメイン・ストリームの特性は、戦後の復興がなり、高度経済成長の基盤が整い、経済大国実現を目指し驀進のスタートが切られた時代であったということだろう。人びとは豊かな生活に憧れ、TVや冷蔵庫などの家電製品、さらに上を目指す人びとはマイホームやマイカーを手に入れるために、喜び勇んで企業戦士となった。戦後三十年で経済大国に伸し上がったのは国民の勤勉さゆえ！　といったお褒めの言葉に草莽の民は自足していたようだけれど、朝鮮戦争やベトナム戦争の特需のおかげだったという側面にはほとんどの人は注視をしなかった。東京オリンピックと大阪万博の開催を奉祝し、日本と日本人であることに誇りを感じるようになったが、「建国記念日」と呼び名を変えた「紀元節」の復活や、A級戦犯だった岸信介の首相就任に異議申し立てした人は少数派だった。また水俣病などの公害の多発や沖縄の未返還などへの関心は希薄だったこと、などなど——当時、「逆コース」という呼称が飛び交っていたことを思い出すが、それは抵抗運動の合言葉ではなく、新聞のニュース用語にすぎなかったように思う。六〇年代の代表的なムーブメントは、六〇年安保闘争と六〇年末の全共闘運動ということになるけれど、それさえ結果的にはメイン・ストリームに押し流されてしまった。そういう所感は拭えない。

だが、斎藤龍鳳は、主流の潮流に簡単に飲みこまれてしまう男ではなかった。冒頭でふれたように、彼の最初の著書は、一九六三年に刊行された『監獄』という本なのだが、本書を書こうと思い立った動機についてつぎのように記している。「現在、ボクが住む国は、ブルジョア民主主義が、めいっぱい成熟してはいない、ブルジョア国家です。闘いはいつも複雑で、困難がともないます。味方の中にも、古いモラルが、まだまだ居坐わっているからです。／ボクは、こうした状況に対して、どこからでもいい、手のとどく個所から攻撃をかけなくてはならないとたえず考えて来ました。（中略）ボクは、さし当って監獄に照準を定めました」。

原竜次の筆名で書かれている本書の「あとがき」の箇所には、無署名の解説文が付されているのだが、筆者は、同書のあと、『遊撃の思想』（六五年　三一書房）と、『武闘派宣言』（六九年　三一書房）の二冊（つまり斎藤龍鳳の全三冊の著書）の担当編集者を務めた三一書房（当時）の井家上隆幸だろう。かれは龍鳳の盟友であり、名伯楽であった。その井家上隆幸の前記の一文を引用しておこう。「彼が〈監獄〉に照準を定める動機になったのは、その本職の映画の中であらわれる監獄の様相が、しばしば牙をむいた国家の本質を明らさまに見せる、ということに気づいてからのことである。彼の映画を見る眼が、映画そのものに対する、あるいは映画のえがきだす現実の様相の嘘と下劣さとに対する〈憎悪〉の念でつらぬかれているように、〈監獄〉を見る眼もまた、国家のにぎるこの暴力装置に対する限りない〈憎悪〉の念につらぬかれている。戦後一八年年間負けっぱなしに負けつづけたという彼は、その負けいくさから、〈憎悪〉を起点とする〈眼〉をやしなってきたのであろう。泰平ムードの中で、〈憎悪〉の眼に徹するのはとても困難だが、彼はそれを体現している数少ない一人であり、それが彼の魅力になっているのだ」。

　この指摘はまさにその通りだったと思う。自伝小説『人間洗濯』の一シーンに、主人公の昭三が、小学校の同窓会に出席し、司会者の音頭で「皆さん御起立願います。校歌の斉唱です。御起立下さい」と校歌をうたう場面がある。そのときの昭三の所感がつぎのように描かれている。「立ち上がって揃って歌うという行為の中で一元的な世界が再生される。それは無気味で、相変わらず偽の連帯を強調する、戦前通りのものだ。――静カニ春ヲ待チテコソ――世ニカグワシクキ花モ咲ケ――（中略）――勝てるわけがないんだ。打ち克とうたって無理なんだ。弁解じゃあなくて、この部厚さの前に俺は、ずっと前からどうすることも出来なかったし、今日だって、どうも出来やしないんだ――」。このとき、昭三に率直に弱音を吐かせている「部厚さ」と形容している妖怪（言い換えると、天皇制下の擬制民主主義社会）こそが、斎藤龍鳳が「敵」として憎悪してきたものであり、かれが六〇年代に持ち場としてきた映画ジャーナリズムという塹壕から撃ちつづけてきた標的だった。

　だが六〇年代中頃から、専門のはずの映画評論を書くことが少なくなり、『武闘派宣言』に収められているような「革命」や「闘争」というテーマを声高に論評するエッセイが目立つようになる。また、新左翼党派の一派で毛沢東思想を指導理念として主張していたML同盟（ML派）の活動に参加するようになっている。六八年十月にML同盟を結成し、初代議長を務めた畠山嘉克によると、その経緯をつぎのように語っている。

「六七年三月の善隣学生会館事件のときに出会ったのかな。じつはその前年に雑誌『展望』十二月号コラム欄に竹内好さんが、雑誌『現代の眼』（六六年十一月号）に斎藤龍鳳が寄稿した『走れ紅衛兵』というエッセイをすごく褒めていたのですが、そのコラムを読んでいたのと、それ以前にも『遊撃の思想』を読んで〝面白いもの書いてる映画評論家がいるな〟と思っていたので、名前は知っていた。その後六七年十月八日の羽田闘争（京大生の山崎博昭君が機動隊に殺された日ですが）に私も参加していて、運よくパクらなかったのですけど、追われていたので、下宿へ戻らずに根岸（東京台東区）の龍鳳さんのアパートで一か月ほど居候していたんですね。それがきっかけで個人的に付き合うようになった。で、翌年三月にML同盟を結成したとき、龍鳳さんから〝俺も入れてくれ〟と強く要望されて、戦力としてはとても期待できなかったのですが、まあ客分扱いで入会してもらった。これは私の見立てなんですが、龍鳳は〝俺はたんなる物書きではない。現役の革命戦士なんだ！〟ということを証明したくてMLに入りたかったんじゃないかと思う。実際に東大闘争や日大闘争にも若い活動家と共にバリケードに入り攻防戦に加わっていましたね。ただ一番困ったのは、組織ではご法度にしていたので、〃クスリ〃を止めるということが入会の約束事なのでしたが、とうとう止められなくて、晩年はそのお世話で大変でしたよ」。

じつは、斎藤龍鳳は、ML同盟に入会する数カ月前の六七年八月十九日、山谷の暴動現場に馳せ参じ、浅草清川町で路上駐車中の自家用車のガラス窓をバットで破壊し現行犯逮捕されるという事件を起こしていた。この事件は新聞記事で報道もされている。この頃、毛沢東思想支持を表明しているので、「革命は暴動であり、一つの階級が他の階級をうち倒す激烈な行動である」という毛の革命思想を実践するつもりだったのかも知れないし、もしかしたら〃クスリ〃を服用し、その幻覚による犯行だったのかも知れないが、いずれにせよ情況分析を踏まえない破廉恥な行動と批判を浴びても仕方がない事件だった。

そのような斎藤龍鳳の過激な言動は、対立する陣営の人達やジャーナリズムの世界からトロッキストとか教条主義者などといった揶揄的な批判を浴びてきたけれど、前述の畠山嘉克の話を補足すると、中国文学者の泰斗・竹内好は、斎藤龍鳳の批評文に認められる的を射た闊達な論考、そして瑞々しい感性と詩魂に充ちたエッセイの魅力についてつぎのように記している。「当時、中国の文化大革命と紅衛兵について、蜂の巣を突いたような騒ぎが日本のジャーナリズムを襲い、私も否応なくその一部につきあわされたわけだが、どれもこれも、無智もいいとこだと思うような、情けない気がしてならぬ代物ばかりのなかで、偶然に目にとまった斎藤さんの文章だけが、オヤ、こういう人がいたのか、という発見をおくればせながら私にもたらした」。これは『走れ紅衛兵』の評価。そして「山陽館一族ものがたり」についてはこう評価している。

「雑誌『中国』が大型版に改組されて再出発するとき、すなわち一九六七年十二月の新装第一号に、編集部でさんざん人選のあげく、寄稿者の一人として斎藤さんをえらんだ。この依頼はこころよく受け入れられて、いま『武闘派宣言』の巻頭に収められている「山陽館一族ものがたり」が寄せられた。これは好評であった。生い立ちの記がそのまま日中関係史になるような書きぶりといい、巧まぬユーモアといい、ちゃんと場所柄をのみ込んで書いてくれたらしく、なかなの才能だと私は感服した。」（「一回だけの文通」『映画芸術』一九七一年六月号）

『武闘派宣言』には、龍鳳の文章愛好者なら誰もがベスト1に挙げている『日曜日は鼠を殺せ』（初出：『朝日ジャーナル』六八年九月二二日付）と題したエッセイが入っている。これはスペイン内戦の時、人民戦線の一員として闘った男を主人公にした同名の映画（フレッド・ジンネマン監督、一九六四年アメリカ合衆国作品）を題材にしたエッセイなのだが、引用箇所は、斎藤龍鳳が「この場面を、私は記憶から消し去ることはできない」と記している、それは、こんなシーンだ。

スペイン革命に人民戦線派として参加していた男が、戦いにやぶれてフランスに亡命する。二十年余の歳月が、その男グレゴリー・ペックを老いさせ、気力を失わせている。つい数年前までは年に数回は祖国に侵入してゲリラ行動を行っていたが、ここ三年ほどは酒びたりの暮らしをしている。（中略）ピレネー山脈の西側にはフランコ体制の守護者である警察署長アンソニー・クインがいる。山なみは二人の肉体と思想をへだてている。署長はペックの母親が重体であることをワナにして、ペックをスペイン領内におびきよせようとする。密告者を摘発し、署長の手口を発見するが、ペックはワナと知ってピレネーを越えて行く。（中略）国境に間近の居酒屋でブドウ酒をひっかけるが、この居酒屋の女をペックがいちべつする際、カメラはごく普遍的な速度で、女の脚と胸と腰をみせた。それはそのまま、国境を越えれば間違いなく死ぬだろう英雄の目であり、いまわの際に、当たり前すぎるほど当たり前な人間の未練をも感じさせるアングルであった。（中略）女はペックがじろりと眺めるのを意識し、身体全体をこれみよがしにくねらせていた。老英雄は、もう闘うことがそれほど好きではなくなっている。感性的には女とベッドのなかで寝ていたいに違いない。にもかかわらず、テーブルにコップを置くと、すくっと立ち上がり、居酒屋を出、単身スペインへ侵入する。（中略）スペインの民兵出身らしい諦めのよさで、彼は女に送った好色そうな目つきを、瞬時にしてゲリラの目に変えた。

斎藤龍鳳という人物は、ドン・キホーテのような生き方をした男だったのかも知れない。六〇年代の〈アダ花〉だったという印象もある。そういう評価は、筆者を含めたかれにとっては他者の勝手な風評であって、かれ自身は安易に時の体制に順応し押し流されてしまうような生き方は絶対にすまい！　と懸命に生きてきたのだ。唯一の取りこぼしは、禁断の〃クスリ〃を断てなかったことだろう。斎藤龍鳳にとって何よりの無念は、ペックのような「老ゲリラ」として生き抜けなかったことではないかと思う。

斎藤龍鳳が死んだ時、大島渚が書いた追悼文の結句を借りて結びとする。

龍鳳よ。斎藤龍鳳よ。ぼくは確かに君の叫び声を聞いたよ。君の叫びは、ぼくたちの時代の無念さを伝えていた。（中略）龍鳳よ。君の武器はもうかなりオンボロだけど、それは破邪の剣として陣営内の敵を討つには役だつだろう。ありがたくいただいておく。

斎藤龍鳳（さいとう・りゅうほう）

一九二八年、東京生まれ。十五歳の時、海軍飛行予科練習生として入隊。特攻を志願したが敗戦のため免れた。夕刊紙「内外タイムス」の映画担当記者を経て映画評論家として活躍するも、一九六九年春、『〃映画評論家〃という虚業から、営業不可能な存在に、私を転換させせなくてはならない』と武闘派宣言をし、一九七一年三月「コーラが飲みたい、今日はよく勉強した」という走り書きを残して他界。享年四十三歳。

斎藤龍鳳の著書は、生前、『監獄』（一九六三年）、『遊撃の思想』（一九六五年）、『武闘派宣言』（一九六九年）の三冊がいずれも旧三一書房から刊行されている。そして著者が亡くなった直後には、『遊撃の思想』と『武闘派宣言』の二著を合本にして『なにが粋かよ——斎藤龍鳳の世界』（創樹社　一九七二年）が出版された。近年に出版された『なにが粋かよ——増補版』は、前二著に未完の自伝小説『人間洗濯』を所収した503ページの大部本だ。

斎藤龍鳳著『なにが粋かよ——増補版』（ワイズ出版　一九九七年）

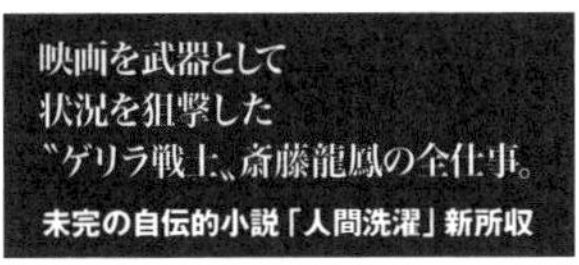

映画を武器として
状況を狙撃した
〝ゲリラ戦士〟斎藤龍鳳の全仕事。
未完の自伝的小説「人間洗濯」新所収

2章

いい本・いい映画に出会った時のノート

福島の老歌人佐藤祐禎さんとキルギスの「明り屋さん」

福島の歌人・佐藤祐禎（さとう・ゆうてい）さんが、歌集『青白き光』（いりの舎　二〇一一年）のなかで数多く詠っている原発に警鐘を鳴らし続けてきた鮮烈な短歌が話題を呼んでいる。その何首かを、まず紹介したい。

原発に漁業権売りし漁夫の家の甍は光りて塀高く建つ
原発が来りて富めるわが町に心貧しくなりたる多し
原発に怒りを持たぬ町に住む主張さへなき若者見つつ
原発のわが知る作業員二人病名をつけられるぬままに死にたり
いつ爆ぜむ青白き光を深く秘め原子炉六基の白亜列なる

佐藤さんは、福島第一原発の所在する双葉郡大熊町で農業を営んできた。短歌に親しむようになったのは、友達に誘われて出かけた公民館の短歌教室で短歌を学び始めた五十四歳の時からで、第一歌集となった『青白き光』を上梓したのは二〇〇四年（平成十六年）、七十五歳の時だったということだから、晩学、遅咲きの歌人だろう。

じつは今回刊行された『青白き光』は二〇一一年一二月に出版されたもので、第一歌集の再販だった。この年、三月一一日には、わたしたちを震撼させた、あの福島第一原発の重大事故が起きている。言うまでもなく、この歌集は、福島原発事故の衝撃により呼び覚まされ、再刊されたという経緯がうかがわれる。佐藤さんは、七年越しに再刊されたこの歌集について、こう所感を述べている。「先の歌集が出た当時は原発安全神話が罷り通っていた頃だから、原発反対を標榜しているこの歌集に違和感を持った人も多かったのではなかったろうか。従って当時の評価は是と非と半々にわかれたのかとも思う。」（「再刊」に寄せて）。

佐藤さんは、前記のように福島第一原発所在地近隣の農業者なのだが、一号機建設のさいには臨時工として原子炉の配管の溶接作業などに従事していた。その体験やその後原発内で繰り返し起きてきた小事故、作業員の被曝や病名も明かされないままの死亡事故等に対する東京電力側の隠蔽工作などを現場労働者、地元民のひとりとしてつぶさに見聞するなかでしだいに原発安全神話への疑念を抱くようになったと、歌集の「あとがき」に記している。

そのような状況の中で短歌を学び始めた佐藤さんが、原発問題を短歌の題材に採るようになったのは、短歌の師から「今歌わなければならないものを詠め」とつねに教えられていたからだった。そして佐藤さんにとって、それは、「反原発ただ一つ」であったからだという。

佐藤さんが詠んだ「反原発」をテーマとした短歌をもう少し紹介しておこう。

原発依存の町に手力すでになし原子炉増設たはやすく決めむ
反原発のわが歌に心寄せくる大方力なき地区の人々
原発事故にとみに寡黙になりてゆく甥は関連企業に勤む
リポーターに面伏せ逃げ行く人多し反対を言へぬ原発の町
住民投票の陳情を議会は否定して三号炉再開秒読みに入る
炉心溶融の新聞記事を惧れつつ原子炉六基持つ町に住む
農などは継がずともよし原発事故続くこの町を去れと子に言ふ

低レベルと謂へど放射能廃棄物二十余万本積む町に住む

ウランさへ信じられぬをプルサーマルこの老朽炉に使はむとする

チェルノブイリの惨あらはなる映像に恐れ新たなり原発の町に

自然界になかりしプルトニウム作りたる人間は死もて償はされむ

繰り返すけれども、この歌集『青白い光』収められている反原発短歌は、福島第一原発の大惨事が起きる以前に詠われたものなのである。つまり《原発の町》全盛時代のただなかで、佐藤さんは原発反対の歌を堂々と詠い続けてきたのだ。おそらく佐藤さんは疎まれる存在であったであろうし、様々な中傷や嫌がらせや弾圧を受けたに相違ない。夫の身を按んずる伴侶から忠告を受けたこともあったけれど、信念を枉(ま)げることなく詠い続けてきた。孤立無援を嘆じた日々もあっただろう。だが、こんな歌も詠んでいる。

反原発の歌詠むわれに原発は社内の歌会の講師頼み来

さし出されし町長の手をも拒みたりこの頑なを身上とし

反原発の短歌詠みとして佐藤さんの町での評価には是非があったけれど、町の文化人のひとりであったから、体制側からあの手この手の懐柔策も受けていたのだろう。しかし、佐藤さんは決して「御用文化人」に成り上がることなく、反原発短歌を詠い続けてきた。それは、「ここに生まれ、ここに生を終えなければならない運命の人達の、真率な不安と怖れと無力感とを、私は声を出しそれを歌に詠んできた。他の歌などはただの骸（むくろ）のごときものであるが、原発の歌だけは私の心の叫びのつもりである。」（同歌集「あとがき」）という揺（ゆ）るぎない使命感が佐藤さんにはあったからだろう。

けれども佐藤さんは、この歌集の中で反原発の歌ばかりを詠っているわけではない。たとえば、結婚する娘（長女）や息子（長男）の離農という事態に向き合ったさい、凡俗な父親が思わず微苦笑して吐露したような、こんな歌もある。

つつましき笑顔を持ちてわが子を攫（さら）はんとするかこの青年は
三十年田を拓き来しは何ならむ子は教師にて農かへり見ず
労農は口噤（つぐ）みたるまま死なむ子らは給料取りを望みて

また、自らが生業としてきた農業の現状を憂えた、こんな歌も沢山詠っている。

飽食ののちに飢餓なしと言ひ得るや休耕田は年ごと荒るる
なし崩しに米は自由化されゆかむ部分輸入と言ふ手法にて
風寒く人影のなき狭間(ハザマ)田にわれ着膨れてひと日耕す

佐藤さんの短歌の特筆すべき点は、晩学・遅咲きの歌人だけれど、けっして高齢者の趣味の文芸といったものではないことだろう。佐藤さんの短歌は、無明の世を告発するドキュメンタリーであり、世の不条理と闘うインディペンデント・ジャーナリズムの姿勢と精神が見て取れるのだ。そこに佐藤さんの歌が、わたしたちの心に響く源泉があるのではないか。

❖

この佐藤祐禎さんの歌集『青白き光』を感動しながら読んでいて、私は昨年暮れに観た『明りを灯す人』（アリム・クバト監督）というキルギスの映画をなぜか思わず連想した。それはいったいどういうことなのか。その所感を記しておきたい。

この映画は中央アジアの草原の国・キルギスの片田舎が舞台で、主人公は村の小さな電気屋の店主。主人公の電気屋さんはかなりの変わり者で、電気代の払えない高齢の村人たちを援けるために、無料で電気が使えるようにこっそりメーターを細工してあげるという義侠心の持主だ。つまり主人公は、電力会社からみれば、電気泥棒ということになるわけだけれど、貧しい村人からは「明り屋さん」と親しまれている。

　このような物語が描かれるのは、村人たちの貧困という問題が根底にあるからだろう。キルギスという国は一九九一年にソ連の崩壊後、共和国として独立した国で、市場経済の道を選択したけれど、うまくいっておらず様々な社会問題を抱えていて、とりわけ都市部と農村部の格差が酷く、農村は疲弊している。これがこの映画の描かれる背景なのである。

　だが、この貧しい村にもほどなく開発の波が押し寄せて来る。村の土地を買い占め、国会議員に立候補し、金儲けをしようと企む資本家が乗り込んで来たのだ。こんな勢力の台頭に我慢ならない「明り屋さん」はドン・キホーテのように体当たりで開発反対の烽火（のろし）を揚げるのだが、権力と富を誇る一味の制裁を受けて、抵抗は頓挫してしまう。

　しかし、「明り屋さん」には挫けない大志があった。彼は天山山脈が見渡せる自宅の裏

映画『明りを灯す人』パンフ

庭に、トタン板のプロペラや廃品のような素材で造った風力発電機を設置していて、実験が成功したら村の人々の家庭に電気を供給しようという大きな夢を抱いていたのである。激しい風雨に見舞われた嵐の夜、「明り屋さん」の手造りの風力発電機の風車が勢いよく廻り、初めて実験用の電球に電気が灯るラスト・シーンには思わず拍手を送りたくなる感動を覚えたのだった。

じつは、佐藤祐禎さんの歌集『青白い光』には、次のような一首も入っている。

音立てず風吹くと言ふゴビ灘に風力発電の風車が廻る

佐藤さんは、キルギスにも旅をしていたようで、その旅先で詠んだ歌が数首収められているのだが、この歌はその一首だった。

この歌を読んでいて、私は、映画『明りを灯す人』を連想したのだった。

佐藤祐禎（さとう・ゆうてい）

一九二九年、福島県双葉郡大熊町に生まれる。福島第一原発の〈事故〉後、「日々に見る線量わが地のみ減らず原発四キロ圏内われら」と詠うことになる町である。二〇一三年に他界。二〇二二年三月、第一歌集発表以降に詠まれた歌を編纂し第二歌集『歌集再び還らず』（いりの舎）が刊行されている。

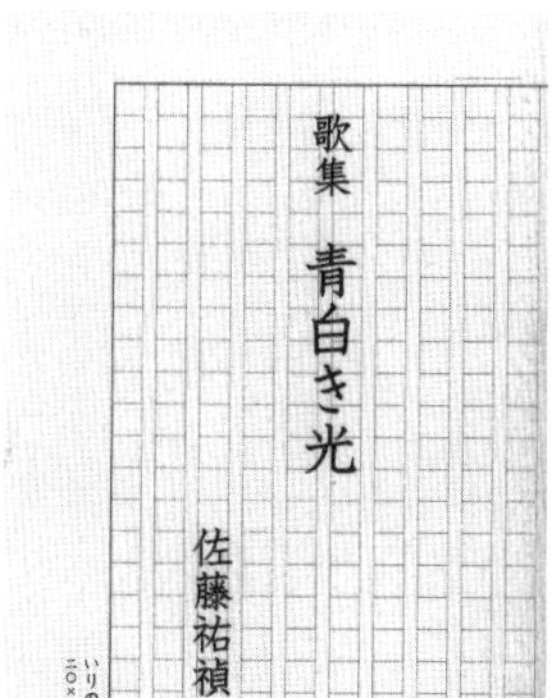

佐藤祐禎著『青白き光』（いりの舎　二〇一一年）

『Get back, SUB!』を読み再会した小島素治

気鋭のライターとして注目されている北沢夏音さんが『Get back, SUB!』という書名の著書を本の雑誌社から上梓した。タイトルを見れば内容がわかるという本もあるけれど、この本には洋書みたいな横文字のタイトルが付いているので、ちょっと解説が必要だろう。まず、「Getback」だけれど、この英語は、ビートルズ・ファンには馴染みの一曲、その曲名として名高い。ビートルズのドキュメンタリー映画のなかに、ロンドンの冬の季節の寒々しい殺風景なビルの屋上で、メンバーの四人が不機嫌そうな表情でこの歌をうたっているシーンがあったけれど、当時グループは解散前夜の最中だったようで、Getback（戻って来いよ）と呼びかけるように繰り返しうたわれているのは、この歌を創ったポール・マッカートニーが、仲間のジョン・レノンに向けて発したものだった……というエピソードを聴いた憶えがある。

本書のGetbackは、感嘆符付きの「ＳＵＢ」に向けられているが、このローマ字綴りの読み方は「サブ」といい、サブ・カルチャーの略称だけれど、著者が本書で対象としているのは、七〇年代初頭神戸の街から小島素治という人物が出版していた『ＳＵＢ』（以下、『サブ』と記します）というリトル・マガジンのことだ。

一九六五年から六九年にかけて英・米・仏・独など欧米先進国にカウンター・カルチャーと呼ばれた既成の文化に対抗した文化蜂起が音楽・映画・演劇・文学・アートなど文化戦線の全分野で燎原の火のように席捲した。そしてたちまちこの火種は日本にも飛来した。束の間の青春時代といった季節だった。この六〇年代に若い世代が中心となって展開した変革の志と反逆精神に溢れたムーブメントは、一九七〇年四月のビートルズ解散という事象が象徴的に物語っているように、七〇年代初頭に幕を降ろした。

小島素治は七一年一二月、季刊のリトル・マガジン『サブ』を創刊している。その二〇年後、すでに読書界から忘れられていたこの小冊子が北沢さんによって発掘されるのだ。ある日フラッと入った古本屋の片隅の棚に一部だけ差し込まれていた「『季刊サブ　特集＝ヒッピー・ラジカル・エレガンス《花と革命》一九七〇年創刊号』という背表紙の文字にハッと目を奪われた、その瞬間の衝撃だけを、今でも鮮明に記憶している。」と著者は記している。

じつは私の本箱の片隅にも『サブ』全六冊と、『サブ』を創刊する前に小島素治が編集した『ぶっく・れびゅう』という小冊子が二冊、繰り返された引っ越しの際にも処分しきれずに残っているが、今ぱらぱらと読み返してみても、とても古雑誌とは思えない先進的なオーラの放たれていることに改めて気づく。

同時代に、私も新宿の街で『新宿プレイマップ』（一九六九年六月創刊）というタウン誌の編集人を務めていた。小島素治と知り合ったのはそのころで、彼は上京すると「お茶でも飲もうよ」と会いに来てくれ、私も詩人の諏訪優さんと一緒に小島さんが編集室兼住居としていた神戸の古い洋館に遊びに出かけたり、彼の案内で大阪茨木の竹林庵に住まわれていた作家の富士正晴氏を訪ねたり……といった付き合いをしていたことを想いだす。

小島素治と私は、編集者同志とはいえ、編集作法は異なっていたのだが、マガジン・ジャックしてでも自分たちの目指す雑誌を創ろうとしていた点に、不逞な共犯者同志といった共感を抱き、私たちの友情は結ばれていたのだろう。だが、その期間は、『新宿プレイマップ』が七二年四月、『サブ』が七三年七月にそれぞれ廃刊するまでだったからいたって短かった。以後、私はタウン・オデッセイアとして路傍を流浪するようになり、小島素治とは無縁となり、その消息さえ知らなかった。

私が再び小島素治の存在に気づくのは、『サブ』を発掘した北沢夏音さんが、七〜八年前頃から『クイック・ジャパン』という雑誌に、今回単行本として上梓される小島素治の仕事と足跡を辿る評伝の連載を始め、その連載記事を読むようになってからだった。

私にとって衝撃的だったのは、その記事を通して小島素治の早すぎる晩年の零落した姿に接したことだった。小島素治は、『サブ』を廃刊して以降に手がけた雑誌制作において多額の借財を抱え、さらには離婚などして生活破綻者に陥り、友人や知人宅に居候するといった日々を過ごしていたのだった。じつは著者の北沢さんは、連載記事の取材・執筆の途上でなかなか消息のつかめなかった小島素治が末期がんで大阪の病院に入院していることをつきとめ、病室を訪ねてまさに一期一会のインタビューを行ったという。そのとき小島素治は、入院する前、本屋で万引きをして検挙されたけれど、これは不当逮捕だったので、退院したら訴訟を起こす、最高裁まで闘う！　と語っていたそうだけれど、私はそのエピソードを聴き、六〇年代末に出会った頃の小島素治の凛とした姿を想いだし胸が熱くなった。それから間もない二〇〇三年一〇月五日、小島素治は享年六二の生涯を閉じている。

北沢夏音さんは一九六二年生まれだが、自分が小学生だったころの六〇年代に惹かれ続けてきたという。その思いを、「単なる郷愁でも懐古趣味でもなく、どこか根源的な理由から、自分がどこで生まれ、どこから来たのかを知らなければどこへ行くのかもわからないはずだという直観に駆られて」と書いている。

小島素治の晩年と死は、壮絶無惨だけれど、それで彼が七〇年代初頭『サブ』というリトル・マガジンに注いだスピリットが帳消しされるわけではない。北沢夏音さんは「『SUB』という一陣の風が飛ばしたイメージの種子は、今も、ぼくの宇宙のなかで星雲のように渦巻いている。」とも記している。文化の持続や継承は時として新しい芽を踏みつぶしかねないけれど、良質のスピリットは新しい文化の種子となるのだ！　という福音のようなメッセージを、北沢さんのこの本は伝えている。

小島素治（こじま・もとはる）

一九四二―二〇〇三　京都出身。書評誌『ぶっく・れびゅう』を皮切りに、『季刊サブ』『季刊ギャロップ』『季刊ドレッサージ』といった雑誌を編集・発行人を務めた。いずれもアヴァンギャルド精神をぶっちぎりに発揮した型破りのマガジンで、伝説的編集発行人と称されている。

北沢夏音（きたざわ・なつお）

一九六二年東京生まれ。サブ・カルチュアにまつわる文章を数多くの雑誌に寄稿し注目されてきたマガジン・ライター。本書は初の単著。

北沢夏音著『Get back, SUB!
あるリトル・マガジンの魂』
（本の雑誌社　二〇一一年）

左から諏訪優・本間健彦・小島素治
（1972年、神戸の小島さんのアパートで）

牧瀬茜詩集『うみにかえりたい』

踊り子の牧瀬茜さんが『うみにかえりたい』という表題の詩集を上梓した。牧瀬茜さんはアヴァンギャルド志向のストリップ・ショウ愛好家たちに熱烈な人気を有するストリッパーなので、ほんとうは「ストリッパーの……」と紹介した方が人眼を惹くのだろうけれど、そんな世俗の職業分類を超えた舞踏家に今や飛翔しつつある彼女には「踊り子」と称した方がよりふさわしく思えたので、そう紹介することにしたのだが……。

一昨年の某月某日、私は、立川の居酒屋で知る人ぞ知る今話題のストリッパーのライブ・イベントが開催されるので観に行こうよ、と友人に誘われて出かけた。そのライブのヒロインが牧瀬茜さんだった。私にとってはこれが初見だった彼女の踊りは、いのちの歓びを歌いあげているかのような躍動感あふれた清々しい舞踏に映り、その斬新さに感動した。そしてこの時、私が加えて括目したのは、彼女が踊りの合間にＭＣとして朗誦した次の詩篇だった。

からだヒトツで生きてみたい／こころハダカで歩いてみたい／コトバはオンガク／国境を越えた／どことも知れぬ空を羽ばたき／名前のない海泳ぎたい／コトバはオンガク　国境は消えた／アタシを捨てて生きてみたい／愛だけ携え歩いてみたい／ココロはジユウ／国境は消えた（「カラダヒトツ」）

牧瀬茜さんの、この詩の朗誦を聴いていて、私は「ああ、この人は詩人だったのだ！」と悟ったのだった。平たく言うと、彼女は、詩の魂（スピリット）を失わずに踊り子として生き抜いてきた女性なのだ。

ちなみに、この詩は、この詩集の冒頭に掲載されている。

でも、そんな牧瀬茜さんの生き方は、この現実世界にあっては十字架を背負った生き方だったはず。そんな吐息が漏れ、挫けないために自他への励ましとして詠ったのではないかと思われる、「ココロ」という詩を紹介しておこう。

息を切らして／飛び乗った／ベルトコンベアーの電車で／運ばれる／時計を見れば

／ぎりぎり／押し出され／追い越して／最短距離
見ぬふり／聞かぬふり／咄嗟の判断に自分の心の冷たさを知り／恥じる／言い訳する／正当化／私の遺失物は／心です
お金のため／押し殺した心／生活のため／それはせつない免罪符／私は歯車じゃない／あなたも歯車じゃない
心をそっと拾いあげ／両手で包んで胸にかかえそう／ほらまだ生きている／今日から今から／言い訳しない／生き方しよう

ときに、「人間洗濯したいなァ！」と思っているひとに是非おすすめしたい珠玉の詩集です。

牧瀬茜（まきせ・あかね）

一九七七年、東京生まれ。一九九八年にストリッパーとしてデビュー。近年はストリップ劇場だけでなく、様々な場所でパーフォーマンスや芝居などの活動でも人気を博している。また沖縄公演の時などは、辺野古の基地建設反対運動のデモにも積極的に参加している。

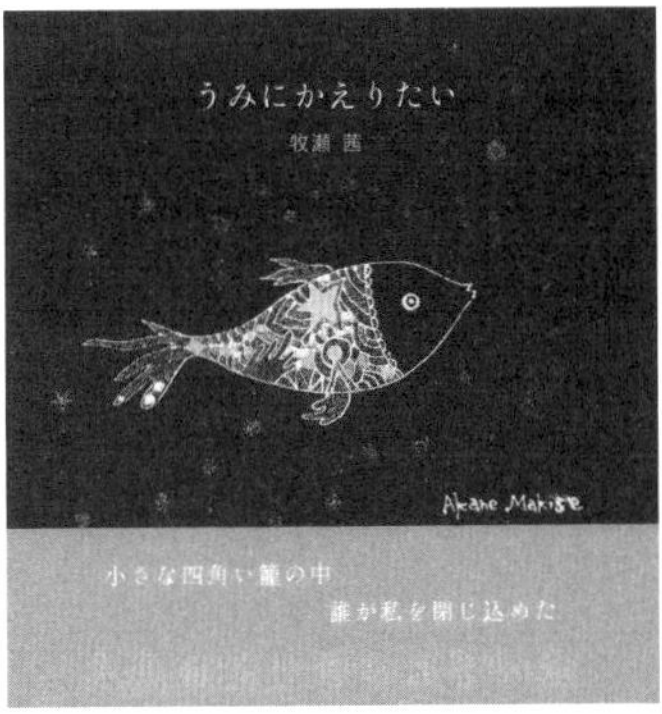

牧瀬茜著　詩集『海にかえりたい』（七月堂　二〇一九年）

なかにし礼詩集『平和の申し子たちへ――泣きながら抵抗を始めよう』

なかにし礼さんの『平和の申し子たちへ――泣きながら抵抗を始めよう』（毎日新聞社）という詩集を読んで大変感銘を受けた。無謀かつ無法な戦争法案の強行採決前後にこの詩集に出あったことも相乗効果を高めたのだろうが。タイトルになっている詩は次のような詩句がまず冒頭に記されている。

二〇一四年七月一日火曜日／集団的自衛権が閣議決定された／この日　日本の誇るべきたった一つの宝物／平和憲法は粉砕された

詩文に似合わない新聞記事のような、そっけない語句で、この詩は綴られているのだけれど、心根にどすんと響いた。そうなのだ、二〇一五年九月一九日未明のドタバタ・セレモニーにより参院で可決した戦争法案に対しては、あの時にすでに大鉈が振り落とされていたのだ。歴史は肝心な点が見過ごされ形成されていく。詩人の鋭敏な直感はその事実を見逃さず、この詩を書いたのである。読まれた方もおられるとおもうが、心に届いた詩句を紹介したい。

ああ若き友たちよ！／巨大な歯車がひとたびぐらっと／回りはじめたら最後／君もその中に巻き込まれる／いやがおうでも巻き込まれる／しかし君は戦う理由などあるのか／国のため？大義のため？／そんなもののために／君は銃で人を狙えるのか／君は銃剣で人を刺せるのか／君は人々の上に爆弾を落とせるのか

なかにし礼さんのこの詩は、七十年間平和がつづいてきた、この国に生まれ育った、戦争を知らない若者たちへ呼びかけるという形式で書かれている。なかにし礼さんは、一九三八年、中国黒龍江省（旧満州）生まれ、戦時下に少年時代を過ごした世代だ。敗戦後は植民地からの引揚者家族の子どもだった。子ども心に戦争の悲惨さ——醜悪、愚劣、残酷、恐怖、飢えの記憶を脳裡に焼き付けている。だからこそか、彼は若者たちに、こんな思想を伝える。

たとえ国家といえども／俺の人生にかまわないでくれ／俺は臆病なんだ／俺は弱虫なんだ／卑怯者?·そうかもしれない／しかし俺は平和が好きなんだ／それのどこが悪い?／弱くあることも／勇気がいることなんだぜ　そう言って胸をはれば／なにか清々（すがすが）しい風が吹くじゃないか／怖れるものはなにもない

そしてこの詩をこんな詩句で結んでいる。

だから今こそ！　もっともか弱きものとして　産声をあげる赤児のように／泣きながら抵抗を始めよう　泣きながら抵抗しつづけるのだ／泣くことを一生やめてはならない／平和のために！

わたしは、なかにし礼さんと同世代なので、《だから今こそ！》というなかにし礼さんの決起の真情がよくわかる。

この詩を読んでいたので、戦争法案反対の運動に立ち上がって注目を浴びた学生団体シールズの若者たちと、そのリーダー奥田愛基さん（二三歳）の行動と思想にわたしも関心を寄せてきた。六〇年代末から七〇年代初頭にかけて旋風を巻き起こした全共闘運動が終息して以降、学生運動は消滅したと言われ、若い人たちの政治への無関心が指摘されつづけてきたので、彼らの出現が脚光を浴びたのだろう。それと彼らのデモが、全共闘時代のデモのようにヘルメットをかぶり角材を武器にするような武闘派的でないことも新鮮に映ったにちがいない。参院中央公聴会の公述人に選ばれた奥田愛基さんはこんな意見陳述をしている。「私たちこそがこの国の当事者、つまり主権者であること、私たちが政治について考え、声を上げることは当たり前なのだと考えている。その当たり前のことを当たり前にするために、声を上げてきた。」この思想こそが民主主義の原則なのだ。

　この奥田青年のもとに数日前、「お前と家族を殺害する」と記した脅迫状が届いたというニュースが報じられた。自由な声を圧殺しようとする空気が高まりつつある。泣きながら抵抗しつづけよう。

なかにし礼（なかにし・れい）

一九三八年、旧満州（現中国東北地区）生まれ。作詞家として日本レコード大賞ほか多くの音楽賞を受賞。二〇〇〇年には小説『長崎ぶらぶら節』で直木賞受賞。著書に『兄弟』『赤い月』『天皇と日本国憲法』等。二〇二〇年一二月没、享年八十二歳。

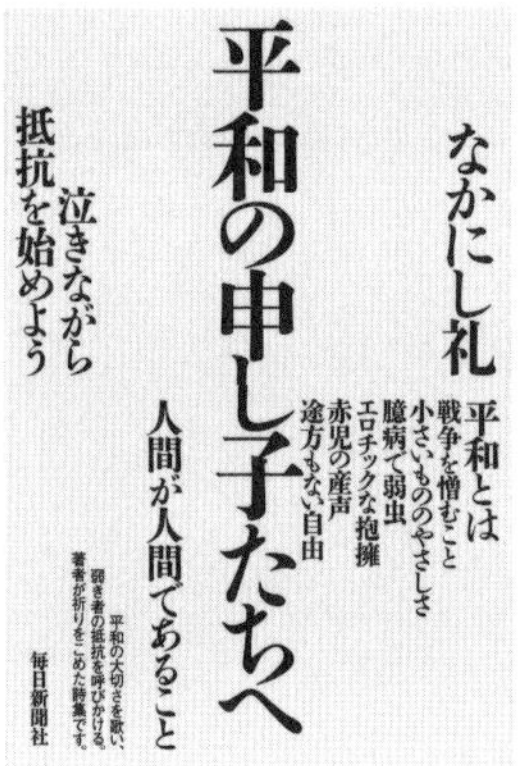

なかにし礼
平和とは
戦争を憎むこと
小さいもののやさしさ
臆病で弱虫
エロチックな抱擁
赤児の産声
途方もない自由
平和の申し子たちへ
人間が人間であること
泣きながら
抵抗を始めよう
平和の大切さを歌い、
弱き者の抵抗を呼びかける。
著者が祈りをこめた詩集です。
毎日新聞社

なかにし礼詩集『平和の申し子たちへ――泣きながら抵抗を始めよう』（毎日新聞社二〇一四年）

『主人公はきみだ――ライツのランプをともそうよ』

　おぞましい幼児虐待事件が横行闊歩している。こうした事件を引き起こした親たちの共通した言い分は、「《しつけ》として行ったこと」という弁明だろう。そこには親権だけが強調されていて、子どもに人権のあることなどまったく考慮されていないのだ。

　中山千夏の新著『主人公はきみだ――ライツのランプをともそうよ』（出版ワークス）と題した本書は、１９８２年に国連で採択されている「子どもの権利条約」という言わば〈世界子ども憲法〉をテキストにして子どもの人権について、エッセイを読むような語り口で考察しているのだけれど、けっして上記のような不埒（ふらち）な親たちに向けて書かれたものではない。著者は、これからの地に足の着いた民主主義社会の担い手となって欲しい小・中学生たちを対象にこの本を書いたという。そのことは本書のタイトルを見ただけで一目瞭然だろうけれど、例えばこんな語り口で語られている。

「わたしたちは、イノチがあぶない場面に立つと、おそろしいよね。わたしたちは、自由を奪われると苦しいよね。わたしたちは、差別されると不愉快だよね。それは、人間のライツの芯（しん）である《イノチ・自由・平等》がおびやかされているからなの。ライツが《生きぬきたいよ！》《自由がいいよ！》《平等がいいよ！》とさわぐからなの。」

子どもの人権とはどういうものなのか。TVの人気番組のチコちゃんに「ボーっと生きてんじゃねぇよ！」と叱られてしまいそうだけれど、わたしたちはじつはあまりよく知らないのではないか。そういう意味では、本書は小・中学生だけでなく、わたしたちおとなたちにとっても必読書とすべきだろう。

さて、その内容に関しては購読していただくとして、ここでは著者が本書を、「権力」や「人権」という言葉を使わずに、原文のRights（ライツ）という言葉で表記した意図について特筆しておきたい。

それは著者が「子どもの権利条約」の原本（英文で書かれている）のタイトル「United Nations Convention on the Rights of the Child」の中の《Rights》という英語表記に注目した点である。付け加えると、著者は、同じく国連から発布されている「世界人権宣言」（Universal Declaration of Human Rights）のタイトルの中のhuman Rightsという英語表記も見落とさなかった。そして英語表記のRightsという言葉が、日本では、いずれも「権利」

と翻訳されていることに気づき、そのことに著者は違和感を抱いたのである。

なぜか？　Right（Rightsは複数形）英和辞書を引くと、一番目に「正しい」「正当な」「当然な」という意味が記されている。一方、日本においては、Rightは「権利」、human Rightsは「人間の権利（人権）」と翻訳されてきた。Rightが「権利」と翻訳されていることに対して著者が違和感を抱いたのは、Rightsと権利の概念に大きな差異のある点に気づいたからだった。それは端的に言うと、日本において慣用化している権利という言葉は、たとえば所有権や著作権などのように固有の権益を法で規定した、いわば法律用語なのだけれど、「子どもの権利条約」や「世界人権宣言」において記されているRightsには、「人間が生まれながらにそなえている正しさ、だれでもみんな平等に、無条件に持っているもの」という意味がこめられていたからであった。

「だれでもがみんな平等に、無条件に持っているもの」とは何か？

それは「イノチ」であろう。「イノチを生きぬこうすること、それがすべての人間が生まれながらにそなえているライツなのだ！」ということを、「子どもの権利条約」は高らかに宣言しているのだ。著者が、「Rights」を「権利」と翻訳していることに対して違和感を覚えたのは、Rightsという言葉の中に、その精神と思想がこめられていることを発見したからであった。

付記しておくと、「権利」という用語は、明治維新の時代に、日本人が先進国西洋の国家体制や憲法を研究しようとしていたころ、翻訳した言葉だった。長い間封建社会のつづいてきた日本では、人権や民主主義という考え方が無かったので、「Rights」という言葉をどのように訳したらよいのかわからなかったのではないか、それゆえRightsを、その根本思想を欠落した権利という言葉に翻訳してしまったのだろう、とも著者は指摘している。それがそのまま定着し、今日まで慣用されてきたのである。

『主人公はきみだ——ライツのランプをともそうよ』と呼びかけているこの本は、形骸化しつつあるとしか言いようがない日本の民主主義体制の危機に警鐘を鳴らし、その担い手たちに喝(かつ)を入れてくれているのかも知れない。

中山千夏（なかやま・ちなつ）

一九四八年、熊本県生まれ。五九年、『がめつい奴』（芸術座）に子役として出演。以降、俳優・歌手・TVタレント、作家として活躍。八〇年からは参議院議員を一期務めた。近年は人権と反戦の市民活動に力を注いでいる。『イザナミの伝言——古事記にさぐる女の系譜』など著書多数。

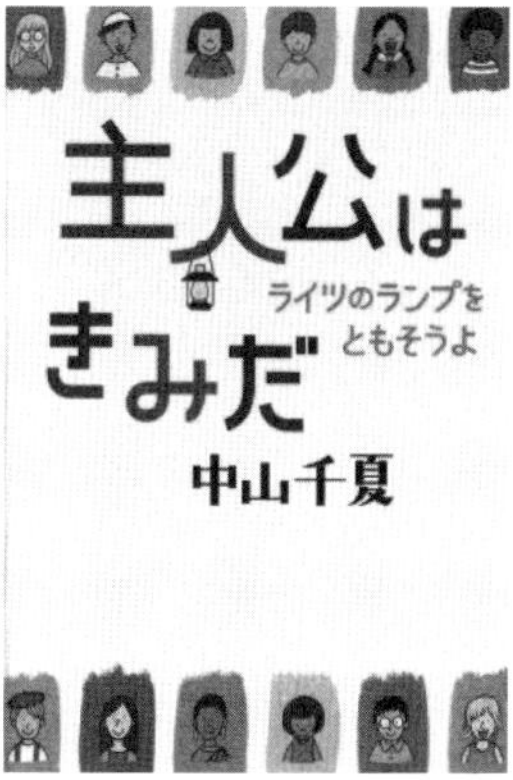

中山千夏著『主人公はきみだ——ライツのランプをともそうよ』（出版ワークス　二〇一九年）

写真家渡辺眸が炙りだした『1968新宿』

十数軒点在していたモダン・ジャズ喫茶、花園神社境内の紅テント劇場、フェリーニやゴダールや大島渚等国内外のヌーベルバーグ系の映画を上映していた新宿文化アートシアター、紅灯の巷だったゴールデン街や二丁目界隈に蝟集していた梁山泊的酒場、アヴァンギャルドなアーティストやヒッピーたちのメッカだった風月堂などなど、当時の新宿には対抗文化を志向する若者たちが集う塹壕みたいな場所（topos）が数多く存在した。その時代から日本の都市には広場がないという民主主義発展途上国の欠陥が指摘されてきた。新宿の街もその例外ではなかったのだけれど、新宿には隠し味のような特性があった。それは中心市街地の其処此処に戦後の闇市のようなアナーキーな活気を秘めたさまざまな《居場所》が存在していたことだろう。そんな土壌が六〇年代の新宿の街にカウンターカルチャー・ムーブメントを花開かせたのである。

しかし六〇年代末を迎えると、新宿の街は「新都心新宿」を目指すという方向へ大きく舵を切った。当時新宿で起きたセンセーショナルな事件簿をご覧になれば花火大会のフィナーレを想わせる事象に出会える。渡辺眸さんは、そんな六〇年代末新宿文化の坩堝（るつぼ）のなかで覚醒し、写真家として生きる道を選択した。デモのなかでもみくしゃにされながらベトナム反戦運動の意味を身体で受けとめて体得した共感や、ゲイバーの女装した男から「あんた手をけがしてるじゃない」とやさしく手当してもらった時の感動などに突き動かされて写真を撮っていたというのだ。「わたしは、自分自身のライフスタイルを探し求めて新宿を彷徨していたように思う。」とも、ふりかえっている。

二〇〇七年に出版された渡辺眸さんの写真集『東大全共闘 1968-1969』（新潮社）は話題を呼んだ。あの安田講堂のバリケードに全共闘の学生たちと籠城した唯一の女性写真家であり、外側から撮る報道写真ではなく、闘争の内側から撮影された写真集だったからだ。そのきっかけは新宿の酒場で知り合ったデザイナーの山本美智子さんの手引きで生じた。ある日、彼女のアパートに遊びに行くと、「これから籠城中の夫のところに着替えを届けに行くのだけれど、一緒に行く?」と誘われ、好奇心に駆られて付いて行ったのがそもそも始まりだった。その時まで友だちの彼（夫）が当時、東大全共闘代表の山本義隆さんだったということなど知らなかったという。

渡辺眸さんは、そんな経歴をもつ写真家だけれど、六〇年代末の新宿や東大全共闘の写真集でデビューしたわけではない。七〇年代に入ると、渡辺さんはインドやネパールへ旅を重ね、『天竺』『猿年紀』『西方神話』等の写真集に結実させて高い評価を受け、根源的な精神の在り様を追究する写真家として知られてきた。

ではなぜ今、彼女にとっての原点の新宿写真集を編む気になったのだろうか。その思いを、こんなふうに語っている。「あの時代の新宿には、人にも街にも身体性が認められた。デジタル時代の今は、言葉や映像は氾濫しているけれど、実体が見えない。その空疎な怖さを炙り出してみようかと。」

渡辺眸さんは今もデジタル・カメラは使わない。この写真集『１９６８新宿』の写真も古いフイルムを暗室で一枚一枚現像してブロー・アップしている。

渡辺眸（わたなべ・ひとみ）

東京都出身の女性写真家。六〇年代末、新宿の街と全共闘ムーブメントに出会い、東大安田講堂のバリケード内で唯一撮影を許された。七〇年代にはインド、ネパールで長期の旅を続け『天竺』『西方神話』等の写真集を上梓。二〇〇七年に刊行された写真集『東大全共闘1968-1969』は大きな反響を呼んだ。

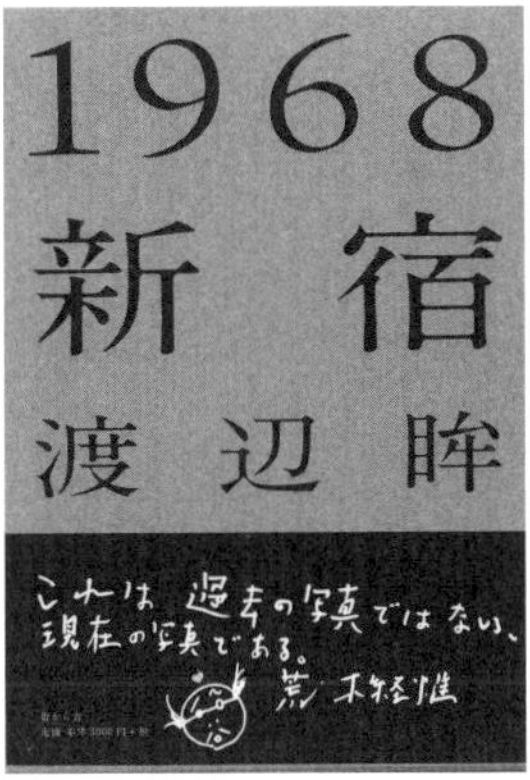

渡辺眸写真集『１９６８新宿』（街から舎２０１４年）「これは過去の写真ではない、現在の写真である。」（荒木経惟）

渡辺眸著『フォトドキュメント東大全共闘 1968-1969』（角川ソフィア文庫　二〇一八年）

ドキュメンタリー映画の新しい地平を拓いた『三里塚に生きる』

「もう一度、三里塚を撮ってみたいんだ。一緒に三里塚に行かないか」

映画キャメラマンの大津幸四郎から映像作家の代島治彦のもとに、そんな誘いがあったのは二〇一二年の初夏の頃だった。大津は小川紳介監督の三里塚シリーズ第一作『日本解放戦線・三里塚の夏』（一九六八年）のキャメラマンとして知られてきた。撮影中に公務執行妨害罪で逮捕歴も有する大津は、国策として成田空港の建設を進める政府の強引な土地収用に立ち向かった反対派農民に一貫して寄り添った撮影と映像で注目を浴びたのだった。だが、同映画の完成後、大津は小川監督と袂を分かち、三里塚を離れた。その後、大津は土本典昭監督の『水俣　患者さんとその世界』など、多くのドキュメンタリー映画の撮影を手掛けてきたが、長い間三里塚に立ち返ることがなかった。三里塚を見捨てたつもりはなかった。むしろ「常に心残り」していて、「ずっと反省してきた」と大津は代島に語っていたという。

大津幸四郎が彼の映画キャメラマンとしての原点ともいうべき三里塚に回帰するきっかけとなったのは、二〇一二年に出版された「小川プロダクション『三里塚の夏』を観る」（鈴木一誌編著／太田出版）という本の付属についていた『日本解放戦線・三里塚の夏』のＤＶＤだった。このＤＶＤを観て大津は堰を切ったように三里塚への思いをつのらせた。あの時、怒りに燃え、国家権力と闘う恐怖や不安、揺れ動く気持ちを抱きながら、勇猛果敢に闘争に関わっていた反対同盟の青年行動隊の面々や野良着姿で連日機動隊に相対し「帰れ帰れ」と叫んでいた婦人行動隊の逞しいおっかァたちは今どうしているのだろうか？大津は四十五年前にレンズを向けた彼ら彼女ら一人ひとりの顔を思い浮かべ、無性に会いたくなった。三里塚のドキュメンタリー映画をもう一度撮ってみたいというより、まずは彼ら彼女らに再会したいという真情だったのだろう。そして同伴者として代島治彦が選ばれたのだった。

代島治彦は尊敬する先達から誘われたことが嬉しかった。しかし、「今、三里塚で何が撮れるのか？」と当初は煩悶したという。東京国際空港として開港してすでに三十数年を経ていて、三里塚闘争は過去の歴史であり、伝説的事件というイメージで葬り去られているというのが一般的な情勢だったからだ。また、代島には自分が全共闘世代でなかったがゆえに、大学闘争や三里塚闘争はテレビや新聞のニュースを介した知見だったという思いもあった。「僕は六〇年代のあの熱い時代に憧れてきた」とも述べていた代島には、遅れて来た青年としての悔しさがあったのかもしれない。七〇年半ばに彼は大学を卒業して広告代理店に就職しているが、数年後サラリーマン勤めを止め、食べていけるのかどうか不確かな映画づくりの世界に飛び込む。その明確な動機は聞けなかったが、たぶん彼は所与の現実世界から自分をスピンアウトさせ、あるべき姿の自分の生き方を探し、表現活動をしたいというマグマを抱えていたのだろう。また代島は「岩波映画で若い頃PR映画を制作していて、やがてそれぞれ独立し優れたドキュメンタリー映画を創ってきた小川紳介・土本典昭・黒木和夫・大津幸四郎から僕は多くを学んできた」とも述べている。こうした歩みが大津幸四郎と代島治彦が世代を超えて『三里塚に生きる』の制作に取り組むようになった接点だったのである。

『三里塚に生きる』は、大津幸四郎・代島治彦共同監督作品と銘打たれている。撮影現場では、もちろん大津がキャメラマンを務め、代島はインタビューを担当し、編集を務めた。ドキュメンタリー映画にはシナリオは存在しない。どんな映画を創りたいのか。それも白紙だった。唯一の方針は「三里塚の今を生きる人間を撮りたい」（大津）ということだった。

「僕が運転手を務め、大津さんが会いたい人のところを訪ね、話を聞く」という撮影作業を二年間かけて行ってきた、と代島はいう。言うまでもないがカメラは常に持参していた。一番困ったことは、当初「殆どの人に〝昔のこと〟はしゃべらないよ」と釘を刺された点だった。仕方なく四方山話をして引き上げる日が続いた。大津はインタビューのカメラを回さず、爆音を立てて低空で離着陸する飛行機ばかりを撮っていたりした。「俺の百姓やってるところなら撮ってもいいぞ」といわれ、毎週畑通いしていたこともあった。そんな日々を重ねるうちに、重い口が少しずつ開き始め、「しゃべらないよ」といっていた闘争時代の話を語ってくれるようになったのだった。

　三里塚闘争は「ニッポン最後の百姓一揆」と評されてきた。六〇年代は敗戦から復興した日本が高度経済社会を目指して工業化・産業化を促進するようになる転換期の時代だった。三里塚は、空襲で家や働き場所を失った人や、外地から引揚者が入植して農業を営んできた部落が多かった。電気も水道もない僻地に掘っ建て小屋を建て、数十年かけて原野を開墾して田や畑を耕し暮らしてきたのだ。そんな土地に国際空港を建設するという計画が抜き打ち的に閣議決定され、田や畑や家を強制収容するという政策が打ち出されたのだから、百姓一揆が蜂起するのは必然だった。さらにこの現代版百姓一揆には新左翼の若者たちの過激な支援が加わり、三里塚闘争はセンセーショナルなまでに肥大化するが、結局は国家権力が遂行する国策空港の開港を阻止することはできずに敗北している。

この『三里塚に生きる』には、四十数年前に小川プロの『日本解放戦線・三里塚の夏』に描かれた青年行動隊や婦人行動隊で活躍した人たちのシーンが引用して紹介されていて、そのうちの何人かの今日が描かれているのだが、そこには団結して勇猛果敢に闘争に取り組んでいる往時の姿はない。収用も移転も拒否して飛行場隣接地で今も農業を営んでいる人は二人だけ。殆どの人は空港周辺の代替地に移転しているのだが、揺れ動く気持ちを抑えぎりぎりまで我慢したうえでの決断なので、後ろめたさを感じている者は誰もいない。補償金で立派な家を建て暮らしている元婦人行動隊員の一人は「昔の掘っ建て小屋の暮しには電気も水道もなかったけど、里山で拾ってきた薪で炊事もでき暖もとれ、湧き水で飲料も田や畑を潤すこともできた。今は電気や水道がなかったら一日も暮らしていけない。身の回りで賄えた自然が全部失われてしまった」と述懐している。

レベルの低いドキュメンタリー映画の通弊は、例えば「闘争」をテーマにした場合、人間、あるいは群像を画一的で一面的な闘争の論理一本槍の描き方しかしていない点であろう。この『三里塚に生きる』に登場している人びとはそれぞれの人生を坦々と生きていて、自分の弱さやダメさ加減なども隠さずにさらりと語っている。この作品を撮り終えたとき、大津幸四郎が「この映画で、やっと〈人間〉が撮れた！」と述べたというのは、人間を多面的に、心の奥底まで見つめて描くことができたという手ごたえを感じたからだろう。

一方、共同監督と編集を担当した代島治彦は、「ますます物事を短いスパンでしか見ようとせず、短い物差しでしか考えようとしない人びとが多くなっている今、あえてガルシア・マルケスの小説『百年の孤独』の物語のように〈時代の残像〉〈人生の残像〉〈土地（場所）の残像〉を援用したドキュメンタリー映画を作りたかった」と語っている。これは経済至上主義の支配する時代の急流の中で、すぐに見失われてしまう大事な人間の在り様を見つめ直し、映像化するというドキュメンタリー映画の新しい地平を拓く作業だろう。

大津幸四郎（おおつ・こうしろう）

一九三四－二〇一四。一九六三年、岩波映画製作所を退社し、フリーカメラマンに転身。土本典昭、小川紳介の監督したドキュメンタリー映画の撮影監督を手がけた。

代島治彦（だいしま・はるひこ）

一九五八年、埼玉県生まれ。九四年から九年間、ミニシアター「BOX東中野」（現在、ポレポレ東中野）の運営に従事。監督作品に『まなざしの旅　土本典昭と大津幸四郎』、著書に『ミニシアター巡礼』など。

ドキュメンタリー映画『三里塚に生きる』（大津幸四郎・代島治彦　共同監督作品　二〇一四年）

笑いの哲人マルセ太郎を悼む
語ることは再び愛すること

マルセ太郎さんは、徹頭徹尾「語る人」だった。

彼は芸人だった。芸人は語ることを仕事にしている。だから、マルセさんは語りつづけてきたわけではない。マルセ太郎さんは、舞台の上だけでなく、著書やジャーナリズムの世界でも、日常生活においても、変わることのない情熱で語りつづけてきた。

たぶんマルセ太郎さんには語りたいことがたくさんあったのだろう。こんこんと湧き出ずる源泉のように。その話には激しい怒りもいっぱいこめられていた。それは壊れた人間、壊れた社会に対する怒りであり嘆きだった。「同じ人間同士じゃないか。もっと真っ当に生きようじゃないか」マルセさんの怒りにはそんな再生への呼びかけと激励が感じられた。

絵を描くのが好きだったアメリカの作家ヘンリー・ミラーに『描くことは再び愛するこ

と』という素敵な画文集があるけれど、わがマルセ太郎のばあいは、語ることが再び愛することであり、生きることだったのではないか。マルセ太郎さんが亡くなられた後、私は改めてそんな感慨を深めたものだった。

思えば、私がマルセ太郎さんとお会いできお話の伺えたのは、たった四回に過ぎない。しかしそのいずれの時も、私にとって忘れられないひと時となった。

三年前の九八年二月、インタビュー記事の取材で狛江のご自宅に伺ったのがマルセ太郎さんとの初対面だった。その日は午後から雪になった。マルセ家の茶の間で午後一時半ころから始められたインタビューは、実はインタビューなんてものではなく、マルセ太郎さんの独演会だった。それはもうマルセさんの舞台となんら変わらなかった。インタビュアーはインタビューを忘れたただひたすら話に聞き惚れていた。両面一二〇分のテープを三本用意していたが、全て録音しきってもまだ話は終わらない。時計を見ると七時近い。こちらはいつまでも話しをお聴きしていたかったけれど、その気持ちを押し込みいとまを告げた。外へ出ると雪が烈しく降っていたが、感動で火照った心身が気持ちよかった記憶が今もくっきりと蘇ってくる。

このインタビュー記事は、『街から』誌の三三号と三四号に二回にわたって掲載され、多くの読者に共感を呼んだ。編集者にとっては嬉しい話だった。ところが、もっと望外の私を有頂天にさせることが起きた。ご当人のマルセ太郎さんから次のようなお葉書をいただいたからだ。

《前略　『街から』を送っていただきました。実にうまくまとめてあり、うれしく思っています。これまで私のところに取材にいらした方のものでは、あなたが一番よく書いてくれています。おつかれさまでした。》

仮にお世辞だったにせよ、あのマルセ太郎さんからこんなお褒めの言葉を貰ったのだ。最高だった。しかし、後日冷静になったとき、あれは額面通りに受け取るべきものではないのだと思い至り有頂天になった自分を恥じた。芸人マルセ太郎は、作家の色川武大と永六輔に発見・発掘され芸人として復活したという伝説の持ち主だが、色川さんについて「あの人は元来陽の当たらない人が好きなんですよ」とインタビューのなかで語っている。けれどマルセさん自身もそういう方で、話や自作の芝居や著書でももっぱら陽の当たらない人に光を当てている。つまり、私のインタビュー記事などの評価もその線から割引きすれば、マルセさん流のあたたかい励ましだったことになる。だからといって私の歓びが半減したわけではなく、その葉書は私の唯一の勲章として大事に机の引き出しにしまわれているのだ。

昨年八月、私は二年ぶりにマルセさん宅を訪ねた。『街から』の創刊満八周年、通巻五〇号を記念してインタビュー集『人間屋の話』を街から舎で発刊することになり、その序文をマルセさんにお願いするためだった。真夏の暑い盛りだった。二年前に伺っているので道はわかりますからとお断りしたのだが、マルセさんは自転車で駅まで迎えに出てくれた。自宅に着いてからの話のなかで二日後に十回目の肝臓ガン手術で入院するのだと聞き重ねて恐縮した。そういう状況のなかであの本の序文は書いていただいたのだった。

その時のことなのだが、家に着くと「暑いでしょう。一風呂浴びませんか?」とマルセさんにすすめられ、私はびっくりした。むろん遠慮したが、亡くなられた後に愛娘の梨花さんにお聞きした話によれば、どうやらそれはマルセさんの奇矯のひとつらしく、梨花さんの友達が遊びに来て泊まったりしたときも、「朝飯前に一風呂浴びませんか?」とすすめて女友達を困惑させていたという。梨花さんの補足説明だと、マルセ家の風呂は別に檜風呂とかではなく、ごくありきたりの家庭風呂なのだが、マルセさんは自慢にしていたようで、休みの日にはよく風呂掃除に励みピカピカに磨きたてていたとか。風呂の話で脱線したが、この時も肝心の打ち合わせなどそっちのけで、マルセさんの独演会が繰り広げられ、夕刻までつづいたのだった。

三度目一一月初旬、できあがった『人間屋の話』をお届けするのが目的だった。その日は次回公演の芝居の打ち合わせを劇団関係者が集ってやっていたのだが、門外漢の私もちゃっかり同席してとうとう夕飯までご馳走になった。例によってマルセさんの座興に興じてついつい長尻になってしまったのだが、実はその要因はもうひとつあった。それは茶の間と隣接する台所から奥様が次々に出してくれる韓国風の家庭料理が実に美味しかったこと、奥様の飾り気の無い大らかなオモニぶりがとても懐かしく居心地がよかったからだった。お焼香に伺った時、その奥様が大きな身体をしぼませるように何度も何度もフーッと深い溜息を漏らしていた姿が痛ましかった。

三が日明けの四日、両国のシアターカイで開催された「スクリーンのない映画館」に出かけた。この時の三日間公演初日の出し物は、『泥の川』だった。

年頭だったので、同行した安良岡編集長と「ちょっとご挨拶してこよう」と出番前の楽屋にお邪魔した。出演前なのだから、当然挨拶だけで引き上げるつもりだった。ところが、マルセさんは「さあ、どうぞ」と私たち二人を椅子にかけさせると、待ち構えていたかのように怒涛のようにしゃべり出し、いつものように話しが止まらなくなった。「出番前なのだから、早々に引き上げないと……」とこちらは気が気でないのだが、マルセさんの話しの面白さにどんどん引き込まれてゆき席を立てない。二十分、あるいは十五分位だったのか。やがて係員が「そろそろ開演ですのでご用意を」と告げに来たので、マルセさんの開演前の独演会は幕となった。この公演後、マルセさんは十一回目の手術を受けるために岡山の病院に入院した。月末には退院の予定とお聞きしていたが、とうとう帰らぬ人になられてしまった。結局、一月四日に楽屋へご挨拶に伺ったのが、私たちにとってはマルセ太郎さんとお会いする最期となってしまったのだった。

残念無念だが、マルセ太郎さんと出会えたことは幸運だった。束の間の交流ではあったが、生きる歓びをたくさん教えて貰ったからだ。

マルセ太郎さんは芸人だった。だが単なる芸人ではなかった。単に芸人ではなかっただけでなく、マルセさんは既成のどんな職業・肩書き・ジャンルにもあてはまらない存在だった。マルセさんは在日朝鮮人であり、帰化して日本国籍も有していたが、朝鮮人でも日本人でもない、もっと根元的な存在だった。

あえていえば、「人間マルセ太郎」を生き抜いた人物なのである。

我田引水めくが、それゆえ『人間屋の話』では、人間屋を代表してマルセ太郎さんに序文を寄せていただいたのだった。その一節を引用しておきたい。

われわれのような権力から遠い者は、一人ひとり無力かもしれない。しかし野球にたとえれば、せめて良き外野席の客になることはできるだろう。歴史をしっかり見よう。世の中には、少数派ではあるが、常に弱者への視点を失わないで闘っている勇気の人がいる。彼らを孤独にさせてはならない。外野席からでも拍手を送ろう。『街から』のようなミニコミ誌なら、それはできるはずだ。

この序文は、マルセ太郎さんの遺書だったのかもしれないし、マルセさん亡き後の新世紀を生きなければならない私たちへの激励だったのかもしれない。

非力な私などには、マルセ太郎さんのように生きることは難しいけれど、せめて精神の一端くらいは受け継ぎ担っていきたいものとはおもう。

それにしてもマルセ太郎さんの「語り」に耳を傾けられないのは残念でならない。

マルセ太郎（まるせ・たろう）

一九三三年、在日朝鮮人二世として大阪に生まれる。八五年に始めた「スクリーンのない映画館」シリーズは、一本の映画を斬新な批評精神とペーソス溢れる独自の話芸で語り尽す一人芸が共感を呼び人気を博した。また、九三年からは喜劇を書き下ろし、自ら演出・出演する公演活動も始め話題を集めた。著書に『芸人魂』『奇病の人』など。二〇〇一年一月二二日病没。

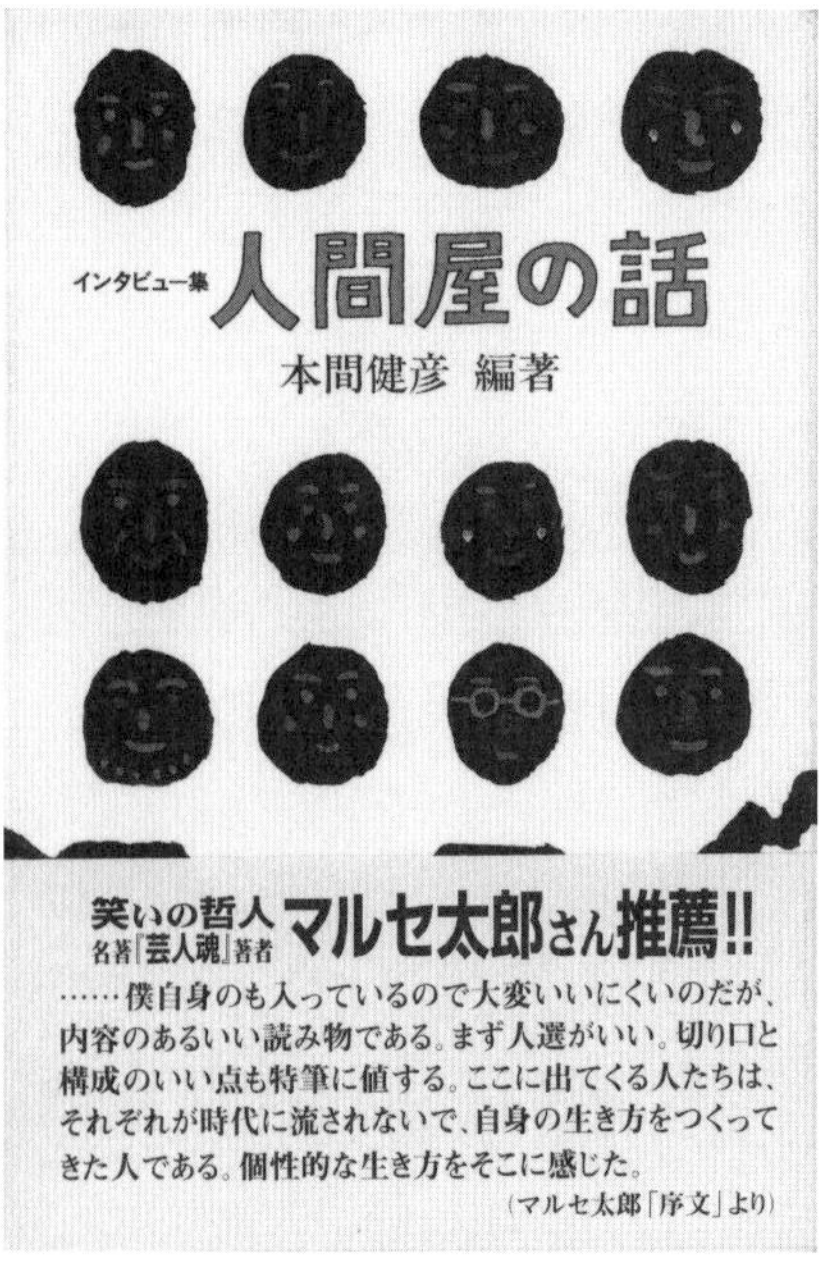

『人間屋の話』（街から舎　二〇〇〇年）
マルセ太郎さんは、本書（インタビュー集）に登場している十八人の「人間屋」のひとりであり、序文と推薦文も書いていただいている。

「君こそは友」という仲ではなかったけれど……。

京都在住の医師、フォーク・シンガーでもあった藤村直樹さんが去る四月二十七日亡くなった。六十二歳だった。

藤村さんは、フォーク歌手の故高田渡の盟友であり、渡さんの主治医としても知られていた。私が藤村さんと知り合ったのは三年前、本誌に連載した「高田渡紀行」*京都篇取材の時だった。この時が初対面だったのだが、私は藤村さんのゲスト・ルームに二日間居候させてもらい大変お世話になった。藤村さんが肝臓ガンという厄介な病を抱えていることはその時に本人から聞いた。それなのに彼はワインを水のように飲んでいた。三条の鰻屋で昼食を共にした時のことなのだが、「あっ忘れてた。ちょっと失礼」と藤村さんはいって腹を出してインシュリンをうち、終ると何事もなかったように酒を呑んでいた。

昨年四月、藤村さんは「高田渡誕生会60」に出演するため上京し、高田渡のレクイエムとして作ったという新曲『君こそは友』を歌った。そして打ち上げ終了後、藤村さんは同伴した奥さんと拙宅に寄ってくれ、泊まってもらうはずだったのに、結局夜明けまで飲んで話しこんでしまった。

藤村さんは、時折、思い出したように携帯電話をかけてきたが、飲み屋からでもかけているのかたいてい酔っ払った口調だった。そのたびに私は「少しお酒を慎んだほうがいいんじゃないですか」と、釈迦に説法するような御託をのべたりしたが、「大丈夫です。ぼくは勤務中は呑んでいませんから……」と禅問答みたいなジョークを返された。

藤村さんは、高田渡への追悼文のなかで「ぼくは身体については渡の主治医だったが、心についてはは渡がぼくの主治医だったと思う。（中略）たがいに主治医として、患者として二十年近くを付き合うことになってしまった。」（『高田渡読本』所収、音楽出版社　二〇〇七年）と記している。ふたりは共に音楽をこよなく愛し、多くの仲間たちから愛されていたけれど、余人には窺い知る事のできない底深い憂いや闇を抱えていたのかもしれない。

藤村さんは、『街から』九八号（二〇〇九年二月）に『老人は国会突入を目指す』と題したエッセイを寄稿している。この一文は前年に出した同名のCDについてのライナーノーツだった。この歌には、医療や介護の荒廃に怒りを燃やした老人たちが、《よたよた　よぼよぼ　こけつ　まろびつ　ぜいぜいと　這いずりながら　政府を倒すために　国会突入を目指す》といった漫画チックな老人蜂起の姿がうたわれている。その昔のプロテスト・ソングという感じの歌ではない。むしろブルースだ！　飛礫を投げつけるような歌詞がぶつけられているけれども、現実はそんな歌の告発なんか遥かに凌ぐ勢いで悪化しているのですよ！　というのがこの歌のメッセージだった。

　今年の三月二十日と二十一日の両日、京都のライブハウス拾得で藤村直樹さんの「中休みライブ」と銘打ったコンサートが開催された。案内状や本人の電話での説明では、「しばらくのあいだ音楽活動を中断し、医師に専念したいので……」という趣旨で企画されたコンサートのようだったが、じつは私は、「お別れの会」に参列する覚悟でそのコンサートに馳せ参じた。高石ともや・小室等・中川五郎・古川豪・ひがしのひとし・いとうたかお等、藤村さんの親しい歌仲間が勢揃いして参加しており、二日間にわたる長丁場のなかなかごきげんなコンサートだったのだが、私は心からは愉しめなかった。主役の藤村さんのあまりに憔悴した姿を見るのは辛かったからだ。予期していたとおり、それは藤村さん自身が最後の渾身の力を振り絞ってプロデュースした「お別れの会」のように思えてならなかったからで、事実これが藤村さんのラスト・コンサートになってしまったのだった。

　思えば、私は藤村さんと、そのコンサートに行ったさいに短い時間会ったのを含めて僅かに三度しかお会いする機会はなかった。とても「君こそは友」という仲ではなかったのだ。けれども、藤村直樹さんのような人物に出会えた事を光栄に思っているし、「少しお酒を慎んだほうがいいんじゃないですか」と声をかけられないのが何とも寂しい。

＊「高田渡紀行」の連載記事は、後日、『高田渡と父・豊の「生活の柄」』（二〇〇九年一二月　社会評論社）というタイトルの単行本として刊行され、二〇一六年五月には「増補改訂版」が出版されている。

藤村直樹（ふじむら・なおき）

一九四八年、香川県生まれ。六〇年代後期に台頭した関西フォークのメンバーの一人として活躍。その後、総合病院の専門医となり、一時期音楽活動から遠ざかっていたが、二〇〇〇年以降「ウイークエンド・シンガー」を標榜し歌の世界に復帰。〇七年、楽曲『老人は国会突入を目指す』を作詞・作曲し、関西ツアーを敢行したが、放送禁止になった。二〇一〇年四月二十七日、病没、享年六十三歳。

『老人は国会突入を目指す』（オフ・ノート　二〇〇八年）

『君こそは友』（チャリティCD「君こそは友」制作実行会　二〇〇九年）

黒田オサムを大バケさせたドンちゃんの慧眼

黒田オサムの自製の略歴は痛快だ。例えば、こんな具合。《子どものころ、川に流され肉屋のヨネちゃんに助けられる。二度も空を飛ぼうとして墜落、二度とも左腕骨折。以後、左腕曲がる。》初対面のとき、「思わず吹き出しましたよ」と告げたら、「ああ、そうですか。略歴なんてみなあんなものじゃないですか?」とご本人は澄ましたもの。で、当方は向きになって「あんなもんじゃ、ないですよ。だいたいみんな偉そうなものですよ。何々大卒とか、立派な業績などが並べたててありますよ」と食い下がったのだけれど、「ああ、そうですか」で、おしまい。〝空気投げ〟に遭ったようなものだった。

そのくだんの略歴にもう一箇所気になるくだりがあった。《オドリの師匠・流派なし。我流のへんなオドリを、天才的舞踊思想家ドンちゃんに見出され、パフォーマーの道を歩み始める。》一箇所とは、どうやら今日のパフォーマー黒田オサムを発見・発掘したらしい天才的舞踊家ドンちゃんというところで、「ドンちゃんとはそも何者か?」という激しい好奇心を抱いてしまったからだった。黒田オサムはもしかしたら名コピーライターなのかもしれないが、《天才的舞踊思想家》という紹介の仕方がまず凄い。男なのか女なのか。舞踊思想家とはどんな存在なのか。生存者なのか物故者なのか。ただドンちゃんという名前だけがひとり歩きしているだけで、真相が皆目掴めない。そこのところがなかなか神秘的で興味をそそらせるのである。

黒田オサムの話に耳を傾けていると、冒頭の略歴の中に出てくる幼少の友、肉屋のヨネちゃんを皮切りに、小学生低学年のころ将来は絵描きになろうと決心して師事した紙芝居屋のヨッちゃんとか、はたまた山谷時代の仲間の一人で「俺は芸人なんだ！」といつも自慢していて、あるとき「明日、久しぶりに芸の仕事をするから来るか？」と誘われたので、土方仕事よりは楽だろうとついて行ったら、近郊の農家を門付けして回る乞食芸人だったカメちゃんなどなど、愛称名で登場するおかしな友人・知人が一杯いるんですよね。で、ドンちゃんもそんな一人なのかな、とおもったりもしたのだが、やはり《天才的舞踊思想家》という触れ込みは別格で好奇心はいやますのだった。

その神話の主人公ドンちゃんに、先日、私は遂に逢い見る機会を得たのだった。大袈裟なことを、などと言うなかれ。わが黒田オサムとドンちゃんとの出会いはまことにもって神話的なものだからです。そんなお話をほんのさわりですが紹介することにしよう。

一九八八年五月十五日〜二十二日までの八日間、東京・西荻窪のアトリエ・ミチコで『黒田オサム・オバケ展』が開催された。黒田オサムの初の個展（しかもギャラリーが企画・主催したもの）で、いわば画家としてのデビュー展だったのだが、黒田オサムの回想のよれば「僕が毎日すいとんを作り、それをお客さんに食べていただきながら絵を見てもらうという趣向の変な個展だった」という。

この黒田オサム展を企画・主催したのがアトリエ・ミチコを主宰していたドンちゃんだった。もう少し正確にいえば、ドンちゃんとその同伴者（夫）である渡辺裕之さんのお二人で、つまりドンちゃんは女性だったわけです。

ところで、会場のアトリエ・ミチコのことなのですが、これが実は西荻の住宅街にあった老朽アパート清風荘の一室をギャラリーにしたものだった。当時ドンちゃんと渡辺裕之夫妻は、このアパートの二階に暮らしていたのだが、ギャラリーにした一階玄関脇のその部屋には前年まで一人の老人が住んでいた。ロートレックの絵に描かれているようなすごくいい顔のおじいさんだった。足が悪かったようでほとんど外出することもなくいつも部屋に引き篭もっていた。クラシック音楽が好きだったらしく、部屋の前を通るといつも静かにレコード音楽が洩れ聴こえてきた。その音楽が唯一老人の生きている証のようだった。前年の暮れ、レコードの音が数日途切れる日が続いた。郵便箱に数日分の新聞の束が溜まったままだった。不審におもい大家さんが部屋に入ると、老人はひっそり死んでいた。身寄りがなかったのか、通夜にも葬式にも縁者らしい人は誰も駆けつけなかったという。

その部屋は老人が亡くなったあと空室だった。「あのおじいちゃんの部屋を生かしてあげたいなあ」とドンちゃんはおもった。で、その十畳ほどのアパートの一室をギャラリーにすることにした。こうして誕生したアトリエ・ミチコの柿落とし展として白羽の矢を立てたのが、黒田オサム展だった。「わたしの中でコヤナギさん（その老人の名）と黒田さんは繋がっている人なのよ」とドンちゃんは語っている。二人の共通項は何だったのか。そこまでの説明はなかったが、その企てには鎮魂と蘇生へのおもいがこめられていたのだろう。

けれども、初の黒田オサム展には予想通りあまり客は集まらなかった。住宅街のアパートの一室に発足したばかりの知名度の低いギャラリーでの無名画家の個展では、それも致し方ないことだったのかもしれない。「最終日は黒田さん踊ってよ」とドンちゃんは提案した。打ち上げを兼ね楽日を盛り上げたかったのだろう。「オドリ？　僕は踊れないですよ」黒田オサムは尻込みした。「黒田さんはただ立っているだけで踊りになっている人だから、大丈夫踊れるよ」ドンちゃんは説得した。

黒田オサムはその頃はまだパフォーマーではなかった。だがこの男には、戦後すぐに画家をめざして上京したものの山谷などで都市底辺の暮らしを長い間余儀なく続けてきたにもかかわらず生活に屈しないアプレゲールの心意気とアバンギャルド精神が沸々と持続されてきたのだった。それは例えば、「六〇年代のはじめ頃でしたかね、ヨーゼフ・ボイスがコヨーテの小屋に入って何時間かすごしたパフォーマンスが話題になりましたけど。僕はそれより前に上野公園で掃除の作業をしていたとき、フェンスを乗り越えてラクダの背中に乗っかちゃったことがありますよ」といったエピソードや、前述の山谷の仲間カメちゃんについて門付けをやってたときには「カメちゃんが俺は芸人なんだ！と威張ってる割りに芸がないので、仕方なく体をゆすって変なオドリを踊りながら『地蔵和讃』なんかを出鱈目に詠ってましたね」という回想などに読み取ることができた。つまり黒田オサムには生活の中で身体に刻み込まれてきた無念や叫びが深く記憶されていたのである。黒田が自分より遥かに年少ながら《天才的舞踊思想家》と尊敬するドンちゃんの慧眼は、黒田オサムが踊れる人だということを見抜いていたのだろう。

　黒田オサム・オバケ展の最終日には、どこで聞きつけたのか大勢の客が集まり、一室を車座で埋めつくした。黒田は「俺は死んでも死なないぞ、俺はオバケダ！」といった内容の話をひょうひょうと物語り、門付けしたときにやっていた「これはこの世のことならず、賽の河原の物語……」といった念仏を詠いながらの奇妙なオドリを踊り、あさり売りの行商をしていたときの声色を披露した。また、日本初の革命歌を朗々と歌い、「クロポトキンの金玉！」といった奇妙なシュプレヒコールを発して、若い客たちを煙に巻きやんやの喝采を浴びた。

これが黒田オサムの伝説的なパフォーマーとしてのデビューだった。このとき黒田オサム五十七歳。ちなみに黒田がパフォーマンスの公演で使っているカスタネットは、ドンちゃんがスペインで踊りの修業をしていた時代に使用していたもので、彼女からプレゼントされたものだという。

そんなわけでドンちゃんはパフォーマー黒田オサムのいわば生みの親なのだが、彼女はあの破廉恥な考古学者みたいに僭越ではなかった。「それは違うのよ。わたしは肉屋のヨネちゃんや紙芝居屋のヨッちゃんと同じなの。黒田さんって人はあんまりしゃべらないけど、すごく面白い話を一杯もってる人なのよ。でも、人の話に割り込んで横取りしたりするような性格じゃないから、せっかくいいものをもっているのにそれまでしゃべるチャンスがなかったのよ。この人にもっとしゃべらせて！　って気持ちが、わたしは強かったのよね」

パフォーマー黒田オサムの側面ばかり強調してしまったようだが、本来この会は初の黒田オサム展だったのである。しかもギャラリーのお披露目の企画展に黒田オサムは抜擢されているのだ。つまりドンちゃんはまず画家黒田オサムの発見・発掘者でもあるのだ。では、ドンちゃんは黒田オサムの絵のどんなところが気にいったのだろうか。

「たしか黒田さんの絵をはじめて見たのはＦＩＵでだったとおもうんだけど、この人の絵はどうして線がこんなにシャープなんだろう！　とすごく好きになってしまったのよ。とても単純な線なんだけど、意外性があるし、とても神秘的なのよ。それで好きになっちゃった」

このドンちゃんの讃辞に対し、黒田オサムはこんな解説をするのだった。

「あの線はね、僕が筆耕で生活していた頃の後遺症なんですよ。ほら、ガリを切るとき定規を使ってガリガリって線を引くじゃないですか。あれです。そうしたら絵を描くときにもモノサシを使わないと描けなくなっちゃって。だけどね、やってるうちにあの線がだんだん面白くなってきて。線って深いんですよね。線ってのは、つまり境界線ですよね。生と死、ウソとホント、あの世とこの世、過去と未来、などの境。だけど、両者は決して分かれて存在してるわけじゃない。ウソってのはホントがあってウソがあるわけですし、ホントってのはウソがあってホントがあるわけですからね。つまりお互いに持ちつ持たれつの関係なんですね。上手とか下手とかいうことも同じで、ですからうまい人はへたな人に感謝しなくちゃいけない。僕はそういうお互い持ちつ持たれつの、線があって線がないような混沌とした状態に興味があるんですよ。それはアナーキーな精神につながっているとおもいますしね」

黒田オサムは普段はいたって寡黙な人なのだが、一度堰を切ると次から次に話が飛び出してきて止まらなくなる。ドンちゃんは楽しそうに聞き役に回っていたが、話が一段落すると、庭に出て紫蘇を摘み、それを天麩羅に揚げ、美味しい蕎麦をご馳走してくれた。団欒の中で彼女はこんな黒田評も語っていた。「黒田さんとすごしていて何がいいかというと、楽だからいいの、楽な人ってあんまりいないですからね。それとわたしは長老のような人物を探していたのですが、黒田さんは知り合った頃からすでに長老って存在でしたよね。だから憧れてきたのよ」

ドンちゃんは現在、逗子の外れの海を眼下に見下ろす丘の上にある米軍ハウス風の家に夫妻で暮らしている。身体を壊し今は快復したが踊りは休止状態だという。雑草の生い茂る庭の真ん中に姿のいい棕櫚の木がある。初夏の海は小雨でボーッと霞んでいた。

帰路、黒田オサムと小生は渡辺裕之さんの運転する車で逗子駅まで送ってもらったのだが。その途中で「あっ、ここが日蔭茶屋*だよ」とドンちゃんが教えてくれると、「えっ、そうなんですか⁉」と黒田オサムは日頃の柔和な表情を一瞬固くして振り返った。それはアナーキストの眼だった。

＊日蔭茶屋事件（ひかげちゃやじけん）

一九一六年（大正五年）九月一六日、神奈川県葉山町に所在の旅館日陰茶屋で社会運動家の大杉栄が不倫相手の伊藤野枝と密会中、大杉のもう一人の不倫相手であった新聞記者の神近市子に襲われ、大杉栄が重傷を負ったという当時のセンセーショナルな事件。社会主義者としてかねてより当局からマークされてきた大杉と野枝は関東大震災の起きた直後の九月一六日，憲兵隊甘粕正彦大尉らに捕縛され捕縛され虐殺されるという事件で知られてきた。一方、神近市子は戦後、日本社会党の衆議院議員を5期13年務め売春防止法の制定などに尽力した。事件現場となった日蔭茶屋は、現在料理店「日影茶屋」の屋号で営業している。

黒田オサム（くろだ・おさむ）

一九三一年、群馬県生まれ。ホイト芸パフォーマー。若い頃絵描きを志して上京したが芽が出ず、山谷などで底辺の仕事に従事していたころ、我流の変な踊りを覚え、それを舞踏家ドンちゃんに見いだされ、パフォーマーの道を歩み始める。二〇〇〇年以降にわかに国内外からの出演要請が増え、これまでにヨーロッパやアジアなどの諸国二〇ヵ国以上で公演活動を行ってきた。

ちんぷんかんぷん
黒田オサム存在証明

家族団欒に背を向けた最後の文士

訃報

あの日はたしか四月末日の日曜日だった。私は遅い朝食をとりながら、ふと朝刊の死亡記事欄に目を転じて、草森紳一の訃報を知り、「えっ?・」と声を上げた。月並みな表現だけれど茫然自失した。それなのに身体は勝手に動いた。近隣の火事現場に急行する消防車のサイレンを追うように家を飛び出していて、気づいたら永代橋のたもとの草森さんが仕事場兼住処にしているマンション玄関前に突っ立っていた。

玄関のドアは半開きしていたのだけれど、狭い玄関の三和土(たたき)まで本が人の入るのを拒むように山積みされている。奥の居室への通路も同様で、さながら本の密林のような有様。草森さんの遺体は、部屋中書架が林立し、これらの書架にも収まらずに空間に山積みされている、そんな本の谷間で前日に発見され、すでに其処にはなかった。部屋には誰か人がいるようで、玄関先に崩れ落ちていた本の小山のてっぺんに女性のハンドバックと靴が場違いな感じでちょこんと置かれているのが目についた。「親戚の方でもいらっしゃるのですか?」私はドアのまえで私と並んで心配そうな表情で突っ立っていた若い男に訊ねた。すると男は「ええ、いま奥さんにゲラをさがしていただいているのです」との答え。どこかの編集者のようだった。私は、男の「奥さん」という一言に、一瞬「えっ!」と声を上げそうになったのだが、押しとどめた。すぐに、《へえ、そんな女性が居たのか!》と納得し、《そういうのも草森さんらしいなあ》と妙に感心し、重苦しい気分がスーッと晴れるおもいがしたからだった。草森さんは、自分流の悦楽をこよなく愉しんだ人だったということを、ふっと想い出したからである。

お別れの会

「お別れの会」では、ドラマチックな出来事が生じた。「おれは絶対に結婚なんかしないよ」と友人らにうそぶいていた（二〇代のころの話だが……）草森紳一に、実は伴侶が存在して、息子と娘、二人の成人した子供まであったという事が、会の終わりに遺族を代表して挨拶した東海晴海さんから披露されたからだった。その時、会場はドーッとどよめいた。草森さんと親しかった友人・知人たちも、その事実をおそらく大半の人が知らなかったからだろう。もちろん、私もどよめきの声を発した一人だった。

「お別れの会」の挨拶では、息子の渡辺幻さんと、娘の東海笑子さんが、それぞれ父親との思い出を語っているのだけれど、その内容は対照的だった。笑子さんが父親と旅行した時の思い出を笑顔で回想していたのにたいして、幻さんのほうは「父とは、父の晩年に二度電話で話し合う機会があったきりで、その際、僕の方から会いませんか？　と問いかけたのですが、父はすこし沈黙してから、やっぱり会わないでおこう、と言いました。そんなわけで僕はとうとう父と会う機会はありませんでした」と沈痛な表情で語っていた。幻さんのこの言葉は、私の脳裡から残像のようになかなか消えなかった。

渡辺幻さんと東海笑子さんは、父親の死を契機に知り合い、遺族として「お別れの会」に一緒に列席した異母兄妹だったのですが、後日、彼の口から「妹には親しみを感じていますよ」という言葉を聴き、なぜかとても救われるおもいがした。父親としてはいささか無責任の誹り（そし）を免れない草森紳一さんにも、実はあたたかい情愛の血は流れていて、この二人の子供たちにも、その血脈が受け継がれているようにおもえたからだった。

散骨式

翌年の三月十九日（木曜日）、草森紳一の一周忌が散骨式という形式で執り行われるということで列席した。集合場所は浜離宮の横合いの船着き場で、会場は貸切りの遊覧船だった。集った人は三〇人ほどで元話の特集編集長の矢崎泰久さんや詩人の高橋睦郎さんの顔も見えた。参列者が乗船すると、すぐに遊覧船は隅田川に出た。

船は、草森さんが仕事場兼住処としていた永代橋たもとのマンションの地点まで遡り、そこから迂回して河口に向い、レインボーブリッジをくぐり、お台場を廻って帰港するというコースで航行した。その間に草森さんの伴侶東海晴美さんが挨拶し、散骨式を行うことにした経緯や散骨の手順を説明した。「昨晩、娘と二人で、草森の骨をすり鉢に入れ、擂粉木（すりこぎ）でガリガリと粉にしました。女って凄いでしょ。」と笑顔でのユーモア溢れる説明で参列者を笑わせていたが、やっぱり目は潤んでいた。そして富山の風邪薬のような小さな紙包に入った草森さんの骨が参列者に配られた。そっと紙包みを開いてみたら、草森紳一の骨が茶褐色の粉薬のように収まっていた。

参列者は遊覧船が航行する隅田川や東京湾湾口の、それぞれ思い思いの場所で紙包みを開けて散骨をし、お別れするという趣向だった。天気の良い暖かい日で、参列者たちは散骨を済ませると、ビールや冷酒のカップを手にしてデッキに立ち、東京湾湾口の「散骨クルージング」を愉しんだ。

下船の際、伴侶の東海さんから、勿忘草（わすれなぐさ）の小鉢を戴いた。草森さんが好きな花だったとか……。人には死後になって判明する真実もあるのか、と思ったりした。

本の密林

ひところ「草森紳一には子供がいるらしい」という噂が友人たちの間で流れたことがあった。そのころ草森さんは三〇代後半にさしかかっていて、著書も次々に出版され、物書きとしての評価も高まっていたから、結婚して子供ができていたとしてもべつに不思議はなかった。けれど、そのころも、草森さんの仕事場兼住居としていた「草森宅」の様子からは、一般の家庭の体裁は全く感じられないし、ましてや子供のいる家庭などとはとても想像できなかったので、私は噂を信じるわけにはいかなかった。

いまとなっては晩年の著書の一作となった『随筆本が崩れる』（文春新書　二〇〇五年）には、本の密林で暮らしていた草森さんの荒唐無稽な日常が綴られているのだが、なかでも圧巻は風呂場に閉じ込められてしまったときの話。風呂に入ろうとおもい浴室のドアを開けて中に入った瞬間、洗面所にも天井近くまで山積みされていた本がドドッと音を立てて崩れ、外側のドアを埋めてしまったために、脱出できなくなってしまったという事件だ。その顛末は本書を読んでいただくとして、ここで同書より引いておきたい箇所は、草森紳一の家が「狭い２ＬＤＫのマンションの中で、まったく本の姿が見えない唯一の場所とい

隅田川永代橋のたもとのマンションを仕事場兼住居にしていた草森紳一にとって大川沿いのこの界隈は息抜きの散歩コースだった。

草森紳一著『荷風の永代橋』（青土社　二〇〇四年）装画　井上洋介

えば、浴室のみである。寝室の四囲も本で占領されている。」という状況であったことである。さらに引用を続けると、「この本の群れに完全占拠されたマンションには、ドアを強く叩いても、大声で叫んでみても、出てきてくれるような人間は、誰も住んでいない。《世間》とやらに背を向けて生きてきたので（実際には甘えて、曖昧を極めながら生きてきたので）、こいつは、復讐されているのかなと、ニヤッと笑ってみるものの、いやいや書物の精霊どもめに、ちょっと意地悪されているだけなのだ。」と反省しているのか、居直っているのか、ちょっと意味不明の弁を述べている箇所である。上記の一節を読んだだけでも、草森紳一の仕事場兼住居としていた家には、家庭の匂いは全く感じられないであろうし、ましてや子供の居る風景など認めることができないだろう。

草森紳一は、この『本が崩れる』という本を上梓して二年余後に、永代橋のたもとのマンション自室で七十歳を一期の人生の幕を閉じたのだったが、遺体の発見されるまで数日間を要している。いわば孤独死だったわけだけれど、たぶん草森紳一は、彼の砦であった――本の密林での死の床で、「今度こそ本の精霊どもにやられたな」とでもうそぶいていたのではないか。なぜなら、彼は二〇代の早い時期に「物書き」を志した時に肚をくくったに違いない自分の生活の柄を生涯貫いたからである。そういう意味では、草森さんらしい天晴れな往生だったのではないかとおもう。

しかし、草森紳一自身は本の密林の中での孤独死にも自足し自らの生を完結できたのかもしれないが、「お別れの会」に遺族?——晩年の伴侶だった夫人と異母兄妹のふたりの成人した遺児が出現するという事態は極めて異例のどんでん返しであった。それは草森紳一にも、別の場所に家族と過ごした家庭が存在していたのだという証明であり、隠されてきた真相を明かすものだったからだ。二人の子供が紹介された際、参列者の間からドッとどよめきが起きたのは、いかにも草森紳一らしい「からくり」に対する喝采だったのかもしれない。

最後の文士

草森紳一は、どうして「からくり」を必要としたのだろうか。それは彼が「文士」だったからだとおもう。作家とか評論家という肩書きを嫌い、「物書き」と称していた草森さんに、こんな呼び方をしたら、「やめてよ」と叱られたかもしれないが、私は、草森紳一を、永井荷風や太宰治といった作家の系譜に属する、その「最後の文士」と位置づけてきた。私は文学研究者ではないので、文士の定義とか、日本の近代文学史の中で独特な存在感を示してきた文士の意義などを論究することはできない。ただし私は、若いころに太宰治や坂口安吾の小説を愛読し、「家庭の幸福は諸悪の本（もと）」とか、「子供より親が大事」といったかれらの思想にふれ、見てはいけない世界を覗いてしまったような、あるいは文士を恐ろしい革命家のように仰ぎみて、戦（おのの）きを覚えた体験をしていた。おそらく私と同世代の草森紳一も、そんな体験をしていたはずである。

文士とは、文士という異端の生き方を貫くしか真っ当な文学の道を歩き続けることが許されなかった時代の、物書きの尊称だったのだと、私は思ってきた。しかし今や作家（小説家）は市民の一員（それもエリートに属する）であり、文士などは反時代的な存在であり、とっくに亡霊と化している。

けれども、草森紳一は、反時代的な存在とそしられることを覚悟の上で文士の精神を貫いた物書きに徹してきた。そして厖大な量の豊饒な作品を残した。

私は、草森紳一の本の密林のような状況と比べると、幼稚園の本箱みたいな書棚に、草森本コーナーを設けて収集していて（死後も続々未完の著書が刊行されているので全巻を揃えるのはほぼ絶望的だ！）、老後にでもゆっくり愉しもうとおもっていたのだけれど、草森さんに先立たれて以降、何を悠長な事を言っているんだと、自分の余生を遅まきながら自覚するようになり、とても完読は難しいなあーと意気地もなく早脱帽している。

「山谷のキリスト者」が記録した《フォークの神様》岡林信康への黙示録

「段々降りてゆく」よりほかないのだ。飛躍は主観的には生れない。下部へ、下部へ、根へ、根へ、花咲かぬ処へ、暗黒のみちるところへ、そこに万有の母がある。存在の原点がある。初発のエネルギーがある。

（谷川雁『原点が存在する』）

田頭道登（右）と岡林信康（左）。１９６８・冬　東京駅にて。（著書『岡林信康黙示録』より）

極私的六〇年代史の記録者

　京都府長岡京市在住の田頭道登さんは、これまでに三冊の著書――『山谷・キューバ・フォーク』(一九七九年刊)、『岡林信康黙示録』(一九八〇年刊)、『私の上申書――山谷ブルース』(二〇〇四年刊) を上梓してきた。これらの著書はいずれも自分史として綴られたもので、自費出版されているのだが、その内容は単に自分の歩んで来た足跡を回想的に記したものではない。友人・知人からの手紙が多数掲載されているし、仲間たちのエッセイや論稿も紹介するなど、特集を組んだ雑誌のような編集と体裁で構成されている。いわばこの三冊の本は、田頭道登とその仲間たちが疾風怒濤の青春期を過ごした時代の、それぞれの自画像の記録集であり、《極私的六〇年代史》として読むことができるからである。

　では、田頭道登さんはどんな人物なのだろうか。そう問われると、紹介の仕方はけっこう難しい。というのも彼の生き方が大方の人びとの生き方とかなり異なったものだからである。それゆえ、まず、その足跡を簡潔に紹介しておこう。

　田頭道登は、一九三二年(昭和七年)に愛媛県三瓶町――豊後水道を隔て九州が見渡せる美しい町だという――で生まれた。自分史的な記述の箇所には、「生誕して二十日ばかりで里親に預けられ育てられた」「五〇年(注＝一九五〇年・十八歳)のクリスマスに洗礼を受けた」「一九五三年・二十一歳のとき、父親(養父)と喧嘩をして家出した」といった記述がみとめられるのだけれど、単に事実を記しているだけで、その事象についての所感や説明はない。自分史の読者としてはいささか食い足りないという印象をもたれるかもしれないが、著者の本意を憶測すると、語りたくない事情があるので、あえて深入りしなかったのではなく、田頭道登が意図した著作は私小説的な自分史を書く事ではなかったからではないか、と私は思う。

　青春の唯一の特権は、無鉄砲な生き方を選択できることだろう。田頭道登が、一九五三年・二十一歳のときに養父とどんな事情で喧嘩をし、家を飛び出したのかわからないけれど、自立の目当てもないのに不退転の決意で家出を決行しているケースなど、まさにその典型といえる。彼は身一つで瀬戸内海を渡り、何とか

『岡林信康黙示録』（一九八〇年）

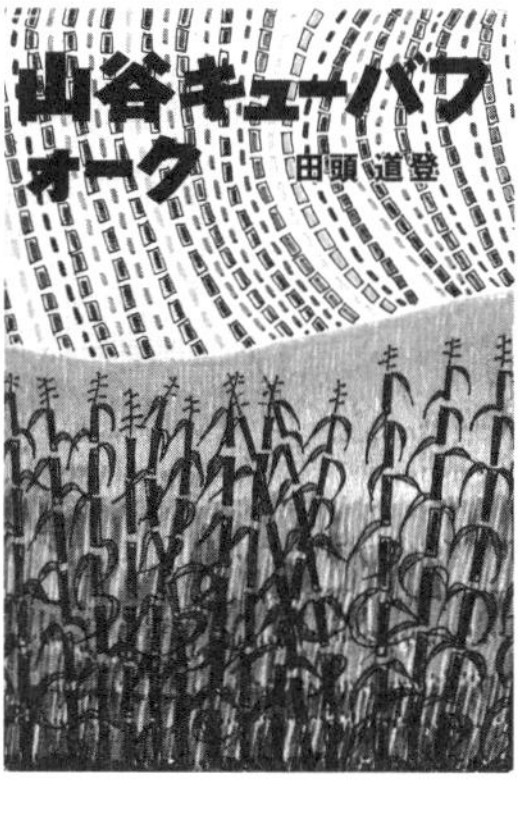

『山谷キューバフォーク』（一九七九年）

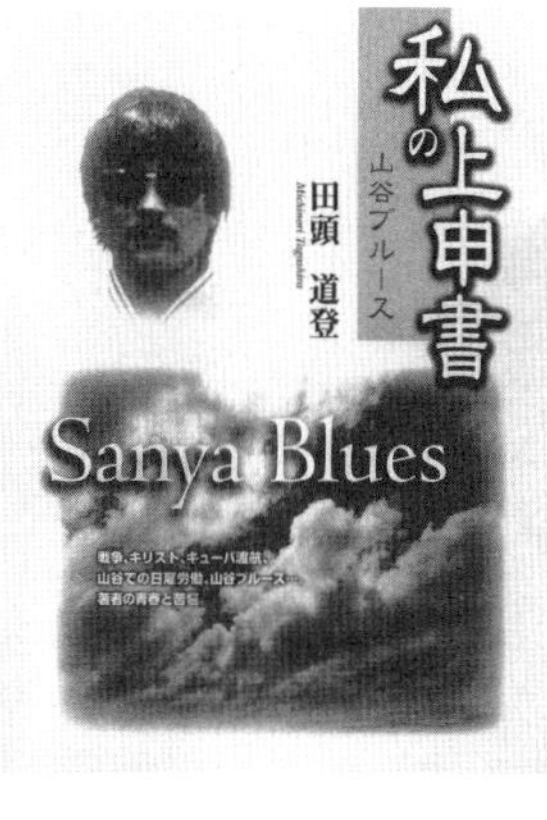

『私の上申書——山谷ブルース』（二〇〇四年）

大阪まで辿り着くと、伝道師を志願して飛び込んだ教会からあっさり門前払いを喰らい、たちまち途方に暮れている。仕方なく、何の当てもなかったのだが、東京へ行こうと、夜行列車に乗った。東京までの乗車切符を買ったら、すでに財布は空っぽで駅弁も買えなかった。そんな自立を目指した旅立ちだったのである。

上京後、田頭道登は、新聞配達や牛乳配達など様々な労働に従事し、自活の確立をめざして懸命に励んだ。何とか自立の道は拓けつつあった。しかし、日々の暮らしに追われているうちにたちまち十年の歳月が流れ、自分の二十代が終わろうとしていることに気づき、彼は愕然とする。おれの生き方はこれでいいのか？　そして彼が選択したのは「山谷で生きよう！」という事だった。

当時の通説では、東京の山谷や大阪の釜ヶ崎などのいわゆるドヤ街という処は、失職して路頭に迷っている者や、何らかの問題を抱えて生活が破綻し、故郷や家を捨てなければならなかった人びと（ほとんどが男性だった）が漂着する場所と目されていた。その時代の流行語でいうと「蒸発人間」の集散地というイメージである。

しかし田頭道登の場合は、そういう事ではなかった。「《ぼくは、山谷のドヤ街（簡易宿泊所）に住んで、伝道してるんだよ》という、東京の浅草北部キリスト教会の中森幾之進牧師の話をきいて山谷を尋ね、それっきりいわゆる蒸発人間」となった。」（『山谷・キューバ・フォーク』）と、山谷入りした理由を述べているからだ。つまり、田頭道登は、山谷のドヤ街で「イエス」を発見し、彼にとっての「イエス」であった中森牧師に導かれて山谷入りをしたのである。

けれども、「山谷のキリスト者」を志願して山谷暮らしをするようになったからといって法悦を得られたわけではない。田頭の山谷の生活は、ドヤで暮らす人びとと同様に苦痛や苦悩を免れるものではなかった。その一端を著書『私の上申書』所収の「山谷ブルース」と題したエッセイから引いておこう。

一九六三年の初夏。あらゆる精神的、肉体的な挫折から、私は、自分自身の救いを求めて、東京の浅草北部にある『日雇い労働者の街』（山谷）で、日雇労働者として働く決心をした。労働現場は、ほとんど港湾労働が主であったが、霞ヶ関ビル、ホテル・オークラの建設現場にも行ったことがある。

二人の牧師とともに、新しい教会の開設と労働運動を展開した。そして日本キリスト教団隅田川伝道所書記に任命されている。しかし希望となるものを何一つ得られず、絶望に近い日雇い労働が続いた。それでも、聖書を読むことと、日記を書き綴ることは唯一の慰めであった。

ドヤ（簡易宿泊）の中での伝道所の集会。週に一回のガリ刷りで、不満をぶつけることが、少しの慰めになっていた。冬場は、仕事のないアブレた日が続いた。それでも、同じ仲間の失業者たちへの「炊き出し」「宿泊のあっせん」をしなければならないのが、悲しかった。

夏になると、かならず数回の『山谷騒動』が起こった。同じ現場の仲間だったテルちゃんは、交通事故で、救急車を呼んでもらえず、パトカーで病院に運ばれ――その後、騒動の発端者として逆に手配師や警察から逆ウラミを受けたことを私に話してくれたことがあるが、その彼も三十二歳の男一匹独身として、この世を去った。畳一枚、カイコ棚ベッドでのドヤ生活、一般社会の良識ある人々、そしてマスコミまでが、その地域に居住し、肉体労働、日雇い労働者をしている労働者を、「浮浪者」と呼び、「労務者」をベッ視、差別する日本社会の構造。だから、山谷や釜ヶ崎の日雇い労働者の叫んでいるのが聞こえないのだろう。

新設された日本キリスト教団隅田川伝道所の書記に任命された田頭は、「山谷のキリスト者」としての仕事を起点として、山谷労働者協力会、山谷地区学習会、小さなバラ子供会、地域誌『人間広場』編集委員などの諸活動に関わっていただけでなく、個人としても『山谷のキリスト者』と題したガリ版刷りのミニコミ誌を週刊で発行している。また、暴動事件の裁判傍聴や弁護人側証人としての出廷。六七年のメーデーには、山谷史上初めて労働者三十数名と共に「俺たちだって人間だぞ！」と書いたプラカードを掲げ参加したという。もちろん、これらの諸活動はいずれも本業である日雇い労働の合間をぬって行っていた無償の活動だった。

田頭道登は、山谷での厳しい日雇い労働に従事しながら、上記のような諸活動に関わるなかで「山谷において、人間が、どれほど疎外され、抑圧され、苦しみを与えられ続けているかを教えられた」と述懐し、「山谷こそ、私を救い、前進せしめ、私の精神と肉体をギリギリに極限まで追いこみ、人間社会について開眼せしめた場所であり」「私の大学であった」と著書『私の上申書――山谷ブルース』に記している。言葉を換えていえば、山谷は、田頭道登にとって真っ当な人間として生きていくための修行の場であったのだろう。

《フォークの神様》岡林信康との出会い

ところで、田頭道登は、山谷のドヤ暮らしのなかで、当時、《フォークの神様》と称され、若者たちに絶大な人気のあった伝説的フォーク歌手・岡林信康と運命的な出会いをし、友誼を結んでいる。正確にいうと、その時点の岡林信康は同志社大学神学部の学生で、まだフォーク歌手ではなかった。つまり岡林は無名の一大学生だったわけだが、田頭は岡林との出会いの印象をつぎのように記している。

> 六六年の夏、岡林信康君（当時、同志社大学神学生）が、消沈しきって、私達を訪れた。労働センター前の私の宿泊していたドヤ（押し入れのような畳一枚敷、立ち上がることができないし、窓には枠［筆者注＝格子で覆われていた］がしてある）での生活で、私が上、彼が下段だった。一泊百六十円の前払いであった。
>
> 彼は稼いだ金でボクシングのグローブを買って滋賀県近江八幡の実家（教会）へ帰って行った。私には、もう帰る家も教会もなかった。彼が羨ましかった。
>
> 六七年の夏、岡林君は、同じ神学部の平賀久裕君と共に山谷に来た。平賀君も山谷の現実に驚いたようだった。坊主頭の彼は、ドヤでウイスキーをコップであおって「神は死んだ!!そういったニーチエも死んだ!!」と、大声で酔っ払い叫んでぶ

っ倒れた。現存の教会の不甲斐なさ、神の死んだ教会のあり方を彼は神学部の「夏季研修報告」で告発した。このとき岡林君は、山谷で質流れのギター（三千二百円）を買って近江八幡へ帰った。

（『私の上申書』）

田頭道登の前掲記事によれば、岡林信康の山谷体験は六六年と翌六七年の二度にわたるものだったことがわかる。六六年の時が初対面で、岡林は田頭が定宿にしていたドヤに二十日間滞在し、日雇い労働者として働いたという。そして翌六七年夏には、同志社大神学部の学友・平賀久裕と共に山谷でのドヤ暮らしと日雇い労働を体験している。この二度目の山谷での生活体験を終えて帰宅後、平賀久裕は「山谷ブルース」と題した詩を書き、田頭が発行していたミニコミ誌『山谷のキリスト者』に掲載されるのだが、これを読んだ岡林が補詞・作曲して誕生したのが『山谷ブルース』という曲だった。すでに四半世紀前の話題曲なので、現在の若い人たちは知らない人の方が多いのではないかとおもうので、歌い出しの歌詞だけでも紹介しておこう。

今日の仕事はつらかった
あとは焼酎をあおるだけ
どうせ山谷のドヤずまい
ほかにやる事ありゃしねえ

この『山谷ブルース』という曲は、一九六八年九月、ビクターから発売され、フォーク歌手岡林信康のデビュー曲となるのだが、六六年・六七年に山谷入りしている時点の岡林は前述のように同志社大学神学部の学生で、まだ歌手活動をしていたわけではない。山谷ではボクシング・グローブを、六七年には質流れのギターを買っていた、と田頭は記録しているけれど、このエピソードは、当時の岡林青年の煩悶を象徴する行為として興味深いものがある。

ここで浮上してくるのは、岡林信康はなぜ《山谷詣で》を決行したのだろうか？　という疑問であろう。その問いは難題ではなかった。それは彼が滋賀県近江八幡市に所在するキリスト教会の牧師の子息だったという点に内在していたからである。だがそれは元もとの禍根だったわけではない。幼少期から少年時代に至るまでの彼は、親に従順な良い子だったから、牧師の父の跡を継いで牧師になることが自分の運命と素直に思いこんでいた。同志社大学の神学部へ進学しているのも、その流れに沿った選択だった。

ところが、六〇年代の半ばに青年時代を迎えると、岡林の態度は豹変する。なぜなのか。どのように変ったのか。岡林信康が、山谷の地域誌『人間広場』に寄稿している「山谷ブルース」と題したエッセイから、その心模様の変容ぶりをみておこう。

おれは、高校あたりから、学校がキライでキライでどうしようもなく、三年生の時には、病気で入院したのにかこつけて、七十日余りも欠席し、もう少し休んでいれば、落第するところだったのです。しかし、その頃は、現在の学校教育が、一人一人の特性を伸ばし育てる、いわゆる〝教育〟じゃなくて、非常に画一的、機械的な電子計算機人間を〝製造〟しているという矛盾に気がつかず、学校に適応できないおれは転落者である、脱落者なのだと、ひどい劣等感のようなものにとりつかれたんです。そういう意識と、キリスト者のいう罪の意識——私は神の前に罪人であるという意識がくっついて、本当に暗い心だったと思います。牧師になろうと、同志社大学の神学部に入った時、とにかくムシャクシャして、なんだか自分をブッこわしたくなりました。観念的に〝考える〟よりも、〝行動〟したい。精神的にじゃなくて、具体的に肉体的に苦痛も経験もすべきだと思い、ボクシング部に入りました。部では、かなり名の売れたボクサーになりましたが……。

ちょうどその年の夏、うちの教会に来ていた札つきの非行少女が、あることで警察にあげられました。その少女をめぐって、「教会は、そんな子の来る所じゃない」という声が、教会員の中におこりました。信徒の偽善とエゴイズム……それに、彼女を恐れて関わっていくことをしなかった自分、自分の持っていたと思う信仰……既成の教会に対する反発と、自己自身のキリスト教信仰に対する疑問、劣等感がとうとう爆発し、一九六六年八月の終りに「山谷」で活動している牧師に会いたい気持ちと、ヤケクソ半分の、どうでもなりやがれ的な気持ちで山谷に飛び込んだわけです。

（『岡林信康黙示録』所収）

このエッセイを読めば、岡林信康がどのような動機で山谷へ飛びこんだのかという真の理由がわかる。彼はこのころ青年期特有の煩悶と反抗の日々を送っているのだが、一番の苦悩は幼少のころから牧師である父親の下で信仰してきたキリスト教とその教会に対する疑心暗鬼であった。岡林青年は、様々な社会問題が噴出しているにもかかわらず、既成教会の現実が単に日曜日の礼拝行事の場、社交クラブでしかないことに憤りを感じていた。その疑問や反発のマグマを点火させたのが、実家の教会が警察沙汰になった非行少女の信徒を排除するという対応を目の当たりにしたことだったのである。

つまり岡林信康も、田頭道登と同様、東京山谷に「山谷のキリスト者」と尊称される二人の牧師が居るという情報をキャッチし山谷へ赴いているのだ。そして伝道所の書記を務めていた田頭とも出会い、ふたりはすぐに意気投合して同じドヤに泊り、一緒に日雇い労働者として働き、大学の文化サークルの学生達のように様々な事を語り合う仲となった。田頭は岡林より一回りほど年長者だったのだけれど、「いままで語る相手もいなかった私に、口を開かせてくれた山谷ではじめて心の通じあえる奴だった」と岡林を評している。誤解のないように補足すると、田頭が岡林のことを《心の通じあえる奴》と述べているのは、他者に対する警戒心からガードの固いドヤの住人達とはフランクに話し合えない人生の諸問題や社会問題などについて語り合える友人であったということだろう。

田頭道登の著書『岡林信康黙示録』と『私の上申書――山谷ブルース』には、岡林から田頭に宛てた十通ほどの手紙や、岡林が書いた数本のエッセイや論稿が収録されているのだけれど、そこには信仰や教会の諸問題（例えば現代におけるキリスト者はどうあるべきなのか？　教会とは何をする処なのか？　牧師になる事の意味？　など）に対する問いや考察、山谷体験後郷里に帰ってから取り組んでいる部落解放運動についての詳細な活動報告、また建国記念日に近江八幡市内のキリスト者青年有志が地区労や民主団体に呼びかけて抗議集会を開催したといった情報の通知、ベトナム反戦統一行動のデモに初めて参加して機動隊にボコボコにされ、政治というものに対して決定的に目が開かれました……といった所感や魂の叫びを訴える意見表明などが綴られている。これらの岡林の書簡からは、山谷体験後ますますふたりの同志的な仲が深まっていることがうかがえるのである。

部落解放運動に関わった信条

岡林信康は、山谷体験の後、郷里の近江八幡に帰ると、地域に未解放部落（被差別部落）がたくさん残存している実態を改めて認識し、部落に住む友人の部屋を借りて解放運動に取り組んでいる。それは被差別部落の人びとが山谷の住人同様に一般社会から不当な差別を受けている実態に目を開かされたからだった。以下に紹介する二通の手紙（抜粋）は、その事を田頭に伝えている一文である。

1967年4月27日

お手紙ありがとうございました。僕は、新しい年度を迎えました。たしかに昨年は、第三者から見るなら支離滅裂だったかも知れない……。学生として？　落第だったかもしれない。でも、僕の二十年の歩みのなかで、昨年ほど、決定的な意味を持った年は、多分ないだろう。部落解放運動にたずさわる中で、改めて一九六六年の重大さを感じずにはおれません。僕の「信仰告白」としての、解放運動への関わり……解放運動に役立つ人間になること、これが、全ての大前提です。

1968年1月13日

主にありて、敬愛する田頭さん！　お手紙、本当にありがとうございました。田頭さんの元気な姿に、僕は、うれしくてなりません。山谷における皆様の尊い働きの事を思うと、いてもたってもいられない気持ちになります。

山谷の皆様と、お会いしたということ。山谷の皆様の存在を知ったということが、どんなにか僕の人生を変えたことでしょうか。とうてい言いつくせない、大きなものを皆様は教えて下さいました。僕は、神様の愛と導きを信ぜざるを得ません。アーメン。

僕の抱えていた問題に対する解決を暗示して下さったと共に、観念の世界から、僕を引きずり降ろして、生々しい「生」に引きずり込んで下さったと思います。まさに、僕にとっては革命的な出来事でした。感謝!感謝!　です。（中略）

近江八幡市には、六ッの未解放部落があります。人口四万人の人々のうち、約八千人が、いまだに差別の下に苦しみ、悩んでいます。部落差別……この悲劇が、どんな悲惨を生み出して来た事か!徳川幕府の封建制を強化するため、人為的に生み出された、この部落差別は、資本主義の現代日本において、形を変えながらも、消えることなく存在し続けています。

未解放部落には、日本資本主義の矛盾が、集約的に現われています。部落差別に反対することということは、日本の生き方に反対するということになり、闘争は、政治的にならざるを得ません。警察も、少しづつ動き始めたようで、非常に不気味です。（中略）

では、山谷における皆様の戦いの上に、主の豊かな恵みがありますよう。主イエスの苦難に満ちたる、血と涙の御生涯を思いつつ……。深夜、サヨウナラ。

岡林信康の部落解放運動に対する取り組みは真摯なものだった。それは前掲の手紙（１９６７年４月27日）に記されている「僕の「信仰告白」としての、解放運動への関わり……解放運動に役立つ人間になること、これが、全ての大前提です。」という決意表明に読み取ることができる。けれども肝心の運動組織は小規模のものだったようで、前掲の手紙の続きを読むと、「解放同盟も八月十一日の《同和対策審議会》答申完全実施要求デモを目ざして、いよいよ動き始めました。ボス連中の圧力により20名あまりいた同盟員も、今や10名あまり、その中で常時《核》として動けるのは５

～6人です。とにかくやってみます！」という文面もみとめられる。そういう事情があったからなのだろう。「田頭さん、その後いかがお過ごしですかねぇ。さて、市長交渉の日が決定しました。8月24日です。予定していたよりも早目なので俺達も大あわてで要求書作成に取りかかって居ります。山労協の旗と共にぜひ24日に間に合うように脱走してきて下さい。」（1968年8月11日）という田頭に応援を求める手紙も書かれている。

このような岡林の思想と行動に対し、田頭の方はどのように向き合っていたのだろうか。田頭の著書からはその直接的な意見や思想の表明は見かけられないのだが、彼がメモふうに書きとめている「年譜」（『岡林信康黙示録』所収）の一九六七年度の項を見ると、岡林が参加して取り組んでいたこの運動に賛同し支援する行動と考えられる記録が認められる。その箇所を「年譜」から拾っておこう。

一九六七年

1・9　岡林へ、山谷の労働者が発行している雑誌『人間広場』、山谷のビラを送り、手紙を書く。

1・17　岡林より来信「部落問題」に取り組んで、あらためて「伝道」ということに真剣になっているとのこと。

5・16　岡林と近江八幡教会の長崎兄を訪ね、午後、同志社大学神学部訪問「部落問題」の講演と、映画『破壊』をみる。一人で岩倉の神学部の寮に泊まる。

5・17　近江八幡で岡林と日雇い労働をする。午前一時四十一分近江八幡発の普通列車で帰京。

8・29　「部落問題」について、井狩市長と交渉。未解放部落の現実のスライドや、われわれで集めた資料をみせる。岡林も、なかなか頑張る。部落解放同盟八幡支部訪問。午後十一時十三分の列車で帰京。

この一九六七年度の「年譜」の記録を見ると、田頭が近江八幡の部落解放運動に山谷から馳せ参じて応援に入っていることがうかがえる。また出張の旅費代を捻出するためだったのか、同地でも岡林と共に日雇い労働に従事している。少なくともこの頃までのふたりは、《真のキリスト者》を志向し、社会の中で不当に蔑視され差別されている人びとを解放しようという運動に従事する同志だったのである。

岡林信康のフォークソングとの出会い

しかし、岡林信康の場合、派生する出来事が起きた。その出来事というのは、フォークソングとの出会いだった。岡林信康が「愛する友・田頭さんへ」と献辞して宛てた手紙（１９６７年12月19日付）には、彼がフォークソングに出会った興味深い経緯が時折見せるコミカルな文章でつぎのように伝えられている。

１９６７年12月19日

愛する友・田頭さんへ

ごぶさたをお許しあれ。元気?でやっとります。今日、雑誌『人間広場』ｅｔｃを受け取りました。俺の手紙がかなり脚色されて記されてましたが、あまりにもカッコよすぎて恥かしい。困ります。エエカッコだけはさせないで下さい。無名戦士、転落者でありたい。

山谷から買って帰ったギター。こいつが、とんだ事を引き起こしました。自分で、ギター弾きながら作った歌が、15曲あまりになったのですが、去る11月23日、草津キリスト教会で、高石友也という、知る人ぞ知るフォーク歌手（釜ヶ崎にいた事があるそうです。立教大学８回生!!）が、反戦集会に来た時、俺も自作の歌２曲を歌わせてもらいました。

こんな事から芽が出はじめて、12月17日には、滋賀県の水口、21日には京都の伏見で歌う事になりました。体制を、少しチャカした歌が、俺の得意です。いわゆるクソリアリズムですが『山谷のキリスト者』に記されていた、平賀久裕の詞「山谷ブルース」に、さっそく曲を作ってみました。かなりの線の曲ができたによって、また聞かせます。楽しみにしとれ。

部落問題や、山谷のことを、歌を通して訴えたいと思っています。だいたい俺の歌わせてもらう場所は、反戦集会や、労働者の集会ですので訴えられると思うのです。とにかく良い武器ができたので、おらぁうれしいです！

岡林信康のレコード・デビュー曲となった『山谷ブルース』の詞が生まれたエピソードについては既述したけれど、この手紙では、その詞に曲をつけたこと、かなり出来栄えのいい歌だという自賛の言葉が綴られているだけでなく、短期間に15曲余の歌を創ったとも書かれている。注目すべき点は、そのころフォーク界の旗手として人気のあった高石友也が出演した反戦集会のコンサートにおいて、「2曲歌わせてもらいました」と記していることだろう。しかし「年譜」を参照すると、つぎのように記載されている。

6月27日　「反戦・フォークソングの夕べ」（出演・高石友也＝近江八幡・中央公民館）で開催され、ここで初めて岡林と高石との出会い。

11月23日　岡林、草津キリスト教会で開催された「高石友也コンサート」に初出演し、2曲を歌う。

この年譜で見ると、一九六七年一一月二三日に草津キリスト教会で開催されているのは「高石友也コンサート」で、岡林はこのとき初出演し、2曲歌っていることがわかる。前記の手紙に書かれている「反戦集会」というのは、半年前の六月二七日に近江八幡・中央公民館で開催された「反戦・フォークソングの夕べ」のことで、このときに岡林は高石友也と初めて会ったと記録されているけれど、「歌った」とは記されてはいない。けれども当時、山谷から帰郷した岡林は、近江八幡で部落解放運動に取り組んでおり、後述するけれど、その運動の現場では沢山のフォークソングが創られ、歌われていた。運動のリーダーだった岡林青年は、フォークソングの作詞・作曲も手がけていて、歌も上手だった。そういう仲間内での定評があったので、地元で行われた反戦集会のコンサートの場で、出演歌手の高石友也に「おい、君も歌ってみないか？」と声をかけられ、飛び入り参加して歌っているのではないかということは十分考えられる。このような状況を現在の若い読者の方に理解していただくためには若干の補足説明が必要だろう。

一九六〇年代後期に台頭したフォーク・ブームは、多くの若者たちが《歌》という表現形態を獲得した時代であった。それはかみくだいていうと、若者たちが社会への異議申し立てや自分自身の心情を詞に綴り、その詞に自分で曲をつけ、自分がつま弾くギターの演奏で歌う日常を手に入れたという事だった。つまりフォークソングは、格別に歌が上手でなくても、また、音楽教育など受けていなくても、誰でも歌う事ができる。ギター一本の伴奏で歌う事もできる。フォークソングは、そのような特性を持っていたので、多くの若者たちに受け入れられたのである。そしてフォークソングという武器を手にした若者たちは、躊躇（ちゅちょ）することなく、人前で——例えば学園祭、反戦集会、労働組合の集会、労音主催のコンサートといった場所で歌うようになる。大阪には六九年一月、会員制で関西フォーク系列の歌い手たちのレコードを制作・販売していくURC（アンダーグラウンド・レコード・クラブ）という会社も設立されている。

岡林信康も、そのような時代の若者のひとりだったので、自分自身の思いのたけをぶつける表現の場としてフォークソングを作詞・作曲して歌うようになったのだろう。とはいえ、岡林のフォークソングへの開花は群を抜いたものだった。前記の田頭へ宛てた手紙に「山谷から買って帰ったギター。こいつが、とんだ事を引き起こしました。」と記しているように、自身でも驚く程の勢いでフォーク歌手のスター的な存在になってしまったからだった。

フォーク・ブームの捲き起こった当初のフォークソングは、ベトナム戦争に対する反戦運動や大学闘争が燎原の火のように燃え拡がるといった時代背景もあってのことか、プロテストソングが主流だった。そして岡林の初期の歌は全てプロテストソングであり、そのプロテストソングが若者たちのハートに火を付け、岡林信康を一躍フォークソングの旗手に飛翔させ、《フォークの神様》と称される存在に押し上げたのである。

しかし話を少し前にもどすと、一九六七年時点の岡林信康は、生一本に部落解放運動に取り組んでいた青年であり、フォークソングを見様見真似（みようみまね）で創り、歌い始めてはいたけれど、フォーク歌手を目指していたわけではなかった。

フォーク歌手・岡林信康の誕生を同志として目撃していた田頭はつぎのように証言している。

京都に着いて、岩倉にある同志社大学の神学部寮で顔見世、再会を喜びあい、飲み明かした。翌日は休むまもなく近江八幡の未解放部落の人達、活動家たちが集まる島本敏雄君の家に深夜に到着した。暖かく迎えてくれた人達に、山谷から新たに出発する私は、心の中で何度も感動した。山谷から帰って来た岡林君は、この島本君の三畳の部屋で生活をし、彼らと共に『チューリップのアップリケ』『がいこつの歌』『友よ』などが作られた。これらの歌は、集った仲間の共同の作詞、作曲である。それ故に『友よ』は、部落解放同盟滋賀県連合会の歌となった。

（『私の上申書——山谷ブルース』）

この記事は、田頭が山谷を離れ、大阪に本社のあった「高石事務所」に勤めるようになるまでのしばらくのあいだ近江八幡の岡林のアパートに居候していて、彼も部落解放運動に参加していたときの様子を記したものだから正しい証言としてみていいだろう。興味を惹いたのは、岡林信康のデビュー曲となったシングル盤『山谷ブルース』のB面曲『友よ』が部落解放同盟滋賀県連合会の会歌だったという指摘だった。この歌は、当時全学連のデモや集会でよくうたわれていただけでなく、ポップス歌手がテレビやラジオでうたっていた人気歌曲だったからである。岡林信康／作詞・作曲の『友よ』の歌詞を紹介しておこう。

友よ　夜明けは近い
夜明けは近い
友よ　夜明けのまえの闇の中で
友よ　闘いの炎をもやせ

『友よ』は、まさに闘いの歌だった。

岡林の初期の歌は、全て運動の現場から生まれたものだった。

岡林信康は、なぜ、フォークソングを歌い始めたのだろうか。

その答えは、前掲の１９６７年12月19日付けの田頭に書いた手紙に書かれている。

部落問題や、山谷のことを、歌を通して訴えたいと思っています。だいたい俺の歌わせてもらう場所は、反戦集会や、労働者の集会ですので訴えられると思うのです。とにかく良い武器ができたので、おらぁうれしいです！

田頭は、フォーク歌手・岡林信康の出現について、つぎのように評している。

歌手になろうとして、岡林は努力したわけではない。彼が人間としての苦しみ、解放への闘いの中で、ようやく暗闇の中で探索した、一つの出来事だったに違いない。それに関連して『友よ』も生まれたのではなかろうか。

（『岡林信康黙示録』）

田頭と岡林を山谷へ導いた「山谷のキリスト者」のひとり伊藤之雄牧師のフォーク歌手・岡林信康に対するすばらしい評価も紹介しておこう。

岡林信康は、滋賀県で部落解放運動にはいり、人の心のどん底を知る。これが彼の徹底的な自己否定になった。「神々しき」自己の否定。彼はギターを取り、未解放部落の労働者・学生らとともに、多くの歌をつくった。だれにでも歌がつくれる、とは彼の驚きであった。土方の心情をうたい、未解放部落の幼い母なき女の子の悲しみをうたい、夫が出稼ぎに行き、そのまま蒸発してしまった貧農の、母子の叫びをうたう。いっさいの非人間的な力への抵抗と、闘いの希望をうたう。彼の歌は、現代の讃美歌である。

（『山谷のキリスト者』１９６９年３月14日発行号）

岡林信康の歌――とりわけ初期のプロテストソングは、同時期に彼が取り組んでいた部落解放運動の現場から生まれたものだったという事実を、田頭道登は、「極私的六〇年代史」に書き残しておきたかったのだろう。

人生の分岐点となった一九六八年

一九六八年という年は、田頭道登にとっても、また、岡林信康にとっても、人生の分岐点となった年だった。岡林は同年九月二日、『山谷ブルース』(B面『友よ』)のシングル盤レコードをビクター・レコードよりリリースして、メジャー・デビューを果たし、その一ヶ月後の一〇月一日、田頭は大阪の高石事務所に入社しているからである。

田頭道登にとっては、それは山谷を脱出することであり、一般的な考え方からいえばどん底からようやく抜け出す事ができる好機到来と喜んでよい出来事だったはずである。けれども田頭の心中は複雑だった。過酷な日雇い労働の日々、南京虫と同衾しなければならなかったドヤの階段ベッド生活、世間からの冷たい蔑視や差別……そんな山谷の生活に未練などあるわけはない。けれども、田頭には「山谷のキリスト者」のひとりとして、そのような非人間的な生活に陥って這い出すこともできない山谷の人びとの悲しみや苦悩を救済し、解放したいという思いから取り組んで来た諸活動があり、それらの運動や活動のなかで自己変革してきたのだという自負があった。それゆえ田頭にとって山谷を出るということは、裏切り行為のように感じられ、うしろめたさを覚えないわけにいかなかったのであろう。

田頭道登に檄(げき)を飛ばすような口調で山谷からの脱出を促したのは、1968年7月28日付の岡林の手紙だった。この手紙には、「八幡支部に活動家として来ないか」という要望と、「高石事務所に勤めないか?」という提案がされている。注目したいのは、「おぬしの身の振り方だが」と切り出し、「とにかく山谷を出ろ!」と結んでいる点だった。というのもこれまでの田頭への書簡は、年長者・先輩にたいする礼節を尽くした体裁で書かれているのだけれど、この手紙だけは同年齢の友だちに向けたラフな呼びかけのような口調で記されているからだった。

これは岡林が、このような呼びかけでなければ、生真面目な性格の田頭の心を動かすことが出来ないだろう、と読んでの戦略だったのではないか。

それとこれは筆者の裏読みなのだが、岡林は、おそらく八幡支部での部落解放運動の活動家として来て欲しいという要望ならば応じてくれるだろう、と読んでいたのではないかと思う。だから、「俺は、八幡町のアパートに移ったが、旅に出ることが多くて、あまり使わないし、八幡支部に活動家として来て、そのアパートで同居したらどうかと思う。」といった具体的な提案までしていたのだろう。

しかし、部落解放運動の活動家では生活の資を得ることはできない。じつは岡林は山谷での田頭とのドヤ暮らしの中で、田頭に強い結婚願望がある事を聴いていて、友人として何とかならないものかと案じていたのだった。結婚するためには、ドヤ暮らしと日雇い労働者の生活を改める必要があった。つまり、山谷を出なければならないのだ。けれども、結婚のために俺は山谷を脱出するぞ！　などと田頭は宣言するような男でない事を岡林は熟知していた。ちょうどその頃、岡林信康は、高石友也に見いだされてフォーク歌手として人気が高まりつつあり、高石事務所の所属歌手にならないか、と誘いを受けていたので、「そうだ田頭さんもマネージャーとして雇ってもらおう」と思い立ったのだろう。

岡林の友情溢れる洞察と呼びかけ方は間違いではなかった。田頭は、岡林の呼びかけに応じて山谷を旅立つさいの心境をつぎのように述懐しているからだ。

この山谷からの脱出には、かなりの苦痛が伴っていた。あきらめきれない結婚への欲望。日雇い労働と酒、社会への連帯の自信喪失……（中略）

約一ヶ月、そのことに悩み苦しんだ末、やっと山谷を出ることを決断した。（中略）

山谷の酒場で、三人の友人と別れの乾杯をした。私の大好きだった焼酎ハイボールで。

そこへ思いがけなくも、あの女子大生がかけつけて来た。そして、東京駅のプラット・ホームまで見送りに来てくれた。彼女は、缶ビールとスルメを土産にくれた。発車のベルが鳴りやんで、列車が動きはじめたとき、彼女は「大学を卒業したら、私も関西に参ります」といった。このひとことを聞いたときはたまらなかった。とびおりて、彼女をば抱きしめたかった。「男は、自分の進む道でふりかえってはならない。旧約聖書の中には、ふりかえったためにその男は石の柱になった記事がある」なぜか、そんな強がりを心にいい聞かせながら座席に着いた。
山谷の中でのたった一つの恋だった。涙があふれ出た。

（『私の上申書——山谷ブルース』）

まるでラブ・ストーリーの映画シーンじゃないか！　などと冷やかしの言葉を浴びせたりするのは観客の勝手であって、当人は恋人から土産にもらった缶ビールとスルメの入ったビニール袋を握りしめて哀しみをこらえていたのだろう。
田頭道登は、そんな思いにも封印して山谷に別れを告げたのである。

疾風怒濤のフォーク・ムーブメント

田頭道登は、岡林信康の口ききで高石事務所に就職することになるのだが、当初は途惑ったという。なぜなら、昭和一桁生まれの田頭は「小学校以来、音楽といえば、校歌と軍歌しか歌えなかった」という世代だったからである。田頭は、フォークソングがどんな音楽なのか知らなかったし、フォーク・ムーブメントというものを情報として知ってからも特に関心を持ったわけではない。もし、岡林信康と山谷で出会う事がなかったら、そしてもし、岡林信康が『山谷ブルース』によって歌手デビューしていなかったとしたら、田頭道登が音楽業界に関わるようになる事はなかったのではないか。そのように思えた田頭なのだけれど、じつは、もう一本の《赤い糸》の縁にも出会うのだ。それは高石友也だった。田頭は、その出会いをつぎのように綴っている。

「田頭さんの、働いている現場のレコードが発売されましたよ‼」と、ＬＰを、東京・山谷のドヤに持参してくれたのが、岡林信康君。驚いてはいけないよ、見てびっくりジャケット写真、東京は晴海の東洋埠頭倉庫、まさしく、わが田頭道登の労働現場である。しかも、さらに驚くなかれ、ギター片手に線路を歩き、階段に、しゃがみ込んでいるのが、高石ともやではないか!!

この現場で三年間、私は港湾労働者として働いた。ゴム、パルプ、米、バナナ、鉄鋼、木材、砂糖などを、外国船のウインチのうなる下で、汗にまみれて、貨物列車、トラックへ積荷を運んだ。夏の日も、冬の日も。（中略）

「フィールド・フォーク」に、参加するたびに、私は、このときを思い出として、新たにする。

その、アルバムの名は、『高石友也フォーク・アルバム第一集』（ビクター・レコード）

（一九七六年「フィールド・フォークだより」NO・9所収）

これは田頭が高石事務所を退職して数年後にフォーク・ファンに向けの小冊子に寄稿した、自分がフォークソングと出会ったエピソードを綴った一文なのだが、そのレコード・ジャケットの映像により、高石友也というフォーク歌手に啓示を受けたような親和感を抱き、フォークソングという音楽に覚醒したと記している。では、高石友也とは、どんな人物なのか。そのプロフィールをご覧いただこう。

高石友也は、一九六六年一〇月、アート・プロモーション（代表・秦政明）主催の「第2回フォーク・フォーク・フォーク」に飛び入り参加して、秦に見いだされ、一九六七年九月、秦が設立する『高石事務所』所属の看板歌手に抜擢されている。当時、高石は立教大学文学部に在籍中の大学生だったのだが、学費を稼ぐために、なぜか下阪して釜ヶ崎でドヤ暮らしをしながら日雇い労働や屋台のラーメン屋などの仕事に従事していたという。彼は一九四一年生まれ（北海道雨竜郡雨竜町出身）だから、田頭より九歳年下であり、岡林より五歳年上ということになる。ちなみにフォーク・ブームを巻き起こしたのは年齢構成で見ると、団塊世代といわれた岡林の世代であったから、すでに二〇代半ばを迎えていた高石のフォーク歌手デビューは

《遅れて来た青年》の飛翔といった観もあった。

しかし、高石友也は小学生のころから大のジャズ好きであり、中学時代からギターを弾きはじめ、高校に入学するとスチール・ギターに熱中するようになり、同級生とハワイアンバンドをつくっていたという無類の音楽少年だった。大学生になってからも学費を日雇い労働などに従事して稼がなければならなかったのかもしれないが、仕事にアブレた日などには公園でギターを弾き、ピート・シーガーやボブ・ディランのフォークソングを歌っていたのだろう。

六〇年代半ば日本の若者たちがフォークソングを愛好する時代が到来する。とりわけ先陣切ってフォーク・ムーブメントが巻き起こったのは関西地区で、六六年七月大阪労音に「フォークソング愛好会」がつくられているし、同年八月には「第1回フォーク・フォーク・フォーク」コンサートが大阪フェスティバルホールで開催されている。高石友也は、同年一〇月に開催された「第2回フォーク・フォーク・フォーク」に飛び入り参加し、プロデューサーの秦政明の目にとまってフォーク歌手の仲間入りを果たした。また、六七年六月に近江八幡で開催された「反戦・フォークソングの夕べ」に出演した高石は、観客として来ていた岡林信康に飛び入り参加させて歌わせ、これがきっかけとなって岡林もフォーク歌手になっているのだけれど、こうした歌の輪の拡がり方こそが、フォーク・ムーブメントの特長だったのである。

フォーク・ムーブメントの特長という点についていえば、こんな事例もある。高石友也は一九六八年に『受験生ブルース』という歌をビクター・レコードからリリースし、この曲が大ヒットしてメジャー・デビューを成し遂げているのだが、じつはこの歌は、当時高校生だった中川五郎が作詞し、ボブ・ディランの『ノース・カントリー・ブルース』の曲で替え歌として歌っていたものだった。この中川五郎の歌に注目した高石が新たに曲を付け、高石版『受験生ブルース』は誕生したという。

高石事務所は、高石友也の音楽活動をマネージメントしていく目的で六七年九月大阪で設立されている。草創期の同事務所には、岡林信康、フォーク・クルセーダス（北山修、加藤和彦、端田宣彦）、五つの赤い風船、ジャックス、フォーク・キャンパーズ、高田渡、中川五郎、古川豪、加川良といった面々が所属歌手として名を連ねていた。これは六〇年代末から七〇年代初期の短期間に出現したフォーク・ムーブメントがいかに大きな波だったかを物語る一例といえるだろう。その勢いは『ＵＲＣ』（アングラ・レコード・クラブ）という社名のレコード会社を傘下に併設していることや、同社がフォーク・ファン向けの雑誌『フォーク・リポート』を創刊している点などにもうかがえる。

高石事務所は、フォーク・ムーブメントを牽引する音楽プロダクションとして名を馳せていたのである。田頭道登は、その時代に高石事務所に入社しているのだが、やはり当初は、山谷をあとにするときと同様の途惑いがあったようで、「年譜」には「なれない雰囲気の仕事になれるまで、かなりの精神的な動揺があった。釜ヶ崎へよく行き、酒を飲んで気分を静養した。」と記されている。

フォークソングには、《地べたの歌》というイメージが強かったのだけれど、《地底の暮らし》を長い間送ってきた田頭道登には、やはりどこか違和感があったのかもしれない。そういう気持ちの現われだったのかどうか。たとえば「年譜」の六八年一一月一九日に開催された「高石友也・岡林信康とうたおう」（大阪・大同生命ホール）の項を見ると、「岡林の歌を聞いて、急にやりきれなくなり、酒屋で焼酎を飲む」という記述がみとめられる。その真意の説明はないのでどう解釈してよいのかわからないのだが、穏やかな独白ではない。

六〇年代の青春終章

雲行きが怪しくなってきたのは田頭道登と岡林信康の関係だけではなかった。彼らの所属事務所自体も綻びが生じてきたのだ。その端緒となったのは、岡林信康の「蒸発事件」と喧伝された大阪労音主催のコンサートへの出演拒否事件（六九年九月六日、大阪フェスティバルホール）だろう。追い討ちをかけるように岡林は、同月二三日、東京の新橋第一ホテルで会催予定だったリサイタルも、「もう歌えない」というメモをマネージャー宛に残して雲隠れしているのだ。人気の急上昇した岡林は、六九年を迎えると、さまざまなステージのスケジュールがぎっしり組まれ、東奔西走の活躍だったから油が切れてしまったのだろう。「歌う機械にはなりたくない」という主旨の手紙を友達に書いていた現場を田頭は目撃している。一般的なスター歌手を目指す者なら、チャンス到来と踏ん張って耐える時だったのかもしれないが、部落解放運動の中から思いがけなく歌手に躍り出てしまった岡林には耐え難くなってしまったのではないか。彼は、それからしばらくステージを降り、国内各地へ逃避行のような旅をしている。それは岡林にとっては『自由への長い旅』（七〇年にリリースしている新曲のタイトル）の第一歩だったのかもしれない。

　そしてこの岡林の「蒸発事件」に触発されたかのように、高石友也も同年一二月九日「冬眠コンサート」と銘打ったコンサートを大阪フェスティバルホールで開いて、休業宣言をし、アメリカへの一人旅に飛び立っている。

　高石事務所は、七〇年初頭社名を「音楽舎」と変更し、東京に進出しているのだけれど、二枚看板の高石友也と岡林信康がドロップアウトしたことが響いて経営が悪化したと伝えられ、七二年には傘下のＵＲＣレコードの経営権を他社に譲渡している。

　田頭の三冊の著書では、上記の問題については詳細な言及はなく、「年譜」に出来事として記されているに過ぎない。というのも、当時の田頭は、岡林の「蒸発事件」問題などより、岡林信康の「変節？」を告発する事の方に主眼を置いていたからだと思われる。岡林の「変節」とは、どんな事だったのか。田頭の著書『私の上申書』には、「岡林信康結婚差別問題」と題した記事につぎのような記述が認められる。

事実経過

　一九六七年三月頃から部落解放同盟八幡支部の青年部活動を通じて本格的な交際をつづけていた岡林信康君（市内駅前・フォーク歌手・24歳）とＹ・Ｋ子さん（京都光華短大2年20歳）は、本年二月十二日に結婚を決意しＭ氏（高校教諭）に仲人を依頼した。Ｍ氏は早速、岡林家に赴き、岡林勝治氏（日本キリスト教団・近江金田教会牧師）に挨拶。岡林勝治氏より下記の様な三条件を提示されたが、「親戚つき合い……」の条件は無視して正式に仲人を承諾された。

①Y・K子さんには結婚後も学校は卒業していただく。
②結婚にまつわる種々の形式は全て簡素に！
③結婚後、Y家と岡林家の親戚づき合いはしない。

この結婚話は、式の日取りも「三月二十六日」と決まっていたという。それにしても岡林の父・岡林勝治牧師の切り出した三番目の条件「結婚後、Y家と岡林家の親戚づき合いはしない」というのはどういう意味だったのだろうか。結婚は認めるけれど、「親戚づき合いはしない」という宣言は、詭弁と言うより、差別発言としか思えない。仲人はこの不埒な条件には蓋をしてY家にふたりの結婚の承諾をお願いしたのだったが、以心伝心で岡林家側の態度が伝わったのかどうか、今度はY家の父親の方が態度をにわかに硬化させ、「娘が短大を卒業するまで結婚は延期して欲しい」と言いだしたのだ。ここに至って「結婚話」は頓挫している。

むろん、これで若いふたりの恋愛劇が終わったわけではなかった。ちょうどそのころ、岡林信康には、「日本キューバ文化交流研究所（代表・山本満喜子）」から《砂糖キビ刈り労働奉仕団》に参加しないかという話が持ち込まれていた。すると二人は「かくなる上はキューバへ駆け落ちしようか……」と盛り上がっている。

ところが、それも束の間で今度はY・K子さんから「信康さんとの交際を打ち切ります」という爆弾宣言が飛び出している。それは彼女が仲人のMさんに話した説明によるとつぎのような理由からだった。

①キューバから二人が帰ってきてどのような生活形態をとるかについて彼女が彼に質問したところ、彼が「今更、何を世間一般の女の様なつまらないことを云うのか！」と彼女に怒ったので喧嘩になった。
②その後、彼がキューバ行きの資金稼ぎの為の全国公演に出かけた時に、東京でH・D子（女優・

26歳）さんという女性と知り合い、その日から彼女と同棲生活をしている事実が判明した。

あと二つほど理由が挙げられているけれど割愛する。男女間の愛情のもつれに、これ以上首を突っ込むのはやめておこう。ただしY・K子さんの岡林に対する、この時点での絶縁宣言にはちゃんとした裏付けのあった事が、田頭の記録していた「年譜」には記されている。

一九七〇年

2月21日　岡林、Yと結婚のことでトラブル。
3月10日　岡林、女優のH・D子と対談（『話の特集』6月号）そのまま東京より帰らず同棲生活。
3月18日　田頭、同志社大学神学部へ岡林信康の退学届を提出。
4月24日　「私を断罪せよ」《岡林信康・キューバ・サトウキビ刈り壮行会》（東京・渋谷公会堂）ステージで女優・H・D子さんとの結婚を発表、同時にキューバ行き中止も発表。
4月26日　田頭、岡林の婚約者、Y・K子さんとキューバへ出発。
6月13日　ハバナの日本大使館で、毎日新聞（4月30日付）広告欄『週刊明星』の広告で「岡林とH・D子の結婚」という情報を知る。

このようなショッキングな事実に直面すれば、Y・K子さんが絶縁宣言をしているのも当然の事だろう。また、田頭が岡林の「変節」を問題視する事もゆえ無き事ではないのだろう。

だが、岡林は、キューバ滞在中の「砂糖キビ刈り労働奉仕団」団長・山本満喜子さん宛につぎのような書簡を送っているので、その抜粋を紹介しておきたい。

山本満喜子様

いろいろご迷惑をおかけしました。ボランティアの様子はいかがですか？（中略）

最近はゲリも時々ある程度で、何とかやっております。キューバ大使館のプーチョさんにことづけていただいたこの手紙、ボランティアのメンバーであるY・Kさんにぜひお渡しいただきたく、あつかましいとは存じましたがお願いした次第であります。

僕と彼女の間にしか分からない色々なことの積み重ねが、二人で新婚旅行に代えて参加するつもりだったキューバ行きを結局彼女一人で行くという結果になってしまいました。

僕自身、彼女のことで24日以降悩み通し、そんなこともあって土方生活を始めたわけですが、そんな生活の中で僕の一番正直な気持ちを手紙にしました。

大変あつかましく、また無礼なお願いで、今までかけた御迷惑の上に御迷惑をおかけすることになるのですが、ぜひボランティアのメンバーであるY・K子さんにお渡し願いたいのです。僕が今まで書いた手紙の中で一番重要な手紙であるような気がします。なにとぞこの無礼なお願いをかなえて下さい。

この書簡からは、キューバへの砂糖キビ刈り労働奉仕ボランティア活動に参加を表明していたにもかかわらず、直前に身体の不調を理由に参加を取り止めている不義理を団長に丁重に詫びつつ、田頭と共に単独で参加したY・K子さんに重要な手紙を書いたので、この手紙を彼女に手渡してほしいと懇願している事がうかがえる。その手紙で、彼が彼女に対してどのような釈明をしているのかということは、田頭の著書には掲載されていないので知る術はないのだが、岡林の本意がY・K子さんに伝わったのではないかという事が、田頭の記録した彼女の言動に見ることができる。

ちなみに、田頭とY・K子さんが三ヶ月間の砂糖キビ刈り労働奉仕活動を終えて帰国するのは七〇年八月五日であるから、以下の「年譜」記事はそれ以降の事である。

9・12　岡林、Y子と三人で「部落問題」八幡支部のことで話し合う。

9・24　Y子は「岡林をH・D子よりとりかえす」と宣言する。

11・8　京都でY子と会う。「岡林とは、ときどき会っている」という。大体の様子はわかる。

11・9　「岡林信康・H・D子と電撃離婚」（週刊誌『女性自身』）の記事が出る。

11・11　Y・K子さんと30分ばかり電話で話す。「あの記事も、たいしたことなし」と。H・D子とは二度ばかり電話連絡した様子。

12・9　田頭、北陸からの帰り近江八幡の岡林自宅訪問。先日、岡林とH・D子さんが来た由。

『岡林信康黙示録』（一九八〇年八月刊行）に掲載されている「年譜」では、ふたりの「結婚問題」を記述した事項は右の記事で終っているのだが、『私の上申書』（二〇〇四年三月刊行）所収の「岡林信康結婚差別問題」と題した記事では、《経過報告》の結びの一文がつぎのように記されている。

　Y・K子さんと僕は、四月末日、キューバへ脱出した。一〇〇日間、サトウキビ刈り労働（ボランティア）を世界七二ヶ国の青年たちと共にした。

　帰国後、岡林信康・Y・K子さんは結婚、現在、京都府亀岡市に在住している。

　前出の「年譜」では、触れられていないのに、この《経過報告》では、キューバから帰国後に岡林とY・K子さんが結婚したと書かれている。ちょっとつじつまが合わないが、いずれにしても岡林信康とY・K子さんが結婚したという事は事実なのだろう。とすれば、ふたりの仲は無事に元の鞘に収まったのだから、「結婚差別問題」という一件は解消されたのではないかと思うのだけれど、それで田頭と岡林の間に生じた亀裂が消滅し友誼が復活することはなかった。

　田頭道登は、なぜ岡林信康を執拗に追いつづけたのだろうか。それは端的に言えば、岡林信康が真摯に取り組んでいたはずの「部落解放」運動に背を向ける歩みをするように、なったからだろう。岡林の側に立って弁護すると、それはけっして「変節」ではなく、自分の不適切な躓きの行動が引き起こした「結婚差別問題」に対する同志たちからの手厳しい批判をかわす行動だったのかもしれないが、山谷での出会い以降、同志として深く友誼を結んできた田頭にとってはとうてい容認できる態度とは考えられなかったからなのだろう。

この問題については、ふたりとフォーク運動を共にしてきた村田拓牧師（大阪・新森小路教会牧師・元高石友也後援会長）が『岡林信康黙示録』の序文に明察の一文を寄せているので紹介しておこう。

田頭さんと岡林君は東京の山谷で出会った。ぼくはこのふたりと関西でのフォーク運動のなかで出会った。田頭さんはその後も高石友也らとフォークの闘いをつづけ、ぼくは部落解放運動を中心に、被差別民衆や労働者のなかで歌の運動をつづけている。山谷や釜ヶ崎、部落大衆の魂をじぶんのものとして闘いつづけている田頭さんは、ぼくが歌の運動にかかわっているとき、いつもぼくの内に活きていて、あの鋭いキョロッとした目で、精悍な姿勢のまま、共に生きているなあ、と実感することができる。

その田頭さんは岡林君を追いつづけている。ふたりは共に山谷と部落とを原点として出発した。ぼくをふくめて歌で結ばれた仲間だった。歌で結ばれるとは、魂で結ばれることだ。たんなる同志愛や友情ではないもっと深いところで結ばれてしまった。だから岡林君がその原点から離れ、時流に流されていけばいくほど互いの孤独は深まる。

だが、田頭さんがどこまでも岡林君を追いつづけるのは、それだけではあるまい。岡林君がかれの歌の原点を離れ、被差別民衆を踏み台にスターになっていくところに、ぼくたちが歌の創造の運動で懸命に闘っている今日の日本の体制化された文化・ことに音楽の差別的なありようがあらわになっているからだ。

六〇年代という時代は、カウンターカルチャー（対抗文化）が一斉蜂起した時代として記憶されてきた。私の見解では、当時の全学連や全共闘などの学生運動も含まれる。その文化遺産のいくばくかは地下水脈のように継続しているけれど、大方は高度経済成長の大波に乗って拡大した体制文化に収れんされてしまったという事実に目をつぶるわけにはいかない。忘れてならないのは、六〇年代は、じつは坂本九の歌った大ヒット曲『上を向いて歩こう』という歌声が高まり、大勢を占めるに至った、戦後日本の曲がり角の時代であったという事だろう。

しかしそんな時代の潮流に逆らうように、谷川雁が提唱した《下部へ、下部へ、根へ、根へ、花咲かぬ処へ、暗黒のみちるところへ》という生き方を志向した田頭道登のような反時代的な人間も存在したのである。じつは、岡林信康も、高石友也も、伊藤之雄牧師も、いや、かれらだけではなく、著者が出会い、本書に登場している人びとは、あの時代においてはみんな同志だったのだ！

田頭道登は、そんな同志たちの群像を、《極私的六〇年代史》として三冊の自主出版本に記録したのである。その営為に敬意を表する気持ちで本稿を記した。一読者として嬉しく思ったのは、田頭道登が三十九歳のときに、待望の結婚をしていることだった。伴侶になられた方は、大阪の釜ヶ崎家庭保育の家（ドイツ人の経営）で保母をしていた女性だという。『私の上申書』には、その慶事がつぎのように記録されている。

一九七二年六月四日、滋賀県の彦根城の近くのキリスト教会で、高石友也夫妻の仲人により、結婚式を挙行した。雨が激しく降っていた。山本満喜子も、キューバのレコードをプレゼントに参列した。指輪のない結婚式だった。

この結婚式に、岡林信康の姿がないのが画竜点睛を欠くように思えてならない。

3章

ぼくは埋め草や雑文を書いて歌ってきた

歴史家・色川大吉の八ヶ岳「森の家」訪問

十一月三日、色川大吉さんの住まわれている八ヶ岳山麓の森の家を訪問した。先月末、色川さんの新著『追憶のひとびと』（街から舎刊）を刊行させていただいた御礼を申し上げるためだった。小渕沢駅に着くと、改札の先で色川さんがわざわざ迎えに来てくださっているので恐縮した。駅前でタクシーを拾って行こうと思っていたのだが、初訪問だったので、山道で迷っては大変と心配されてのことだったのだろう。

色川さんは、なぜか、茶髪にされている。老人の茶髪というのは珍しいとおもうのだが、ぜんぜん違和感はなく、とてもよく似合っている。いまひとつ鮮烈な印象をもたらしたのは、ランドクルーザーを駆って迎えに来たことだった。御年八十七歳という年齢を感じさせないハンドルさばきには、かつてワーゲン車「どさ号」でユーラシア大陸を疾駆していたころの姿を彷彿（ほうふつ）させる映像が浮かんだ。

色川さんの森の家は、避暑に利用する別荘といったものではない。極寒の冬季にもすごせる家づくりが施されているという。大きな二面の窓ガラスの向こうに初冬の森が見渡せる書斎、山麓の斜面に建てられているのでグランドレベルの陽光が差し込む半地下の書庫、薪ストーブの設置されている天井の高いリビングルーム――そのいずれの空間にもこの家の主（あるじ）の凛々しさと静謐さが感じられ、ふと、ヘルマン・ヘッセが『荒野のおおかみ』を執筆したモンタニヨーラの森の家も、こんな家だったのではないかと空想したりした。この八ヶ岳山麓の「森の家」は、色川さんが十数年前から独居してきた居宅であり、仕事部屋なのだ。

色川大吉は、日本近現代史の泰斗で『明治精神史』『明治の文化』『北村透谷』『自由民権の地下水』『ある昭和史』『水俣の啓示』等々、おおくの歴史書を著しているのだが、歴史の勉強など真面目にしてこなかったわたしは、本箱に収めているだけで、自分史の提唱者としての色川さんの著書にもっぱら傾倒してきた。そのむかし、新宿のタウン誌づくりに取り組んでいたころ、自分史のすすめ運動を展開していた橋本義夫さんの著書『書いて花咲く哲学（みち）』という本を読み、目を開かされた事があるのだが、その橋本さんの仕事に光を当て、世に広めたのが色川さんだった。

それから二十年後に『街から』を創刊し、今日までつくりつづけてきたのは、橋本さんや色川さんの思想・生き方に大きな影響を受けたものを、自分たちも何とか継承してみたいという動機に由るものだったことに、今回色川さんの新著の制作をしていて改めて気づいた。

わたしたちが学校で学んできた歴史は、代々の権力者、為政者たちの栄枯盛衰の事象と年号を暗記させられるようなものだった。歴史家としての色川さんの革命的な役割は、これまで捨象されてきた民衆の視座から歴史を掘り起こし、構築してきたことだろう。自分史に着目されたのも、その視点からであろう。ご自身も『廃墟に立つ』『カチューシャの青春』『若者が主役だったころ――わが六〇年代』『昭和へのレクイエム』など、自分史の大作を書かれているが、いずれも小説のように、いや凡百の小説などより遥かに面白いし感銘を受ける。

歴史の表舞台には登場してこないひとびとの事績・生き方・思想が、じつは地底の水脈のように存在し、脈々と引き継がれているのだということが、色川さんの著書を読むと発見できる。

色川大吉（いろかわ・だいきち）

一九二五―二〇二一　千葉県佐原市出身。専攻は日本近代史。「民衆史」や「自分史」という分野を開拓し提唱した。また、水俣病事件や市民運動にも関わってきた。著書に『明治精神史』『明治の文化』『ある昭和史――自分史の試み』『日の沈む国へ――歴史に学ばない者たちよ』など。

追憶のひとびと
―同時代を生きた友とわたし―
色川大吉
懐かしく、多彩な、知友たちを追憶することは、
＜自分史＞の記録でもあった。
司馬遼太郎、松本清張、江藤淳、三島由紀夫、
井上ひさし、藤沢周平、高峰秀子、淡島千景、
鶴見和子、小田実、網野善彦、吉本隆明ら、
50人との交流を通して「わたし」を語る。

色川大吉著『追憶のひとびと』（街から舎　二〇一二年）

山口百恵の『横須賀ストーリー』

近年、「港町横須賀」のイメージ・ソングとして大いに貢献したのは、ダウンタウン・ブギウギバンドの『港のヨーコ・ヨコハマ・ヨコスカ』（一九七五年）と山口百恵の『横須賀ストーリー』（一九七六年）という二曲の歌謡曲であろう。二曲とも作詞阿木燿子・作曲宇崎竜童の夫婦コンビでつくられ、いずれも大ヒットしている。

『港のヨーコ・ヨコハマ・ヨコスカ』は、タイトルに「ヨコハマ」が入っていて、横須賀のイメージ・ソングとしての価値を半減させているといった評価もあるようだけれど、ロックンロールのリズムに乗って軽快に「ヨーコ・ヨコハマ・ヨコスカ」と歌われると、この二つの港町は一衣帯水、ひとつながりの港みたいに聴こえてきてなんの違和感も覚えないのが、この歌の面白いところだろう。

ご存知のとおり、横浜は日本を代表する港町であり、横須賀は物騒な原子力空母が寄港したりする米軍の軍港であり、両港のイメージは異なっているのだけれど、東京湾所在のお隣同士の港町なのだから、ヨコハマ〜ヨコスカと、ひとつながりで呼んだとしても、レッドカードを突きつけられるような大げさな問題ではないのではあるまいか。

横須賀と横浜の両港がひとつながりの港町と見做してもいいんじゃないかということは、この歌の主人公《ヨーコ》が、「ハマから流れて来た」「髪の長い女」で、「ジルバがとってもうまくってよぉ」と歌われている娘だってことでもナットクがいく。ヨーコは、「あんまり何にも云わない娘」で、「拾って来た仔猫と話していたっけ」といった内気な娘なのだけれど、「外人相手じゃカワイソーだったねェ」と同情される仕事をしていて、ある時、仲間のお客をとった、とらないという騒ぎを起こし、「仔猫といっしょにトンズラよ」と竜童は歌っている。《ヨーコ》は、ドブ板通りに流れて来る娘の一人だったのである。

❖

山口百恵の『横須賀ストーリー』は、少女の初々しい恋歌という設定の歌謡曲だった。けれども私には、冒頭の《これっきり　これっきり　もうこれっきりですか》と、くり返して歌う百恵の切なげな熱唱を聴いていると、若い女が男に甘えて迫っているのか、それとも大人の女が不実な男を詰（なじ）っているのか、そのどちらともとれるような情感が感じられ

山口百恵『横須賀ストーリー』(シングル盤　CBSソニー　1976)

て、アイドル歌手の歌う甘ったるい「少女の恋歌」とはとても思えない歌だったという記憶がある。

そして記憶の底の、その思いは、後日、ベストセラーになった山口百恵の自叙伝『蒼い時』（集英社刊　一九八一年）を読んで、「そうだったのか」と氷解したのだった。そしてこんな一文を物した。ただし、これは私の恣意的な解釈であり考察かもしれないので、短い物語として読んでいただければとおもう。

山口百恵には、「出生の秘密」があった。彼女は少女時代を過ごした横須賀在住のころに、その事実を週刊誌のゴシップ記事で知る。「父と母は、いわゆる法律的に認められた夫婦ではなかった。父には、すでに家庭があり、子供もいた。」しかし、彼女はその報道に表向きには驚きはしなかった。見た目のイメージだけでなく、実際にもクールな少女であった彼女は、むしろその一件でこれまで娘たち（妹と二人姉妹だった）に一度として引け目を感じさせてこなかった母親にたいして深く感謝したという。けれども、多感な年ごろだったから、内面ではいろいろ葛藤があったに違いない。「父と母は、いつ、どんな形でめぐり逢って、恋愛して、一緒になったのか」「私を産むにあたって、籍が入っていないということでのためらいはなかったのか」「母は父のどの言葉を信じ、何をたよりにしていたのか。母は父を愛していたのだろうか」そんなラジカルな疑問が心の奥底には燻（いぶ）っていたのかもしれない。白日の下に晒された出生の秘密という闇、自分の中の空白部分を何とか埋めたい。そういう思いで彼女は、この本を書いたのだという動機も記している。

「私には、父はいない」「私はあの人の存在そのものを否定する」、山口百恵はこの本の中で宣言するように述べている。けれども、子供のころは「あの人がやって来るのをどこかで心待ちしていた。来れば嬉しかったし、あの頃はたしかに、好きだった。」とも正直に回想している。

父を《あの人》と見做すようになるのは、横須賀の中学校へ入学したころ、こんな一件があってからだった。どんな文脈からそんな暴言が飛び出したのかは忘れたということだが、《あの人》が激しい口調で、「中学に入ったからといって、ボーイフレンドとか何とか言って、男と腕でも組んで歩いたりしたらぶっ殺すからな」と言ったというのだ。それは、父親が年頃の娘に冗談ぽく言うような説教ではなかった。「あの時のあの人の目、娘を見る目ではなかった。娘を娘としてではなく、自分の所有している女を見る時のような動物的な目だった。」「私があの人を嫌悪しはじめたのは、あの時からだったのではないかと思う」と彼女は書いている。

山口百恵は、十四歳（中学三年）の時、テレビのオーディション番組「スター誕生」で準優勝して芸能界にデビューし、歌手として、さらには女優として目覚ましい活躍をし、アッという間にスターの座を不動のものにしている。すると、《あの人》は《山口百恵の父》という肩書きをふりかざして、プロダクションから借金をしたり、勝手に移籍話を進めて移籍料を横領するなど、スターの娘を食い物にした愚行を重ね、遂に娘から「金銭で血縁を切る」と宣告を受け、始末されている。

父の問題は、そういうかたちでカタがついたが、百恵にはいまひとつ気がかりな点があった。それはこの本に「お父さんのことを書くけど……」と母に告げた時、「お父さんの何を?」と母が微妙な反応をしたからだった。母は「あなたにとってと、お母さんにとってとは違うのよ」と言った。そしてこんな言葉もつけ加えた。「あなたたちには、そう悪い父親には映っていないでしょう?」このような母の反応は百恵には大変ショックだった。「私は言葉を失った。絶句するしか術がなかった。もうすでに過去になっているはずだと思っていた父が、憎悪の対象だとばかり思っていた父が、未だにいくらかの光を放って母の中に生きている。娘のかかわり知らないところで、母の中の女が息づいている。憎悪とか後悔とかいった単純な言葉では言い尽くすことのできない母の歴史、何年もの時が流れたというのに、未だに消化されていない母の中の血の通った女の歴史。それを目の当たりにし、私は動揺した。」と、山口百恵は重く深い思いを綴っている。

この一節を読んだ時、そうか、あの『横須賀ストーリー』の、《これっきり　これっき

り　もうこれっきりですか……》という哀切なリフレーンは、もしかしたら山口百恵の母の思いを歌っているのではないか……。というひらめきを得たのだった。私の恣意的な考察とは承知しているけれど、改めてレコードで聴きなおしても、そのように聴こえてならなかったのである。

「横須賀——誰かがこの名前をつぶやいただけで胸をしめつけられるような懐かしさを憶える。」山口百恵は、この本の序章で、そう記している。

山口百恵は、小学校二年の終わりから中学二年の終わりまで、六年間を横須賀で過ごした。彼女は海が好きだった。けれども、横須賀の山口百恵の家は、「海に面した所に住居があったわけではなく、山と山の谷間にチラッと見える海だった。」という場所に在ったという。

若き日の芥川龍之介が軍港・横須賀の街で感じた「ぼんやりとした不安」

僕はいつも煤（すす）の降る工廠（こうしょう）の裏を歩いていた。どんより曇った工廠の空には虹が一すじ消えかかっていた。僕は踵（かかと）を擡（もた）げるようにし、ちょっとその虹へ鼻をやってみた。すると――かすかに石油の匂いがした。

（芥川龍之介『横須賀小景「虹」』より）

これは芥川龍之介が、横須賀海軍機関学校の教官をしていた頃の日常を散文詩のように綴った一文である。芥川は東京帝国大学在学中に小説を書き始め、大正五年二月（一九一六年）に久米正雄・菊池寛らと創刊した同人誌『新思潮』に発表した『鼻』が夏目漱石の目にとまって激賞され華々しく文壇デビューを果たした。だが本人はまだ作家として身を立てる自信がなかったのかどうか、同年大学卒業後、前記の海軍機関学校に就職し英語教官となった。

芥川龍之介が海軍機関学校の教官を務めたのは、大正五年十二月一日から同八年三月十八日に退官するまでの二年三ヶ月余だったが、当時の横須賀は第一次世界大戦の余波を受け軍備拡張景気で沸き立っていた。

横須賀は明治時代に入ってから、軍都・軍港として急激に発展してきた。その端緒は、幕末江戸幕府が建設した横須賀製鉄所だった。明治維新後、横須賀製鉄所は新政府の所轄となって横須賀造船所と名称を変更し、明治十七年（一八八四年）十二月横須賀鎮守府が置かれると、軍艦や大砲など武器を製造する海軍工廠が設立され、造船所もその組織の一つになった。

明治三十年代の横須賀市街地図を見ると、海軍機関学校は稲岡町の西側、横須賀新港沿岸の現在横須賀学院の場所あたりに所在していたようで、煉瓦建ての瀟洒（しょうしゃ）な学校だった時代の写真が残っている。また、海軍工廠は、その反対側の横須賀本港側に面した現在米軍横須賀基地のある稲岡町・楠ヶ浦町一帯の広大な敷地にあった。

龍之介が毎日学校の行きか帰り道に見上げる、その頃の横須賀の空は、工廠の何本もの煙突から連日モクモクと吹き上げていた黒煙でいつも曇天のようで、暗い空からいつも煤が降っていた。引用した小文は、ある日龍之介が、そんな工廠上空に消えかかっている虹を見つけ、思わず踵を擡げるようにして虹に鼻を向けると、かすかに石油の匂いがした……という情景を記しているのである。天才新進作家の鋭敏な感受性がとらえた鮮烈な詩文だろう。

『横須賀小景』から「小さな泥」と題した一篇も紹介しておこう。

僕は或十二三のお嬢さんの後ろを歩いて行った。お嬢さんは空色のフロックの下に裸の脚を露にしてゐた。その又脚には小さい泥がたった一つかすかに乾いてゐた。

僕はこのお嬢さんの脚の上の泥を眺めて行った。すると泥はいつの間にかアメリカ大陸に変ってゐた。山脈や湖や鉄道も一々はっきり盛り上がってゐた。

僕はおやと思ってお嬢さんを探した。が、お嬢さんは見えなかった。僕の前には横須賀軍港がひろがり、唯一面に三角波が立ったり倒れたりしてゐるだけだった。

龍之介は、この時横須賀の町を散歩でもしていたのだろうか。前を歩いていた少女の綺麗な脚を眺めていると、可愛らしいふくらはぎにちっぽけな泥がついていて、その泥の部分がアメリカ大陸に見えて来る。おやっ、これってなんだろう？　と目を凝らすと、いつの間にか少女の姿は消えていて、眼前に横須賀軍港がひろがっている。だが、なぜか軍艦の姿はなく、ただ三角波が立ったり倒れたりしているだけだった……というシュールレアリスティックな映像を眺めているような詩文だけれど、結びの描写がなんとも不気味だ。

芥川龍之介は、大正七年二月塚本文と結婚すると、横須賀での下宿生活を切り上げて鎌倉に転居し翌年三月に退官するまで鎌倉から海軍機関学校に通勤した。引用した二篇の散文詩は、私小説を書かなかった芥川龍之介が心象風景を記したスケッチであり、当時の横須賀の貴重な記録であろう。

関口安義著『芥川龍之介闘いの生涯』（毎日新聞社一九九二年）

映画『故郷』の舞台となった瀬戸内海倉橋島の人びとの暮らし

一九七二年（昭和四七）に山田洋次監督が制作した映画『故郷』（松竹作品）は、瀬戸内海の倉橋島を舞台にした作品である。そしてこの映画では、木造船（石船と呼ばれていた）で砕石を埋立地などへ運搬する仕事に従事している島の若夫婦——船長石崎精一（井川比佐志）と、その妻民子（倍賞千恵子）——の生業が、飛躍的な高度経済成長時代（一九五五〜一九七三）という大きな時代の流れのなかで立ち行かなくなるという物語が描かれている。その時代から三五年余の歳月が過ぎ去ったことになるが、今もこの映画はすこしも古びてはおらず、戦後日本の大きな曲がり角の時代の光と影を象徴的に活写したドキュメンタリー作品のような臨場感を有する名作であり、その物語は心に響く。

ところで、物語を紹介する前に、まず主人公夫妻の乗っている石船（「大和丸」という船名が付けられている）についての独特な印象を述べておきたい。

この石船は、前方部の三分の一くらいの左右の舷側が喫水線すれすれまで切り込んだように開いているといった風変わりな構造の木造船なのだ。石船が航行している様子を真横から眺めると、積載している砕石が海面上露出していて、あたかも積荷の採石が舷側代わりになっているように見えるので、少し大きな横波を受ければすぐに転覆しそうな危うさを覚える。

もちろん石船が、こういう構造に造られているのには理由があった。目的地の埋め立て地などに到着すると、まずマスト（帆柱）から張り出した釣瓶状の支柱部分に重石をロープでくくり、ウインチを巻き上げてつり上げ、その重石を海面すれすれに切り込まれている舷側部分の海中に落とす。その重みで、つまり梃子の力を用いて船体を大きく四五度位反り返るように傾け、積荷の砕石をドドーッと投棄するのだ。そういう奇抜な機能と構造を有した木造船なのである。ややこしい説明になってしまったが、ダンプカーが砂利などを荷下ろしする際に荷台を反り上げる光景を思い起こしていただければよいのかもしれない。いわば石船は〝海のダンプカー〟だったのである。

この種の石船は、倉橋島独特のもので、一九五〇年代に入り瀬戸内海沿岸の埋め立てが活発になり、〝議院石〟（国会議事堂の建設の際に用いられた石材の産地ということで、そういう呼び名がついた）で知られる石の産地・倉橋島からの石の供給が増大するのに伴い造船されてきたそうで、最盛期には三十数隻操業していたという。復元遣唐使船を建造した倉橋島造船所の棟梁・向井道年さんのところでも十四、五隻の石船を造ってきたということだが、「石船は木造の小さな船なのですけど、往時瀬戸内沿岸では、ダンプカーなどより効率のいい働きをするということで造られてきた。けれど、船造りはなかなか難しいものでしたよ」と向井さんは語っている。この独創的な石船には、倉橋島の伝統的な木造船技術が結集されていたのだろう。

この石船で操業してきた島の若夫婦の生業が廃業に追い込まれていかざるを得なかった背景には、前述したように日本の高度経済成長の影響があったことは否めない。石船の例に即して、倉橋島の事象で見るならば、本浦の浜に十数軒あった木造船造船所が昭和三〇年代末には全て廃業していること、一九六一年（昭和三六年）に呉市〜倉橋間の音戸瀬戸に音戸大橋が架けられ本州から陸続きで行き来できる島になったこと、などが象徴的な現象として挙げられるだろう。

木造船の造船所が廃業に追い込まれたのは、言うまでもなくこの時代には鋼鉄の大型船が登場し、島内で〝一杯船〟とか〝夫婦船〟と呼ばれてきた木造の石船が駆逐されるに至ったからだった。倉橋島は今も海運業が盛んだけれど、六〇年代頃までは船主の親の仕事を継ぐ後継者だけでなく、若い時に船乗りになって資金を蓄え、一艘の木造船を購入して船主兼船長になって独立すると、妻を機関長に据え、夫婦で海運業を生業にする人々も大勢いたのだが、その生業が立ち行かなくなったのである。また、本州から瀬戸内海の島々への架橋の先陣を切って建設された音戸大橋は、それまで木造の小船を日常の交通機関としてきた島の人びとの生活を便利にしたが、反面、トラックやダンプカーなどでの陸送が可能となり、石船は廃業に追い込まれるという展開をもたらした。

映画『故郷』には、後に〝寅さん〟役で人気者になる渥美清が、軽トラックで魚を行商する魚屋役に扮して登場している。彼は引揚者で、その途上で両親を亡くし、帰国後は困窮生活のなかで妻を亡くすという身の上の持主。あちこちの土地を渡り歩いた末に、この島に流れて来て、今は魚の行商人をやっている独身中年男という役を演じているのだが、「お爺ちゃん」と呼んで親しんでいる主人公の船長の父親役を演じている笠置衆と、こんな会話を交わすシーンがある。

「しかし、あれだよネエ、あたしも方々へ行ったけど、こんないい所はないよね。」
「ここは、ええ所じゃ。」
「おじいちゃんも、そう思うかね。」

「夏は涼しいし、冬は温いし、魚は旨いし、ここはいい。日本で一番いい。」

「どうしてそんないい所を、みんな出て行っちゃうんだろうネエ。」

「街へ出た方が、給金が良いけんのー。」

「給金かァー。そりゃそうかもしれないけどネェ……。」


主人公・石崎精一の家では、年老いた父親が隠居の身になって後、精一がこの石船家業を継承し、当初は弟も船員をしていたが、弟は数年前に見切りをつけて足を洗い、呉に出て工場勤めをしている。精一は妻の民子と〃夫婦船〃の石材運搬業を続けているが、大型鋼鉄船が主流になってきたために仕事は激減し、そのうえ父親から引き継いだ石船は老朽化してエンジンも弱ってきていて、思うような操業ができない有り様。新造船を購入する余裕はなく、仮に無理をして借金をし購入したとしても、大型鋼鉄船の石船に太刀打ちできる見通しも立たない。そんなじり貧状態の石船稼業を心配して、姉や弟は兄に転職をすすめるのだが頑固一徹の精一は耳を貸そうとしない。船長・石崎精一と渥美清扮する魚行商人の次の会話は、主人公の持って行き場のない苛立ちを現したものだろう。

「やあ、船長さん。今日はどこまで行って来たね?」

航行中の石船［画・安住孝史］

船体を傾けて荷の砕石を投棄する際の奇観

「広島じゃ。」

「ああ、宇品の埋め立てかい。あそこは遠くて大変だねえ。」

「ボロ・エンジンじゃけんのー。広島じゃ、一日二往復はでけんのじゃ。」

「でも、まあ、毎日続けて仕事があるてぇのは結構なことだよ。ねぇ。」

「オイル代を差し引きゃなんぼ残るかな。寝ちょったほうがマシかもしれん。」


ある日、思い立って船長の精一は、妻民子を連れて、造船所の社長を訪ね、「大和丸」の修理代の見積りを依頼するのだが、予想外に高額の修理代の概算を聞き、とうとう観念して廃業を決意する。そして知人が紹介してくれた尾道の大型鋼鉄船を製造している造船所の工員として就職する腹を決めるのである。それは故郷の倉橋島を家族共々離島することでもあった。

石船の最後の仕事を終え、家路につくため、町の港を目指し夕闇の瀬戸内海を最期の航海をしている時、精一と民子は、浜辺で廃船の焼かれている光景に気付き、その火を凝視しながら、こんな会話を交わす。いや、それは会話などではなく、船長の夫が、機関長の女房を前にして、言葉を詰まらせて語る独白であった。

「この船も、そのうちあのようになるんじゃねぇ……。」
「民子、大きなもんとは、何のことかいのー。」
「えっ?」
「みんな言うじゃろうが、時代の流れじゃとか、大きなもんにゃ勝てんとか……。そりゃ何のことかいのー。なんでわしは、なんでわしは、この石船の仕事を、わしとお前で、わしの好きな海で、この仕事を続けてやれんのかいのー。」

たぶん、この映画『故郷』をご覧になった人のなかには、このシーンと、この石船の船長の呪文のような独白が、脳裡に焼き付いているのではないだろうか。それは日本のあの高度経済成長時代から追放された人びとの人間精神を希求する魂の叫びだったように思うからである。

そんな思いがあったからだろう。『港町から』の創刊号で「倉橋島」特集を組むことが決まった時、真っ先に頭に浮かんだのは、映画『故郷』のことだった。

あの映画の主人公だった島の若い夫婦は離島したのだけれど、その後の倉橋島の人びとの暮らしはどういうことになっているのだろうか? そんな怖いもののみたさのような関心があったからだ。しかし、この小冊子の編集作業を地元の編集委員の方々と協同して取材活動を続けるなかで、その心配は無用だという手応えを感じることができた。倉橋島の人びとがどっこいしっかりと生き続けている姿を様々なシーンで確認できたからである。

その一端を紹介しておきたい。これはわたしたち東京サイドの編集スタッフが現地のスタッフと最終打ち合わせと補足取材のため、この八月上旬に倉橋島に出向いた際、本浦の「旅館もりもと」の女将森本純子さんからお聞きした話の聞き書きである。

「旅館もりもと」の創業者は、森本純子さんの夫で現社長の森本元（はじめ）さんの祖父森本保平（やすへい）という人だった。保平は倉橋島中部西岸に位置する港町・釣士田の出身で、この町は往時海運業者の多い土地で知られていたが、保平は石屋を営んでいたという。島の石職人には保平の弟子だった者が少なくないというから、頭領格の石屋であったのだろう。しかし、保平は太平洋戦争末期に広島に投下された原爆で一人息子を亡くすと、落胆してしまったのか石屋を廃業した。そして本浦の現在地にあった古い旅館を購入し、「もりもと」を開業した。

戦時中、倉橋島には海軍の秘密基地があり、憲兵の監視が厳しかったから、そんな話を聞かれたら憲兵隊にしょっ引かれかねなかったのだが、「この戦争はもう負けるぞ」と保平は女子どもだけの家族にそう言い聞かせていたという。石屋を廃業し、旅館を始めた動機には「みんなで、ここで一緒に死のう」という思いもあったらしい。瀬戸内海のひとつの島の一軒の旅館の創業にも、日本の近現代史の闇が刻まれているのである。

さて、ここからは話は一気に飛び、女将純子さんの闊達な生い立ちの断章を聞くことにしよう。

「わたしは須川というところから、この家に嫁に来ました。」と純子さんは語り始めた。須川は釣士田と並ぶ島内屈指の港町で、彼女の両親は《番船》という海運業に従事していた。「《番船》いうたらねえ、今の宅急便屋さんみたいな仕事かなあ。小さな木造船なんですけど、定期船としてお客も乗せていたし、町や村の人に頼まれて広島や呉で買い物をした品物を運んでいた。時には嫁入り道具の箪笥や鏡台などの買い物もしていましたよ。父が船長で、母が機関長。夫が雇いの船乗りを卒業して、《一杯船主》になると、奥さんが機関士の免許を取って、《石船》や《番船》を営んでいた。みんなここらの船はそうでしたよ。」

純子さんは小学校に就学するまで両親の船に乗っていた。須川に祖父母の家があり、上二人の兄はそこで暮らしていたが、乳飲み子の弟と彼女は両親の《番船》で幼少期を過ごした。三畳間の船室が家族四人の居室だった。釣瓶のような竿に鍋を吊るし、揺れる船の上で海水を汲み上げ、お米をとぐのも幼い彼女の仕事だった。冬の寒い日、弟のおしめを船室の七輪で乾かしていた光景を今もよく覚えているという。

　ある時、材木を筏に組んでタグボートのように船の後ろに綱で繋ぎ引いていくという仕事があった。途中で天候が変わり、風が強くなり波が高くなって組んでいた筏の材木が外れそうになった。その時、父親が丸太に乗り移り、外れそうになった筏を組み直す作業をこわごわ震えながら見ていたことなども鮮明に記憶している。また、このように筏を引いていると、船はゆっくりしか走れないので、ふだんは多島海の美しい瀬戸内海も、風景が全然変わらず、水平線ばかり眺めているような気持ちになり、子どものくせにうつ病になりそうになったこともあった。「目的地の港に着いて、町の銭湯に行けるのが一番嬉しかったですよ。」と純子さんは《番船》で過ごした幼少期の、そんな思い出を淡々と語ってくれた。

　純子さんの両親が《番船》を廃業したのは、一九六三年（昭和三八）で、彼女が小学校五年生のときだった。倉橋島では，もはや《番船》を必要とする時代ではなくなったからである。「父は船乗りを辞めたら、何も手に職のない人でしたから、さぞ心細かったでしょうね。けれども、気丈な母の提案でもあったのかもしれませんが、船を売却すると、そのお金を元手に、広島へ出て小さなアパート経営をしようということになりまして……」両親と純子さんと弟の四人は祖父母だけを残して倉橋島を離れ、先に島を出ていた二人の兄の住む広島へ行くことになった。「離島の日は、町の港の桟橋に、おじいちゃん、おばあちゃん、それと近所の方も大勢見送りに来てくれて……、あの時は本当に悲しくて大声をあげワァワァ泣きましたよ。」と純子さんは、それまでのとびっきり明るい笑顔を一瞬曇らせた。

広島へ出て、アパート経営を始めた両親は、すこし落ち着くと、アパート一階の管理人室が空いているのはもったいない、なにか商売でもしたら、と知人にすすめられ、店舗に改装して「よっちゃん」という店名のお好み焼き屋さんを始めた。「サイドビジネスのつもりで母親が始めたのですが、これが当たりまして、今は広島駅と京橋に二軒出店していて、二人の兄が経営に当たっています。」という発展を遂げている。「数年前、両親は須川の祖父母の家に帰り、今も元気に隠居の身ですよ。」

まことにめでたし、めでたしの話で、他人事ながら嬉しくなった。

「それにしても、結末はちょっと違うけど、映画『故郷』に描かれている人びとの暮らしぶりとそっくりですね！」と、純子さんの話が一段落したところで、わたしが感歎の所感を述べると、「そうでしょ。でも、あの頃の倉橋島には、あの映画の主人公たちみたいな暮らしをしていた人びとが沢山いましたよ。」と、純子さんも賛同してくれたのだった。

けれども、意表を突かれたのは、「じつは、わたし、あの映画に出演しているんですよ。ちょい役ですけどね。」と、さりげなく打ち明けた純子さんの裏話だった。

「えっ！　本当ですか。どのシーンですか？」わたしは興奮して畳みかけた。というのは「もりもと」の経営者夫妻と懇意のはずの同行してくれていた地元の編集スタッフから、そんな予備知識は聞いておらず、まったく予期していなかった話だったからだ。

純子さんの話を要約すると、こういうことだった。当時、『故郷』ロケ撮影のため山田洋次監督、出演俳優、制作スタッフが来島していて、かれらの何人かが「旅館もりもと」にも逗留していた。ある日、「もりもと」の近所の路上で渥美清扮する魚屋が行商するシーンの撮影があり、山田監督が近隣の家の屋根に上がって監督をしていた。その撮影風景を純子さんは近所の人びとと見学していた。するとしばらくしてスタッフの一人が純子さんのところにやって来て、「じつは監督が、貴女にぜひ渥美さんの魚屋のお客さんになってもらいたいと言っているので、お願いできませんか？」と出演要請をしてきたというのだ。「山田監督は、屋根の上から見物客のなかのわたしを見つけたんですね。その頃のわたしは嫁に来たばかりの二十二歳で若かったたし、赤いブラウスを着ていたので目に付いたのでしょうね。」純子さんは弾けるように笑いながら、そんな貴重な思い出を語ってくれたのだが、じつは抜擢出演はそのシーンだけではなかった。

侘しい独り暮らしをしている渥美清が行きつけの食堂のお姐さん役だった。「しばらく顔見せなかったけど、どうしてたの?」「うん、風邪で寝込んじゃってね。アンパンばかり食ってたよ。」「アンパンばかりじゃからだによくないじゃない。言ってくれたら、何か届けてあげたのに……。」魚行商人役の渥美清と、そんなやりとりのセリフのある役だった。

「スゴイなあ！　あの映画、もう一度観なおして、見つけなくてはいけない。」

女将の純子さんと、『故郷』への出演談義ですっかり盛り上がっていると、そこへ旦那さんで社長兼料理長でもある森本元さんがやって来て、「じつは僕も倍賞さんを乗せて呉に行くライトバンの運転手役で出演しているんですよ。」と悪戯っぽい笑いを浮かべて話の輪に加わってきた。これもスゴイ打ち明け話だった。

映画『故郷』は劇映画なのだけれど、ドキュメント映画のような臨場感を感じられたのは、このような出演者の起用方などが隠し味のように埋め込まれていたからなのだろう。

倉橋島の人びとは、映画『故郷』に描かれた時代の危機を乗り越え、この島の伝統的な特性ともいえる燻(いぶ)し銀(ぎん)のような逞しい生活力と文化力を発揮し、今や新しい《故郷》を築きつつあるように見受けられた。そんな感触を得られたことがとても嬉しかった。

夜明けのスキャットが聴けた「1969新宿」

一九六〇年代末の六九年は、歌謡曲やポップスの名曲がオンパレードした年だった。曲名を挙げておくと、『ブルーライト・ヨコハマ』『長崎は今日も雨だった』『港町ブルース』『時には母のない子のように』『夜明けのスキャット』『新宿の女』などで、今聴いても名曲だなとおもう歌は他にもたくさんあるのだけれど、曲名を紹介するだけでこの小文が終わってしまうので、このへんでとどめておこう。

六九年六月に創刊されたタウン誌『新宿プレイマップ』の編集者だったわたしは、深夜まで新宿の街を徘徊するような日々を過ごしていたので、当時テレビの歌謡番組などで、これらのヒット曲を聴いてくつろぐといった家庭団らんの時間などほとんどなかった。けれども、流行歌というのは《その時代の風》のようなものだから、これらの歌はわたしの耳にも届いていたのか、今でも口ずさめる歌が何曲かある。

『PINK MARTINI & SAORI YUKI 1969』（EMI Music 2011）アメリカの音楽グループ、ピンク・マルティーニと由紀さおりとのコラボレーション・アルバム

ある時、『新宿の女』という曲でデビューした藤圭子が付き人に連れ添われ編集室に挨拶に訪れ、そのあとでゴールデン街沿いの廃線になったけれど未だ残されていた都電の車道で写真撮影をしたのだが、ドスの効いたあの歌のイメージとは全く異なるおかっぱの美少女だった姿が脳裡に刻まれている。

ヒット曲ではなく、したがってテレビなどにも出演していなかったのだが、そのころわたしがよく通っていた酒場のジュークボックスからは、連夜、浅川マキの『夜が明けたら』や『かもめ』という曲が流れていた。浅川マキは、アングラ演劇「天井桟敷」を六七年に立ち上げ注目を浴びていた寺山修司がプロデュースした新宿の地下劇場でのライブでデビューしている。また、「天井桟敷」に役者を志望して入団した混血の美少女カルメン・マキに「きみは歌い手の方がいい」と『時には母のない子のように』という曲を作詞して歌わせ、歌手デビューさせたのも、カウンター・カルチャーの旗手・寺山修司だった。

六〇年代の新宿の街には、モダンジャズのレコードを大音量で響かせる塹壕のようなジャズ喫茶が十数軒点在していたが、六〇年代末に台頭するロックやフォークは新宿を拠点とすることはなかった。それどころか六九年初頭ころからの毎週末べ平連の若者たちが西口広場で繰り広げていた反戦フォーク集会も次第に盛り上がるようになり数千人規模に拡大すると、六月末機動隊に追われて消滅。西口広場という名称も「通路」と換えられてしまった。

こうして若者たちの歌声や叫び声は新宿の街から消え去った。そして七〇年代に入ると新宿西口の元淀橋浄水所跡地に高層ビルが林立するようになる。

二〇〇一年に由紀さおりの『夜明けのスキャット』などの曲を収録した『1969』というタイトルのアルバムがアメリカでリリースされ話題を呼んだけれど、わたしはそのタイトルに「おっ!」と括目した。ほんの束の間ではあったけれど、六〇年代末の新宿の街では、耳を傾けると、《夜明けのスキャット》を聴く事ができたな! そんな記憶が甦ってきたからだ。

高層ビル街で鳥の囀りが

ある夜、タクシーを拾って乗りこむと、不意に、鳥の囀りが聴こえてきた。私が、〃不意に〃と思ったのは、その時間帯のタクシーに乗ると、たいていプロ野球の巨人戦などの中継放送がカーラジオから流されているのが常態と心得ていたからだろう。ところが、それが鳥の鳴き声だったのだ。

私が夜景に目をやりながら、ぼんやり鳥の声に耳を傾けると、「いまのは何の鳥かわかりますか?」と、運転手が声をかけてきた。私にはむろん答えられなかった。すると運転手は、「夜鷹ですよ」とさりげなく言い、さらにこう続けた。「四〇種類くらいまでなら、聴き分けられます。私の住んでいる所は練馬区なんですけど、東京にも、まだそのくらいの鳥はいるんですよ」

もの静かな態度で、そんな話をしてくれた、その運転手は二七、八歳の青年だった。で、私は、ふと、「この若い運転手はどんな生き方をしてきたのかなァ?」と好奇心を抱いたが、訊ねたりはしなかった。車の中の客と運転手の間柄なので、彼の風貌さえ定かには覚えていない。

けれども、私には、この行きずりの若いタクシー運転手との一〇数分間の出会いが、なぜかとても爽やかな印象として記憶に焼きつけられた。それはたぶん、世紀末の大都市の片隅に、新しい人間がひっそり、しかし確実に生まれ育ちつつあるのだ! という確認ができたからだろう。

タクシーは新宿の高層ビル街の谷間を走っていた。少し酔っていた私は、いい気分で鳥の囀りを聴きながら、ある詩人*が黙示録(もくしろく)のようにうたった「市(まち)はいつか森や野に復讐を浴びるだろう」という箴言(しんげん)を口ずさんでいた。

*ある詩人=高橋睦朗

高橋睦郎(たかはし・むつお)

一九三七年、北九州市八幡生まれ。詩人。詩集に『眠りと犯しと落下と』『汚れたる者はさらに汚れたることをなせ』など。引用した一文は、高橋睦郎が一九七二年二月号の『プレイマップ』誌に寄稿したエッセイの末尾に記した予言的な言霊で、今なお近未来を射抜く箴言だろう。

イタリア版「傘がない」

須賀敦子さんの「雨のなかを走る男たち」（『トリエステの坂道』（新潮文庫　所収）というエッセイに、こんな一文がある。

イタリアで暮らすようになって、ひとつ、びっくりしたことがあった。学生をふくめて、生活がぎりぎりという階級の男たちが傘をもっていないのだ。ロンドンのシティーの紳士たちが、ボウラー・ハットをかぶり、傘を腕にかけて歩くのがかつて彼らのスティタス・シンボルだったが、イタリアでも少なくとも二〇年ほどまえまで、傘は一種の贅沢品だったのではなかったのか。だいいち、傘屋というのが街にない。どこで売っているのだろう。そんなわけで、にわか雨にあったとき、上着の前を手で閉めて走る人種と、そうでない人種にわかれる。

須賀さんのこの本が刊行されたのは一九九五年だから、その二〇年前というと七〇年代中頃の話（そのころ、日本では井上陽水の「傘がない」という曲が大ヒットしていた。）ということになるが、今はどうなのか？　イタリア在住の神田真理子さんに訊ねてみようと思っているうちに締め切りがきてしまった。

ところで、前記のエッセイには、著者がイタリア人の夫と結婚してまもないころ、夕方にわか雨が降ったので市電の停留所まで傘をもって迎えに行くと、電車から降りて来た夫は、視線が合った筈なのに知らん顔をして通り過ぎ、雨のなかを両手できっちり背広の前を閉めて走っていった、というエピソードが綴られている。そして彼女の夫は書店に勤める優れた知識人であったけれど、下級鉄道員の貧しい家庭に育ったという出自であったことも。

わたしたちの国では、二〇年前から誰もが傘を持っている。なのに昨今は格差が広がるばかり。私事ですが、父の日に娘から英国紳士が持つような長い柄の傘をプレゼントされた。でも失くしそうなので、まだ使っていない。さて、この『街から』八九号が出るころは、参院選も終わり、梅雨も明けているのでしょうか……。

須賀敦子（すが・あつこ）

一九二九年、兵庫県生まれ。パリ、ローマに留学。ミラノで結婚。七一年に帰国。著書『ミラノ 霧の風景』『コルシア書店の仲間たち』『トリエステの坂道』『ヴェネツィアの宿』『ユルスナールの靴』など。一九九八年三月逝去。

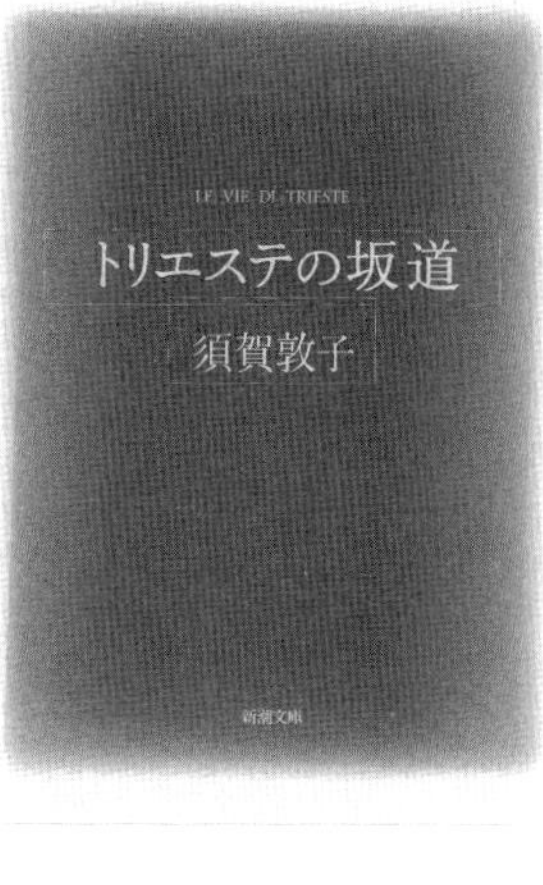

須賀敦子著『トリエステの坂道』（新潮文庫 一九九八年）

高田豊と石川三四郎

高田豊が若い頃、フランス語の個人教授を受けた石川三四郎は「私が初めて自然と言ふものに憧憬を持ちはじめたのは、監獄の一室に閉じ込められた時のことである」（「半農生活者の群に入るまで」）という文章を書いている。それまでは自然というものに対して親しみを感じ得なかったのだが、「獄の一室にあって以来は庭の片隅のすみれにも愛恋を感じ、桐にも花のあったことを知り、其の美しい強い香にも親しみを感じたやうな理由で、自然と言ふものに深い感慨を感ずるようになったのである。」と。そうして石川三四郎は出獄すると戦前の社会主義者やアナーキストとしては珍しい《半農生活者》を志す。そんな石川の思想と生き方をかつて転向と批判した人もあったようだけれど、それは貧しい思想で、その答えはすでにでている。

小生は幸にも獄中体験はないけれど、最近は目白の編集室の狭いベランダに置いた幾鉢かの草木に毎朝水差しするのが日課となった。水をやると草木の歓ぶ表情が伝わってきてこちらの気持ちも嬉しくなるからだ。単に植木いじりするじいさんになっただけのことなのかも知れないが、《シャバという獄》からそろそろ出獄するトシになりつつあるのかな、と思ったりもする。

わたしたち現代人は都市と産業社会の中で生きるしか術を知らない者たちが大半を占めているといっていい。格差社会の歪みは、都市と産業社会の歪みの露呈に過ぎない。鳥籠で育てられた小鳥は籠から出ても自然の中で生きられないという。富国強兵を目指した日本の近代に淪落の青春期を過ごした高田豊の「五月の雨晴れ夕さびし…」と記した小詩の心境がむしろ懐かしいのはなぜだろう？

石川三四郎（いしかわ・さんしろう）

一八七六―一九五六　埼玉県生まれ。日露戦争最中の時代、幸徳秋水、堺利彦らと非戦論を主張、日本の社会主義運動の先陣役を務めた。大逆事件の際は別件で獄中にあったため容疑を免れた。その後日本を脱出し、八年間ベルギー、フランス、イギリスを流浪、アナーキズムの思想を深めた。帰国後は東京郊外で農耕生活と執筆活動に専念。戦後四六年には日本アナキスト連盟を設立、顧問となりアナーキズム思想の啓蒙運動に従事。日本の無政府主義者の先駆者といわれる。

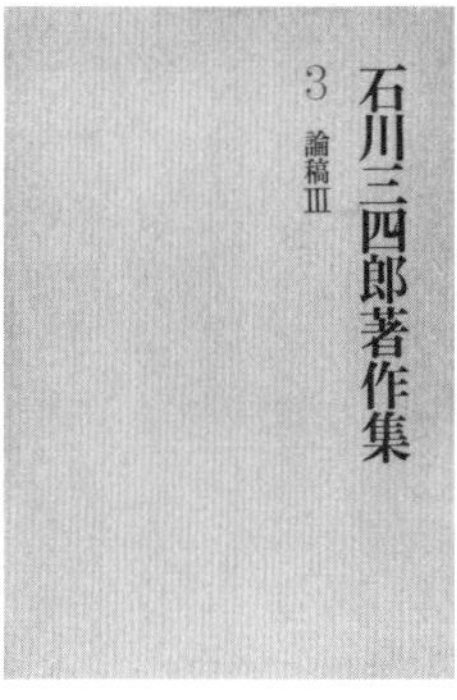

『石川三四郎著作集第三巻』（青土社　一九七八年）

高田豊（たかだ・ゆたか）

一九〇五―一九六七　岐阜県北方町生まれ。豊は仏文科の学生の頃、下宿先の近所に住んでいた石川にフランス語を習っていた。ところが関東大震災の起きた時、思想犯としてマークされていた石川が検挙されると、嫌疑を恐れ慌てて郷里に逃げ帰った。詩人を志していた豊は佐藤春夫の門下生だったこともあり、同門の高橋新吉、山之口貘と若手三羽烏と目されていたが、筆を折ってしまった。後年、フォークソングの吟遊詩人と称された高田渡の父として知られるようになるのだが、彼の人生は転々流転の淪落の生涯だった。

われに五月を

末夏、お誕生日おめでとう。きみの名前は、五月一日生まれだったので、ふと思いついたって話はいつかしたと思うけど。まあ、五月晴れのような爽やかな女性になってもらいたいっていうママとパパの願いだったのだろうな。

二十三歳になったんだね。ユースにはもう出場できないトシみたいだけど、まだ十分若いよ。

それにしても就職活動は大変みたいだね。可哀想だけど、パパにはなんにも手助けはできない。人は生きていくために働かなくてはならない。だけど、その場がどこかの会社への就職だけっていうのはなんだかさびしいね。近代社会が作りあげたこのシステムは今や色褪せ、綻び、破産しかけているのだけど、未だ新しいシステムは発見も発明もされていない。それが新世紀に生きるきみたちの宿題になってしまった。でも、ともかく、まずは働かなければならないのも、逃れられない現実。

どこだっていいじゃないか。人間や地球環境を壊すような仕事場でなければ。

それより一日も早く自立できる力を身につけ、自分の本当の生き方を発明することじゃないかな。

《職業・寺山修司》と称した詩人の句を、きみに贈ろう。

目をつむりていても吾を統ぶ五月の鷹

『寺山修司作品集　われに五月を』（思潮社　一九九三年）

永遠にかがやく青春の遺書
定価1,800円(本体1,748円)
20才、僕は5月に誕生した。きらめく季節。多感な10代と別れを告げ、新しい世界へ羽搏く。詩、短歌、俳句、散文やノートに散りばめられた寺山修司の、10代に告別するための作品集。これは早熟だった寺山修司の、永遠の生命と輝きを放つ青春の遺書なのである。

群馬県甘楽町と東京都北区の有機農業ネットワーク

群馬県甘楽町のＰＲ用パンフレットを見ると、「原風景——たまらなくなつかしい、日本のふるさとが、ここに……」という、口にするとちょっと気恥ずかしいコピーが書かれているのだが、やって来ると、なるほどそんな町だなぁ、と率直に思った。今回の取材に際し、町の関係者の方々がじつに親切に対応してくれたので、お世辞を言うわけではないのだ。確かに、この町には何か懐かしい感じを訪れる人に思いおこさせる魅力が感じられたからである。

だが、「原風景」を一見、失っていないように見える、この甘楽町にも、内情をきけば、やはり諸問題が生じているらしい。甘楽町の人口数は一万四七八五人、世帯数三八三九世帯ということだが、このうち農家の戸数は九一八戸で、全体の二三％強に過ぎない。しかもその中で「専業農家」は二四五戸で、わずか二六％強に過ぎず、残りは主たる本業を他に持つ（例えばサラリーマンとして勤めに出ている）、「兼業農家」だという。

この数字は一体何を物語っているのか？　端的にいえば、「専業農家」では、もはや生計を立てていくのが難しくなっているか、もしくは農業に従事するより会社や工場に勤めた方が効率よく有利な収入を確保できるということだろう。つまり日本の農業は、自由化の嵐とか米の減反政策が農村に打撃を与えるはるか以前に、すなわち産業化が進み、都市化が加速する中で、どんどん追い込まれ転がるように崩壊してきたのである。それでも農家が農業を見限れなかったのは、先祖代々引き継いできた田畑といっても、農地法により自由に田畑以外の土地として処分することはできなかったからだろう。

現代社会の中で農業が生き残るためには、近代化しなければならない、と農家は尻を叩かれてきた。農業の近代化とは、農業の大規模化・高能率化を実現せよということだった。具体的には、専作化――つまり、米麦の農家は米麦の単作、野菜農家は野菜農業を専業にすることを求められた。当然のように、近代農業においては、各種の農機具が導入され、膨大な量の化学肥料と農薬が使用されてきた。

このような形で農業作物も、まるで工業製品のように生産され、市場商品のひとつに組み込まれ、農業はかろうじて生き残ってきた。連作障害や農薬の乱用により農地はどんどん疲弊してきているというが、市場経済の下で商品を生産しつづけなければ生き残れない農家にはどうすることもできない。

近年、有機農業が注目されてきた。農薬まみれで栽培され、漂白剤で洗浄した野菜を食べることの危険度に消費者が目覚め始めたからだろう。そして八百屋やスーパーやデパートの青物売り場にまで、本当にそうなのかどうか分からないが、「有機野菜」と銘打った野菜が目に付くようになってきた。だが、有機野菜は高い、と敬遠する人もまだ少なくないという。また、虫食い野菜や泥付きの野菜が消費者から敬遠されるという理由から市場で締め出されているとも聞く。

このような傾向は、一般的な農家にとっては有り難いことらしい。有機野菜作りは、効率も悪いし、リスクを伴うし、作業もしんどいからである。甘楽町の例を見ても、有機農業に本格的に取り組むために一〇年前に発足した甘楽町有機農業研究会（黒澤賢太郎会長）の会員はわずか二五人に過ぎないことが、そのことをよく証明しているだろう。

けれども、農薬の危険性を一番よく承知している農家の人は、自分たちの食べる分は有機農法で作っているというところが多いといわれる。つまり商品として作る作物と自分たちの食用分の作物とを明確に分けているのである。そんな話を聞き、いくら都市のわたしたちが「そういう作り分けをするなんて農家の人はずるい」と非難しても仕方ない。それが現代の農業の現実なのだから。

だが甘楽町には救いがあった。町役場が積極的に有機農業に取り組む農家を支援してきたからだ。一例を挙げれば、役場の農林課の中に有機農業研究会の事務局を設置し、会員の作る有機栽培の野菜を、応募した都市部のオーナー会員（現在約二〇〇人）に定期的に販売するというシステムを作り、町おこし・村おこしの一環として位置づけ、この事業の推進に力を注いでいるからである。

一方、群馬県甘楽町と東京都北区は、一九八六年四月に「自然休暇村事業協定」を締結し、共同で建設した『甘楽ふるさと館』を拠点にして、都会の子どもたちが農村の暮らしを体験できる「親子ふるさと体験」やスポーツ交流など、様々な交流を毎年続けてきた。

その背景には、半世紀前の戦時中、当時の王子区立第二岩渕国民学校の五・六年生が学童疎開で甘楽町のお寺等にお世話になっていたという歴史のあった点も見逃せない。そのような縁も今日の北区と甘楽町の交流を形成する母胎になっていたからである。

戦時中及び戦後の地獄のような食糧難の時代を体験している世代は、農業がどれだけ大切なものかを身に沁みて知っているにちがいない。少量で、その上遅配ばかりしていた配給の米では餓死しかねないために都会の人びとは田舎の農家に買い出しに出かけたのだが、農家の人に「お金では売れないよ。着物とか何かモノを持って来な」とケンもホロロに追い返えされたりした体験者が少なくない。そのため焼け跡に建てたバラックのわきのわずかの空地に菜園を造り、トマトやキュウリやナスなどを植えて野菜を自給し、ニワトリを飼って、毎朝産んでくれる卵を貴重な蛋白源にしていたという時代もあったのである。

戦時中・戦後の一時期のような食料難の時代もご免だが、農薬漬けの危険な米や野菜を食べ続けなければならないという状況も何とかしなければならない。この問題を解決していくためには、都市と農村がもっと有機的に共存できるようなネットワークを構築していくことが不可欠のように思える。

有機農業的本づくりのすすめ

本が売れないという話を、最近よく耳にします。実際にそういうことらしい。でも、大型書店に行くと、新刊書が溢れんばかりに並んでいます。だが、一週間後に出かけると、もう多くの一週間前の新刊書は姿を消しています。それらの本は、売れないので棚から下ろされてしまったのか、それとも新しい本が毎日つぎつぎに出版されるので、早々に交代をさせられてしまうのか、すでに書棚から消えています。これが現在の出版と書店の状況です。

このような現象が、なぜ生じているのでしょうか？　端的に言えば、現代においては、本の出版もすっかり他の産業同様にマスプロ化した商業製品のように生産され流通でさばかれ消費される仕組みに組み込まれてしまっているからなのです。しかし、よく考えてみましょう。本が売れないということですが、生活必需品でもない本が、生活必需品として大量されているような製品同様に売れるはずはないのです。また、むかしは、本が唯一と言っていい重要な知的・文化的情報源だったわけですが、現代は本に代わる情報源がたくさん出現しています。もともとまともな本を読む読者層などは微々たるものだったのですから、出版もビジネスと意気込んでみても高が知れていたことがようやく明らかになってきただけということではないでしょうか。

本来、出版も農業もきわめて経済効率の悪い、非産業的な仕事なのです。農作物も著作物もたんなる売るための商品ではなく、その作り手が命を営むために食し、愉しむものです。つまり両者は、必要度こそ異なりますが、人間にとって根源的な必需品ではないかと、わたしたちは考えております。

というわけで、わたしたちは、出版の本来の在り方ではないかと思う、農耕的な本づくりの復興を志しています。むろん、目指しているのは有機農法的な本づくりであることは言うまでもありません。農業の基本は、自分たちの食物を自分たちの手で作っていくことだったはずです。本も、自分たちの本当に読みたい本、記録にとどめておきたい本を、自分たちの手で創っていくという命の歓びがあっていいのではないか。

もちろん、わたしたちは、たんに本を創るだけでなく、その著作物を悦んで読んでもらえる読者に出会いたいと願っております。良い農作物を作るためには、良い土壌づくりが必要なことをお百姓さんは知っています。同様に、良い本を創っていくためには、良い読者層の掘り起しや、産地直送システムの構築が不可欠です。街から舎の出版活動は、そういうムーブメントでもあるのです。

有機農業的本づくりを標榜してきた、街から舎出版案内。

生涯現役のミニコミ編集者を目指す

新宿のタウン誌『新宿プレイマップ』が一九七二年二月、廃刊となり、それから二〇年後の一九九二年一〇月、私は当時住んでいた東京都北区で有志市民を集い、『街から』という隔月刊の小冊子を創刊した。いかにもタウン誌風の誌名だけれど、北区のタウン誌ではなく、市民雑誌を標榜し、インディペンデント・マガジンを目指した。

自立したメディアを作りたいというのは、私の長い間の夢であり宿題だったが、しがないフリーランサーの身では日々の生活に追われるばかりで実現の見通しなどまるで立てられなかった。ところが、私は五十路（いそじ）を迎えたころ、連れ合いを亡くし、数年間絶望の淵を彷徨う時を過ごし、何か活路を拓かなければ、これから先の人生を歩めない、そんな危機感を抱いていたのだが、その時、啓示のように閃いたのが、「そうだ、ミニコミ誌を創ろう！」という思いだった。

ミニコミというのは、六〇年代末から七〇年代初頭にかけ、カウンター・カルチャー世代の若者達の多くがつくっていたガリ版刷りやタイプ印刷の手作りの新聞・雑誌の愛称で、自分たちの考え・意見・生き方などを、自分自身や有志の仲間達と共につくる小さなメディアから発信していこうという表現活動だった。

けれども、九〇年代には、そんなミニコミを作る若者達はすでに影を潜めていて、ミニコミは絶滅危惧種と言われていたのだが、私は、下り坂の中高年に差し掛かって、そのミニコミに着目し、ヒントを得たのだ。

それが、『街から』を創ろうと思い立った動機であり、ルビコン川を渡ったのだが……。言うまでもなく、ミニコミとはいえ自立メディアを作り続けていくことはやはり簡単ではなく、数々の迷走・躓き・廃刊の危機に遭遇してきたが、奇跡的に存続し、本年一〇月発行の一五〇号で創刊二五周年を迎える。

周知のように、近年インターネットの普及により、特に若い人たちの間ではブログやツイッターで自分の考えや意見を発信することが日常化し、それに反比例して新聞、雑誌等印刷メディア離れが加速してきた。そんな状況下で絶滅危惧種に挙げられてきたミニコミ誌などはまさに嵐の海の小舟同然と化すのは自明だった。

しかし、まだ藻屑と化したわけではない。ミニコミの勁さは、経済原則に則(のっと)った枠組みでつくられていない点だろう。自分たちの小さなメディアを保持していこうというスピリットを持った読者と支援者が存在する限り発行を持続していくことが可能なのだ。その手応えの感じられる限り、私は生涯現役のミニコミ編集者を務めたいと思っている。

『街から』創刊案内パンフレット

二六年間、隔月刊で編集・発行してきたのだが、とうとう終刊号となってしまった『街から』157号（2019年2月）表紙画・成田ヒロシ

お寺もデンデケデケデケ

私も人並みに（いや、以下なのかな？・）年に二、三回は墓参りをする。寺は文京区白山にある。家から近いし、たまには線香の一本花一輪くらいあげたい人がいる処だからもっと足しげく行ってやるべきなのだが、なかなか行動が伴わない。寺の宗旨は何度も聞いているはずなのだけど、すぐ忘れてしまうので知らない。要するに信仰心が稀薄なのだろう。

でも、寺の雰囲気は嫌いではない。ここを訪れるとどこか心が安らぐ。やっぱりどこかで此処を終の棲家と思っているからなのだろうか。都心の寺だから大きくはないが、木立や緑の多いのがいい。本堂横手にある墓地は周囲をマンションや木造家屋、アパートなどに囲まれていて、それゆえ寂しくないのもいい。

ただひとつ、気になることがある。これはわが家の墓のことではないのだが、ときどきよそ様の墓の向きが変わっていたり、無くなっていることがあることだ。まさか墓が勝手に向きを変えたり、どこかへ引越しするわけではあるまいから、何かの事情があってそういう事態が生じたのだろう。聞くところによると、墓というものは不動産物件ではないので、遺族が消息不明になってしまったり、長いあいだ墓参りに現われなかったりすると、寺の一存でそういう処分を受けるケースもあるようだが、当方の寺がそういう処置をとっているのかどうかは聞き洩らした。

人間は死ぬと墓に入るものと思いこまされてきたので、人びとは住宅ローンをやっと払い終えるころには、今度は終の棲家を求めてまたしても高い買い物をしなければならない。人間稼業もご苦労さんなものなのである。進歩的な人のなかには、葬式は無用、骨は海にまいてくれ、と遺言する人もぼちぼち現われているようだけれど、こちらの方があんがい真っ当かな、と思ったりする。いずれにせよ、寺と私たちとの関係も大きな曲がり角にきているのかもしれない。

❖

柄にもなく寺のことなどについてご託をならべてしまったが、これにはわけがある。じつは先日、歌手・仲田修子さんが大阪の寺でライブをやるというので、取材を兼ね同行したのだが、このときの会場となった寺と、その寺の住職のことが心に残ったからであった。

会場となった大蓮寺は大通り沿いに寺が軒をつらねている寺町の一軒。お寺でのライブと聞いていたので、ブルース好きの風狂な和尚が本堂でも解放して開くコンサートなのかなといった先入観を抱いていたら、そうではなかった。同寺院の境内の一角に斬新なデザインのまだ真新しい建物があって、そこが会場の慶典院ホールだった。門前脇の掲示板に催しもののビラが何枚か掲示されていて、此処が会場なのだなということが分かったのだが、催事のビラ横に半紙に墨書した「散る桜　残る桜も　散る桜」という良寛の句が貼られていて、やはり此処がお寺なのだというポリシーも感じられた。

この慶典院ホールは、昨年四月に開場しているそうで、ちょうど創立一周年を迎えたところだった。建物内には、当日はライブ会場となったメイン・ホールのほかに、研修室、集会室、ギャラリーなども併設されていて、演劇、コンサート、写真展、講演会、劇団の稽古場などに貸し出されているという。いわば寺経営の私設市民ホールといった施設なのだ。

寺の副業事業というと、従来は幼稚園とか駐車場、マンション経営といったものが多かったようにおもったので、これも新手の寺の副業なのかな、とつい皮肉な見方をしてしまったのだが、そんなケチな了見のものではなかった。この慶典院ホールを開設した動機について、住職・秋田光彦さんはつぎのように語っている。

「寺という処は、信者が参詣する神聖な場所という概念ができてしまっているが、このホールの利用者たちはほとんどが仏教信者ではない。日本の寺にはもともと、寺小屋に代表されるような地域の公共空間的な役割があったのですが、近代以降いつの間にかその機能を失くしてしまった。一方、現代の都市には、会社とか学校といった日常空間ばかりが幅をきかせていて、寺院のような非日常空間が見失われつつある。私はそういう観点から、都市生活者たちの《生》の《祝福の場》として存立するような、もうひとつの居場所を、こういう形で造ってみたかったのです。」それからこんな言葉を付け加えることも忘れなかった。「演劇やコンサートの会場として、ここに集う、宗教の事など考えたこともない世代が、ついでに寺院のスピリチュアルな雰囲気にも魅力を感じてくれれば望外の喜びですね。」

　このように熱い志を語ってくれた秋田さんは若干三十八歳の若い住職だった。二〇代を迎えるころまでは住職になる気などさらさらなく、東京の大学を卒業すると、情報誌の編集者を経て、独立系の映画制作グループでプロデューサーの仕事に従事していたそうで、佛教大学に入り僧籍の資格を得るのは、その後のこと。そういうキャリアを聴くと、秋田さんの意欲的な事業展開に納得ができた。

東京に帰ってから、文化座の『青春デンデケデケデケ』という芝居を観た。ベンチャーズやビートルズが登場し、日本の若者たちのあいだにもエレキ・ブームが起き、バンドをつくる若者たちが激増していた時代の青春像をロック・ミュージカルふうに描いた愉快な芝居で、バンド・メンバーの四人組の一人に寺の息子が出てくる。この寺の息子は仲間の一人にバンドのメンバーに入らないかと誘われると、「何で、何にも楽器の出来ない俺なんか誘うんだ？　そうか、お前ら、家の寺を稽古場に使いたいからだろ」そんな事すっかり見抜いてるぞと皮肉っているのだが、口とは裏腹に喜々としてメンバーに参加している。そんな芝居を観ていて、秋田さんの寺の事を連想したのだった。

わが無知を恥じ、忌野清志郎に拍手

三・一一――東日本大地震を、対岸の火事のように眺めることはできない。地震列島に住む者にとって明日はわが身にも遭遇する災害だと思っているし、関東大震災が起きたら東京は修羅場と化すだろうという想念は常に脳裏に刻まれているからである。

しかし、三・一一の大地震と大津波の余波を受けて起きた福島第一原発の事故は、関東大震災で首都東京が壊滅するだろうという恐怖のシナリオなど吹き飛ばした。かつて（一九七三年）SF作家小松左京の『日本沈没』という小説がベストセラーになり、映画化、テレビ・ドラマ化され話題を呼んだことがあったけれど、そのSF物語が遂に現実になってしまったのか！　そんな衝撃を受けた。

天災というやつは不条理なものだから、不幸にして受難を受けてしまっても、天を恨むわけにもいかない。その不運を嘆き頭を垂れるしか術はない。しかし、天災の被災は絶望的なくらい酷いものでも時間をかければ復興できるという見通しが立たないわけではない。そのことは、昔から地震や台風などの天災で繰り返し打ちのめされ不死鳥のように蘇ってきた日本人のＤＮＡにはしっかりと組み込まれているのか、誰も疑う者はいないだろう。

だが、原発災害は、天災や一般災害と根本的に異なる性質を有している。そのことはチェルノブイリ原発事故が二五年を経た現在もなお残存する強い放射線汚染のために周辺三〇㎞圏内の多くの村や町が居住禁止になっていることや、爆発火災事故を収束させるために頑丈な石棺を造って封じ込めたと伝えられてきたが、その石棺内には未だ高い放射能が残存していて、二〇数年で老朽化した石棺から外部や地下に放射能が漏れ出ないように新たな石棺の建造をしなければならなくなっているという報道に接するだけでも、原発事故災害がどんなものかということがうかがえるだろう。

福島第一原発事故が、チェルノブイリ原発事故と同レベルのレベル９と国際原子力機関から指定されたことの是非について議論が分かれているようだけれど、問題は事故の規模の大小ではなく、放出された放射能が今後どのような影響を及ぼすかということだろう。事故発生当初、原子力保安院と政府は、水素爆発で空気中に飛散し汚染水として海に放出した放射能汚染について、「ヨウ素は半減期が八日だから心配には及ばない」とか「海水に漏れ出しても、海は広いし、海流があるからやがて薄まるだろう」といった幼稚な説明や、「直ちに健康に影響を与える値ではない」といった無責任な発表を繰り返してきた。

　で、私のような者でもさすがに不安になり原発関連の参考文献をあれこれ読んでみると、――原子力発電のウランの核分裂によって原子炉で生み出されている高レベル放射性廃棄物は、単に半減期八日のヨウ素だけではなく、半減期の期間の長いセシウム（半減期三〇年）、プルトニウム２３９（半減期約二万四千年）、プルトニウム２３８（半減期八七年）など二〇〇種類以上もあること、半減期というのは元の量の半分になる時間のことで、その後はどうかというと、例えば半減期三〇年のセシウムの場合一〇〇〇分の一以下になるのに三〇〇年かかるという計算がされているけれど、いずれの放射性物質も永久にゼロにはならない――といった記事に遭遇し、愕然というより呆然としたのだった。

　周知のように、福島第一原発事故でも、すでにセシウムが水道水、牛乳、野菜、魚類のコウナゴなどに検出され、警告や出荷制限がされているし、学校の校庭や公園などにも検出されて、使用禁止や時間制限を定めた利用の指定が行われている。風評を詰る声が高まっているが、事故の収束の目途も立たず、将来、内部被爆した人々にどのような影響が出るのか明確な安全の手立てや保証もないとすれば、人々が不安に戦くのは当然の話で、これを押さえ込もうとするのは言論の弾圧に等しい。

　広島、長崎で原爆の受難を受けた日本では、当然のことながら「核兵器」に対する嫌悪と反対表明は大方の民意であり、良識であろうと、今や高齢世代の私などは思い込んできた。原爆を製造する原理で開発された原発に対しても、うさんくささを本能的に抱いていたから、素直に賛意を表する気にはとてもなれなかった。しかし、現在、五十代以下の日本人は学校教育の場で、「原子力の平和利用」とか「原子力発電がクリーン・エネルギー」などという学習を受けてきたという。国策として推進されてきた原発産業には、事業者の電力会社を強力に後押しする政権政党、行政、御用学者、原発産業関連企業、マスメディアなどがこぞって協賛し、「原発安全神話」を布教し形成してきた。

原発の推進は、「神国日本は敗けない」という根拠の無いスローガンを押したて、教育の場や報道機関を統制し、二発の原子爆弾を投下されて降伏するまで、国民を死の淵に駆り立てて来た、あの太平洋戦争の論理と酷似していることに気づくと、一層息苦しさを感じないわけにはいかない。

たまたま私たち高齢世代は、「原発は救国の新エネルギー」という教育を受けてこなかったので洗脳はされなかったが、うさんくささを感じながら、明確な原発反対表明をしてこなかったのはなぜなのか。端的に言えば、無知だったからなのだ。

「原子力の平和利用」という国策の宣伝を鵜呑みにしたわけではないが、明治維新以降、近代化路線を驀進してきた日本と日本人の私たちは、脳裡の奥底に「科学の進歩」という神話が刷り込まれていて、その文脈のなかで怪し気に思いながら原発という存在を曖昧に容認してきてしまったのである。

福島第一原発事故に遭遇し、私は今さらながら自らの無知を恥じた。そしてこの間息苦しい日々を過ごしてきた。そんな中でひとつだけ五月晴れのような嬉しい話題に出会った。

それは二〇〇九年五月、惜しくも五八歳の若さで逝ってしまったロック歌手・忌野清志郎が一九八八年に歌って話題を呼んだ反原発ソング「サマータイム・ブルース」が、この福島原発事故の渦中の最中に脚光を浴びていたことだった。私はロック世代ではないけれど、忌野清志郎の歌は大好きでライブを聴きに行ったこともあるのだが、直近の同世代ファンではないので、この歌は知らなかった。そのはずで、この「サマータイム・ブルース」のシングル盤と、この曲を収めた「カバーズ」と題したアルバムは、当初東芝ＥＭＩでレコーディングされ、発売されるはずだったのだが、発売が中止されるという歌だったからだ。その後別のレコード会社から発売されたが、そこでも同様の圧力がかかり発売が中止されたという曰く付きの歌で、忌野清志郎がテレビやラジオに出演しても歌われる曲ではなかったので、ごく一部のファンにしか知られてこなかったのである。

「サマータイム・ブルース」は、アメリカのロック歌手、エディ・コクランの同名曲のメロディーに、忌野清志郎が自作の歌詞を付けた作品で、歌詞の一部を紹介させてもらうと、こんな詞が歌われている。

暑い夏がそこまで来てる
みんなが海へくり出していく
人気のない所で泳いだら
原子力発電所が建っていた
さっぱりわかんねえ　何のため？
狭い日本のサマータイム・ブルース

熱い炎が先っちょまで出てる
東海地震もそこまで来てる
だけどもまだまだ増えていく
原子力発電所が建っていく
さっぱりわかんねえ　誰のため？
狭い日本のサマータイム・ブルース

寒い冬がそこまで来てる
あんたもこのごろ抜け毛が多い
それでもＴＶは言っている
「日本の原発は安全です」
さっぱりわかんねえ　根拠がねえ
これが最後のサマータイム・ブルース

あくせく稼いで税金とられ
たまのバカンス田舎へ行けば
37個も建っている
原子力発電所がまだ増える
知らねえうちに　漏れていた
あきれたもんだなサマータイム・ブルース

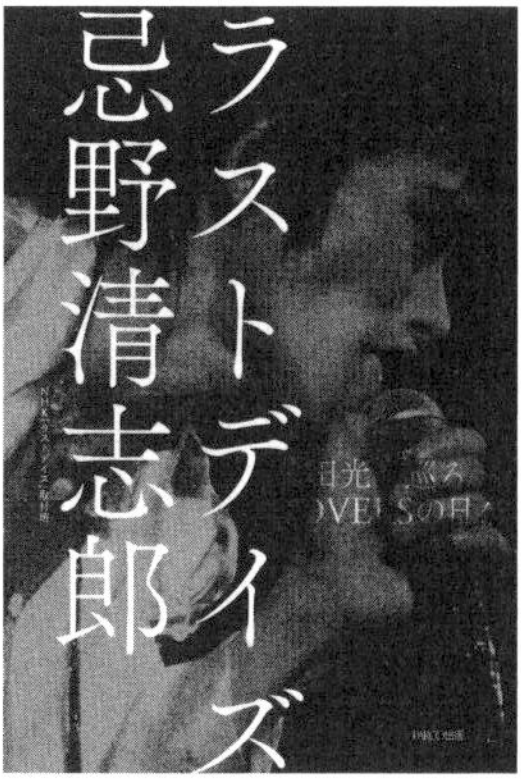

NHK「ラストデイズ」取材班 著
『ラストデイズ忌野清志郎——太田光と巡るCOVERSの日々』
（PARCO出版　2015年）

忌野清志郎が歌うと、ご機嫌な乗りのいいロックになってはいるけれど、歌詞をよく聴くと、なるほど手厳しい反原発ソングではある。発売中止になった理由については、当初から東芝EMIの親会社である日本の原子力産業の有力メーカー・東芝からの圧力のあったことが指摘されていたようだけれど、福島第一原発の何号機かが東芝の製造したものだったということを今回の事故報道で知り、なるほどそういうことだったのかと改めて真相が理解出来た。

私は先に世代論で原発に対する評価が分かれるといった紋切り型の種分けをしてしまったけれど、私たちより若い世代にも忌野清志郎のような真っ当な人間が存在し、彼のこういう歌にも共感している大勢の若者たちがいるのだという事実を知り、何だか「パンドラの箱」の底にあるという希望に触れたようで、とても嬉しかった。

私は、今年のゴールデンウイークの日々を、ユーチューブで忌野清志郎の「サマータイム・ブルース」を繰り返し聴いたり、図書館に通って原発について俄か勉強したりしてすごした。無知は罪だと大いに反省したからである。

わが草莽のファミリー・ヒストリー

私の家の仏壇には父方の祖父母の位牌がない。母方の祖父母の位牌しかないのだ。そのことに気づいたのは小学生になって、彼岸や盆の時などに、「お前もお線香をあげなさい」と母親に言われ、仄暗い仏壇の中の位牌に手を合わせるようになった頃だろう。あるとき、その疑問を母親に問うと、「ああ、朝鮮のお爺さんのことかい。その人は家を捨てて出て行った人で、他人だからなのよ」というそっけない答えが返ってきた。離婚というものがどんなものなのか、その実感がないのでわからなかったのだが、母の口振りだと父方の祖父は家を捨てて出て行った悪い人のようだった。それと「朝鮮のお爺さん」という母の口調にも侮蔑的な匂いが感じられたことを覚えている。

父方の祖父はそんな存在だったためか、家族の中で話題になることもなかったから、どんな人物だったのか、子どもの頃の私は知らなかった。いや、人物どころか、じつは、その名前さえ知らないのだ。後年、これも母の口から聴いた伝聞だけが、私にとって「幻の祖父」と言っていい父方の祖父に関する情報なのである。

その伝聞によると、祖父は長州（今の山口県）の出身で、維新の時代に上京し、どこの学校に学んだのかどうかわからないのだが、土木技術者のような職業に従事するようになり、関東一円の道路や橋の建設現場で働いていたという。長州出身となると、維新を成し遂げた「薩長」の一翼だから長州藩のサムライの出自かと考えたいところだが、どうもそういう伝聞は残されていない。士族ではなかったとしても、維新後早々に上京して土木技術を学んだらしい若者だから、百姓か商人の出自だったにしても少し増しな階層の家の息子だったのかもしれない。

今はもうそういうこともなくなったけれど、私は若い頃、仕事などで初対面のときに名刺を交換すると、「出身は秋田ですか?」と相手先からよく訊かれた。江戸時代に現在の山形県酒田市に本間家という豪商がいて、「本間様には及びもせぬが、せめてなりたや殿様に」と俗謡に唄われていたようで、秋田県や新潟県に本間姓が多い要因のひとつであるらしいのだけれど、残念ながらその末裔とか関係者ではなかった。父の弟に当たる叔父は新潟県の寺泊という寂しい港町で歯科を開業していたが、叔父もわが一族なのだから、秋田の豪商・本間家とは縁もゆかりもないのである。

江戸の昔、日本海には北前船が往来していて、米、鰊、昆布、木材などを大阪などへ輸送していたということだから、酒田の本間家などはその北前船の海運業で豪商に成り上がったに違いないし、秋田県や新潟県に本間姓が多いというのもその辺に由来しているのではないかと思われるのだが、ちゃんと調べたわけではないので私見としておきたい。

父方の祖父は「本間姓」だったけれど、長州出身者だったということは、山口県湯田中に在住の父とは腹違いの弟にあたる人から、父は年賀状くらいは貰っていたようなので確かだと思うけれど、氏素性は不明という点が何とも落ち着かず心許ない。庶民の家系は辿れるのは三代前くらいまでで、その先は茫々の彼方を振り返るしかすべのない、いわば草莽の民草のようなもののようだから、わが祖先も、まあ、そのような存在であったのか、と納得するしかないのだろう。

この父方の氏素性不明の祖父は、維新後の江戸から東京と呼び名が変わり首都となった都市に流れて来て、本当にそうだったのかどうかは確認できないのだけれど、土木技術者（あるいは現場監督か？）だったといわれる。そして関東一円の現場を渡り歩いていて、あるとき現在の埼玉県熊谷市辺りの現場を持つようになり、熊谷の駅前旅館に投宿していたということなのだが、その旅館の若い女将と好い仲になった。女将は養子の婿を迎え、M旅館を継いでいて、男の子をひとりもうけていた。婿とは死別だったのか離婚だったのかは聞き漏らしたけれど、その父方の祖母は幼児を抱えた後家として駅前旅館の女将を務めていた時に祖父と出会い、やがて二人は結婚をした。そして二人の男の子をもうけた。最初の子が私の父で、二番目の子が寺泊で歯科医をしていた叔父だ。

後年、祖母の後を継いでM旅館の主人となる叔父は、私の父とは異父兄弟であり、姓もM旅館の叔父はM姓だったが、父と新潟の叔父は本間姓だった。これは父方の祖父が結婚する際に婿養子にならなかったからか、それとも正式に結婚したわけではなかったからなのか、そこのところも藪の中でわからない。M叔父と私の家は親戚付き合いがあったのでその人柄などについては私も多少見聞しているが、父方の祖母は私が物心ついた頃にはすでに物故していたので、どんな人だったのかまったくわからない。

いつの頃だったか、「蒸発」という言葉と現象が流行語のように新聞やテレビのニュースで報じられることがあった。借金の返済ができないためとか、なにか問題を起こして家に居られなくなり、ある日忽然と行方不明になってしまった者に対して言われた呼称だったが、父方の祖父の家出もそれに似たものだったらしい。それから何年か後に「あの男は今、朝鮮のある村で村長をしているようだ」という風聞が家族に伝えられたが、それを確認したという話はない。当時、朝鮮は日本の植民地だったわけだが、いくら植民地の小さな村だったとしても、現地人でもない日本人の流れ者が村長になれるとは思えないから、植民地を統括していた日本の行政機構の末端に属して村の行政を監査するような業務にでも従事していたのだろう。

　父方の祖父に関しては、その程度の情報と一方的に悪者視されてしまっているような知見しかない。それは改めて言うまでもないことだけれど、父方の祖父が、わが家の家族史から抹消されてきた事実を裏書きするものなのである。そんなわけで私の実家では、わが家の仏壇に納まっている母方の祖父母だけが「お爺ちゃん」「お婆ちゃん」なのだった。

　とは言え、母方の祖父母（小原省三・小原つぎ）の来歴も、折に触れ祖母や母親から聞かされたけれど、曖昧模糊としていてつかみどころがなかった。それを覚え書きとして記すと次のようことになる。


「小原の家は徳川様の御毒味役だったのだよ」と、祖母のつぎは晩酌をして上機嫌のときなど孫の私を膝に乗せ、よくそんな話をした。祖父は一滴も酒を嗜まなかったが、上州（現群馬県）境の酒造家兼旅籠屋の娘だったというつぎは酒好きで、私は三歳ぐらいからお婆ちゃんの膝の上でお猪口の酒を数滴呑まされていたという記憶がある。

　御毒味役というのが武士社会の中でどんな役どころなのか、幼い頃の私は知る由もなかったが、物心つくようになってからその話を聞かされたときは、「殿様の美味い食事を事前に食べられるなんて良い仕事だったんだね！」と煽てるようなことを言って、お婆ちゃんを喜ばせたものだった。

　しかし後年、高校生の頃だったか、あるとき、祖母が仏壇から取り出した過去帳を開き、「小原のお爺さん（省三の父親、私にとっての曽祖父）という人は、函館戦争で敗れて囚われ、細川藩の牢で長い間幽閉されていたんだよ」という話をしてくれたことがあったのだが、これにはびっくり仰天した。なぜかと言えば、その頃には私も幕末史を読んでいて、函館戦争が、幕末の大政奉還後も戦いの旗を降ろさなかった幕府軍の残党と討幕軍とが最後の決戦を交えた戦争だったことや、幕府軍の首領（しゅりょう）が土方歳三率いる新撰組だったということを知っていたからであり、その歴史の渦中に祖父省三の父親が加わっていたという事実を知ったからであった。（曽祖父も毒見役だったとすれば、幕府が瓦解したので、失職し、新撰組に加わったのかどうか。その経緯も詳らかではない。）これが祖母からの伝聞だけのことだったら、酔余の作り話ではないかと眉唾（まゆつば）に思ったかもしれないのだが、実際にそのとき、私も過去帳を手にして、その件を記述した箇所を読み、鮮烈な歴史の現実を目の当りにして戦慄した事を覚えているのだ。

　その結果、祖父省三は負の遺産を背負って生きることになった。幕府が倒れただけでなく、武士階級も消滅したからだ。省三は幼い頃質屋に奉公に出された。年季が明け、成人に達すると店を持った。私の母は長女で明治末年生まれだから、明治後期にはつぎと結婚して、質屋を開業していたと考えられる。幼少時の私の家は根岸にあり、祖父母の質店兼自宅は上野と浅草の中ほどに位置する下谷という町にあった。石造りの大きな蔵と帳場の奥にあった蔵に入る鉄扉がなぜか目に焼き付いている。

　省三は誠実一点張りのような人で、とても質屋の主人には見えなかったが、商売はなかなか繁盛していたようだ。私生活でも妻のつぎの尻に敷かれていたような感じでちょっと哀れっぽい印象さえあった。新撰組の徒輩と共に討幕軍と戦った父の子とはとても思えなかった。小原質店は東京大空襲の際に石造りの蔵だけを残して焼失してしまった。祖母の

話では、関東大震災の時にも倒壊し焼失していて、建て替えた家屋だったから、二度も罹災したことになる。祖父省三は敗戦の年の暮に私の家が疎開していた千葉の家で死去した。

　父の実家でもあった叔父が経営していた熊谷の駅前旅館も敗戦を迎えた八月十五日の未明の空襲で焼失した。私の家は戦時中、千葉の稲毛に疎開していたが、千葉も危ないとい

うことで埼玉の熊谷に疎開して間もなく、その地で最後の空襲に遭遇したのだった。夜が明けると街は一面焼け跡と化していた。焼け跡にポツンと残った、赤茶けた大きな金庫の前で、

「日本は戦争に敗けたそうだよ」と母に告げながら、ぽろぽろと涙を流していた叔父の姿と、あの日の夏の青空は、今でも鮮やかに眼に浮かぶ。

私の父は陸軍の獣医として兵役に服し、中国で従軍していたのだが、敗戦によって抑留され、二年後に帰還した。帰還後しばらくは呆けたように家でぶらぶらしていたようだが、やがて東京・原宿に創立された社会福祉事業大学の一期生として入学し、五十代の学生として話題を呼び、朝日新聞のコラム欄で紹介されたという。けれども、着物や反物を裕福な農家に売り歩く行商をして父の学費を捻出していた母は、「犬・猫病院でも開業してくれたら良かったのに……」と、愚痴っていたものだ。

これは私が最初の結婚に躓いて離婚を母に告げたときの話なのだが、

「お前は朝鮮のお爺さんによく似ているね！」

と母に叱責された言葉が、今も心の奥底に突き刺さっている。

あとがき

九三歳。たぶん人生の最後のステージだ。終わりはもうそれほど先ではない。このひとときに自らの政治活動を回想できるとは、なんと幸運なことだろう。

ステファン・エセル著『怒れ！憤れ！』村井章子訳（日経BPマーケティング）

第何次かのコロナ禍の高まっていた昨年八月、わたしは三十数年主宰してきた編集プロダクションの〃店じまい〃をし、株式会社街から舎の看板を降ろした。けっしてコロナ倒産したわけではない。ふりかえれば、創業以来一度も飛翔した事がなく、ずっと低空飛行を続けて来て、さすがにピリオドを打つまでの数年間はTo be, or not to beと思案に暮れていたのだから、ふんぎりをつけさせてくれたコロナ禍に、むしろ感謝すべきなのかどうか。

会社の店じまいには、すぐにあきらめがついたのだけれど、未だに無念なのは二〇一九年二月、街から舎が版元となって二十六年間隔月刊で刊行してきたシティ・マガジン『街から』を通巻一五七号で休刊にしたことだった。なぜなら、『街から』は「ヒモ付きでない自由な誌面づくりのできるインディペンデントの市民雑誌を創ろう！」という呼びかけに集った有志市民や寄稿者、応援企業や団体、そしてボランティア編集者たちによって編集・発行されてきた雑誌だったからだ。しっかりとした土台のない、吹けば飛ぶような存在ではあったけれど、わたしたちにとってはかけがえのない自前のメディアであり、何とか持続させたかった。それなのに休刊にしてしまったのにはいくつかの事情があるのだけれど、所詮は主宰者のわたしの力量不足に尽きる。この『街から』ムーブメントに参加してくれた皆さんに遅まきながら心からのお詫びをしたいと思っている。

さて、本書は『街から』の編集・発行人だったわたしが同誌に書いてきたインタビュー記事、取材記事、エッセイ、コラム、編集後記などの中から、現代の本好きの読者の方にも是非読んでいただきたい記事を選んで構成することにした。『週刊金曜日』など他誌に掲載された記事も数本加えているけれど、本書のラインナップ記事に入れた理由は同じである。

また、他誌で発表した記事のなかで、わたしが『街から』を辞めた後に執筆したものは「抗日遊撃戦を闘った斎藤龍鳳という男の足跡」一本で、『街から』にコラムで書いた記事を、今回本書を制作するさいに大幅に加筆し、本書のなかで一番長い記事に書き換えているのは「《山谷のキリスト者》が記録した岡林信康黙示録」である。なぜこの記事を改稿したのか、という事について補足しておこう。

わたしは上記記事の主人公・田頭道登さんとは、この本のなかにも書いている「《君こそは友》という仲ではなかったけれど」の主人公・藤村直樹さんの京都でのコンサートへ行ったとき、その前日か翌日かに、京都駅構内の喫茶店でお会いしている。藤村さんからすすめられて読んだ田頭さんの著書『私の上申書――山谷ブルース』に感動し、是非お会いしたいと思い立ったからだった。すると藤村さんは、すぐに田頭さんに電話をして紹介してくれ、わたしたちは会う事ができた。初対面の田頭さんは足の具合でも悪いのか杖を携えていて、奥さんの夏子さんが同伴していた。この頃から田頭さんは何か病気を抱えていたのかもしれないが、痛々しい印象などなく、とてもお元気そうに見えた。けれども、この邂逅はわたしが帰京する新幹線の出発時刻を待つ間の短時間の機会だったから、ほんの挨拶がわりのものだった。じつは田頭さんにお会いできたのは、この時一回だけとなってしまったので、まさに一期一会の出会いだったのである。

それからしばらくしての某日、田頭さんから部厚い郵便物が編集室に届いた。急ぎ開封すると、四〇〇字詰原稿用紙に手書きで書かれた著作稿が入っていて、その一頁目には「フォークの神様・岡林信康論」という表題が大きく墨書されていたので、わたしは色めき立った。本書の記事にも書いていることだが、田頭さんがこれまでに上梓した三冊の著書は、田頭道登とその仲間たちが疾風怒濤の青春期を過ごした時代のドキュメントとして多くの読者の共感を呼んでいるし、なかでもその青春群像の主人公として描かれている田頭道登と岡林信康の相寄る魂のようなふたりのドラマには心躍らされたからである。それゆえ田頭道登は遂に決定的な岡林信康論を書き上げたのか！　と大いに期待したからだった。

しかし期待は失望に変わった。新稿の記事の大半が前著の書かれている記事と同様のもので構成されていたからである。つまり重複記事のオンパレードだったのだ。前著の原稿が間違って送付されたのではないかと目を疑った。わたしは再度読みかえした上で、その問題点を指摘し、旧著の再販というのであればともかく、このままでは新刊として出版する事は難しいと意見を述べた手紙を書き返信した。

田頭さんからは折り返し、「出版企画については、断念したいと思います。」という返事をもらった。この一件は、せっかく生じかけていたふたりの良い関係を裂きかねない苦々しい事件だったと思う。救われたのは、田頭さんが「出版の断念」を伝えてきた手紙のなかで「ただし、本間氏が『街から』に掲載しているシティ・ライツ　ノートの一篇「山谷のキリスト者が記録した《フォークの神様》岡林信康へ向けた黙示録」を、冊子にして、記録として残しておきたいと私は思いますが、いかがでしょうか？」と手を差しのべてくれていたことだった。わたしの田頭さんに対する敬愛の念は変わらなかったのだが、東京と京都という距離間の壁もあって、友好を深める事ができなかったのは残念だった。その事を深甚なる思いで感得したのはそれから一年後に、夫人の夏子さんから次のような田頭さんの訃報の連絡をいただいた時だった。
私信で恐縮だけれど紹介させていただく。

暑中お見舞い申し上げます。
突然、ご連絡を差し上げる失礼をお許し下さい。
夫　田頭道登は、かねてから病気療養中のところ
平成二十三年六月十三日、逝去いたしました。
生前のご厚誼に深く感謝し謹んでご通知申しあげます。
遺品の中から本間様に本人が出そうとしていた資料がたくさん出て参りました。
大変遅くなりましたが、どうぞお受け取り下さいませ。
申し訳ございません。
略議ながら書中にてご挨拶申し上げます。
七月三日
田頭夏子

田頭道登さんとは、一期一会の仲だったとはいえ、かれが病気療養中であった事も死去していた事も知らずに、こういう別れをしなければならない薄情さを恥じないわけにはいかない。本書を制作するにあたり、初出の時はコラムとして書いた記事を大幅に改稿したのは、そんな個人的な事情と心模様の反映によるものなのだけれど、もちろんそんな事で懺悔できるなどとは思っていない。

そういえば本書に登場してくださった諸氏においても、すでに物故者になられてしまった方が大半を占めるようになってきている。そういう視点で判断されてしまうと、この本は追悼集ではないか、と見做されかねないのかもしれないが、わたしは追悼文を書いてきたつもりはない。わたしにとってはリスペクトしている人物は死者も生者も同一の存在だからである。

今世紀の初頭、わたしは『人間屋の話』と題したインタビュー集を街から舎から出版した。『街から』の五〇号発行を記念して作った本だったのだが、この本の「あとがき」に、「夕暮れ時の街なかから、豆腐屋の喇叭の音が聞かれなくなったように、《人間屋》も少なくなってきていることを寂しく思っていた昨今なのだが、この仕事でこんなにたくさんの《人間屋》の方々に出会えたのは僥倖であった。」と書いている。さて、あれから二〇数年を経た今日の状況はどんなものなのだろうか。

昨今の国内外の「ああ！」と思わず嘆息するしかない絶望的なニュースに遭遇すると、人間は壊れつつあり、人類は破滅の道を突き進んでいるのではないか……という感慨に陥ってしまう。パンドラの匣が開けられてしまったからなのか。

でも、希望を捨ててはならない。魑魅魍魎（ちみもうりょう）がぎっしり詰められているというパンドラの匣の底には希望が埋められているという事だからだ。その希望の灯を松明に点火し持ち帰れる者は《人間屋たち》ではないか――と、わたしは確信しているのである。

その確信のもとに本書を出版することにした。

冒頭でふれたように、株式会社街から舎は店じまいしたので、裸の「街から舎」の名を借りての自主出版である。ぜひ応援を！　お願いしたい。

末筆になってしまったが、本書の制作にあたり関係者の皆様に様々なご協力を戴いたことに深く感謝し厚く御礼申し上げる。

また、飛び切りのカバー・デザインを友情出演的に手がけてくれた映画タイトル・デザイン界のレジエンド・赤松陽構造さんと、装幀と印刷プロデュースを多忙のなか担当してくれた気鋭のデザイナー・松本孝一さんに連帯の挨拶を述べたい。どうも有り難う。

二〇二三年三月十一日

本間健彦

初出一覧

1章

われらの時代の「雑文豪」草森紳一　『街から』83号(2006年7月)
在野の哲学者・内山節の思想とライフスタイル　『街から』55号(2001年10月)
函館の街を甦らせた作家佐藤泰志復活ムーブメント　『週刊金曜日』2014年6月27日号
マイナーポエット高木護のローアングルな詩の魅力　『Myaku』Vol.16(2013年5月)
DJを生業としてきた詩人清水哲男の軽快なフットワーク　『街から』51号(2001年2月)
映画タイトルデザインを飛翔させた赤松陽構造　『街から』85号(2006年11月)
抗日遊撃戦を闘った斎藤龍鳳という男の足跡　『季刊ピープルズ・プラン』92号(2021年5月)

2章

福島の老歌人・佐藤祐禎さんとキルギスの灯り屋さん　『街から』105号(2010年4月)
『Get back, SUB!』で再会した小島素治　『街から』111号(2011年2月)
牧瀬茜詩集『うみにかえりたい』　『街から舎ブログ』(2019年7月30日)
なかにし礼詩集『平和の申し子たちへ』　『街から』138号(2015年10月)
中山千夏著『主人公はきみだ――ライツのランプをともそうよ』　『街から舎ブログ』(2019年12月15日)
写真家・渡辺眸が炙りだした「1968新宿」　『週刊金曜日』(2014年8月29日号)
ドキュメンタリーの地平を拓いた「三里塚に生きる」　『週刊金曜日』(2014年11月21日号)
《笑いの哲人》マルセ太郎を悼む　『街から』52号(2001年4月)
「君こそは友」という仲ではなかったけれど……　『街から』106号(2010年6月)

黒田オサムを大化けさせたドンちゃんの慧眼　『古希を祝う会パンフレット』２００１年６月
家庭の団欒に背を向けた最後の文士　『街から』51号（２００１年２月）
《山谷のキリスト者》が記録した「岡林信康黙示録」（初出）『街から』１０５号（２０１０年４月）

３章
歴史家・色川大吉の八ヶ岳「森の家」訪問　『街から』１２１号（２０１２年12月）
山口百恵の「横須賀ストーリー」『港町から』２号（２００９年４月）
海軍機関学校教官時代の芥川龍之介の憂鬱　『港町から』２号（２００９年４月）
映画『故郷』の舞台となった瀬戸内海倉橋島の人びとの暮らし　『港町から』１号（２００８年10月）
夜明けのスキャットが流れていた69年新宿　『ＴＡＳＣ ＭＯＮＴＨＬＹ』５２０号（２０１９年４月）
高層ビルの谷間で聴こえてきた鳥の声　『エコ・ダイアリー「歳時記」』１９８８年
イタリア版「傘が無い」　『街から』89号（２００８年８月）
高田豊と石川三四郎　『街から』88号（２００７年６月）
われに五月を！　『街から』41号（１９９９年６月）
群馬県甘楽町と東京都北区を繋ぐ有機ネットワーク　『街から』23号（１９９６年６月）
有機農業的本づくりのすすめ　『街から舎出版案内パンフレット』２００２年
生涯現役のミニコミ編集者を目指す　『ビレッジプレス』２０１７年11月
お寺もデンデケデケデケ　『街から』35号（１９９８年６月）
わが無知を恥じ、忌野清志郎に拍手！　『泰久塾通信』２号（２０１１年５月）
わが草莽のファミリーヒストリー　『泰久塾通信』８号（２０１４年６月）

本間健彦（ほんま・たけひこ）

一九三八年中国東北部（旧満州国）生まれ。エディターズ・スタジオ「街から舎」主宰。『話の特集』編集者を経て、『新宿プレイマップ』編集長（一九六九—一九七二）。著書『街頭革命』（サンポーブックス）、『街を創る夢商人たち』（三一書房）、『戦争の落とし子ララバイ』（三一書房）、『高円寺修子伝説』（第三書館）、『人間屋の話』（街から舎）、『イチョウ精子発見の検証——平瀬作五郎の生涯』（神泉社）、『高田渡と父・豊の「生活の柄」』（社会評論社）、『60年代新宿アナザー・ストーリー［タウン誌「新宿プレイマップ」極私的フィールド・ノート］』など。

散歩の途中にて

シティ・ライツノート

2023年3月31日　初版第1刷発行

著　者　本間健彦

発行人　松本孝一

発行所　街から舎
（〒171-0051）
東京都豊島区長崎3-13-15-101
電話　03（6638）6685
FAX　03（6638）6684
e-mail: machikara@nifty.com
http://mejironomachi.jugem.jp

印　刷　加藤文明社

printed in japan
ISBN978-4-939139-28-4